食全食美 6

尋找失落的愛情 著

文創風 097

風 文創 097

目錄

風文創 097

風 文創 097

第二百七十七章 反應激烈

臨近傍晚，容玨、容琮分別接到了容瑾的邀約，壓根兒沒想到別的，一起興致勃勃地趕了過來。

剛一進院子，容玨便嚷道：「三弟，我們來了，還不快些出來迎接。」話音未落，就見容瑾含笑走了出來，倒把容玨給嚇了一跳。容瑾一向冷傲不馴，對自家哥哥也沒親熱到哪兒去，今兒個這是怎麼了？

令他吃驚的事還在下面，容瑾竟然擠了過來，一左一右挽起了他和容琮的胳膊。

別人不知道容瑾的潔癖，容玨可清楚得很，容瑾最厭惡別人隨意碰觸他，更遑論是主動碰觸別人了。那些別有用心的漂亮丫鬟，連近身伺候的機會都沒有，他在私下裡常取笑，容瑾以後若是娶了妻，該不會連同床共枕也不願意吧！

可今天容瑾竟然肯主動挽著他的胳膊，這也太太太出人意料了吧！

容琮雖然不像容玨表露得那般誇張，卻也暗暗起了好奇之心。俗話說，無事獻殷勤非奸即盜，容瑾該不是有事相求吧？

容琮說話向來直截了當，有了疑惑，也不拐彎抹角，就這麼直直的問出了口。「三弟，你今天找我們是不是有事？」

容瑾挑眉笑道：「我們兄弟三人天天忙碌，難得有時間聚聚小酌幾杯。我讓薛大廚做了桌好菜，還有一罈子陳年好酒，今晚不醉不歸。」

容琮這才釋然，頓時豪氣大發，朗聲笑道：「好，不醉不歸！」

容玨隱隱猜到容瑾必然有些圖謀，卻也沒急著追問。兄弟三人有說有笑地進了飯廳，相攜坐了下來。

容琮酒量最高，容瑾也相差無幾，容玨在外應酬慣了，酒量也不在話下。兄弟三人坐下之後，你一杯我一杯喝個不停，一罈子酒很快見了底，小安子機靈地又去酒窖搬了第二罈。待到各人酒意有了七、八分，容玨才閒閒地說道：「三弟，到底是什麼事，你現在總該說了吧！」

容瑾笑了笑，輕描淡寫地說道：「也沒什麼大事，就是有件事想告訴你們。」

容琮笑罵了一句。「有話快說，有屁快放，這兒就我們兄弟三個，也沒外人，別吞吞吐吐、遮遮掩掩的了。」

容瑾輕輕地吐出一句話。「我打算尋個好日子，去寧家提親。」

什麼？容玨手中的動作一頓，眼底的笑意減退了幾分，抱著一線希望問道：「你還沒娶妻，就要先納妾？」他不會是打算娶寧汐為妻吧！

「大哥，你不用試探我的心意。」容瑾冷靜地應道：「我這輩子沒打算娶別人，只娶寧汐一個。」

容玨笑容徹底沒了，不假思索地反對。「不行，你不能娶她！」

容瑾寸步不讓。「我只是『告訴』你們我的決定，不是要徵求你們的同意。」不管他們是什麼反應，他都非寧汐不娶！

容琮也皺起了眉頭。「三弟，這件事非同小可，你可不能一時衝動。寧汐確實是個好姑娘，可她畢竟只是個廚子，做我們容府的兒媳只怕……」

容瑾挑了挑眉，唇角浮起一絲譏諷的笑意。「大嫂是名門嫡女，二嫂是堂堂明月公主，我是不是也該娶一個嫁妝豐厚的世家貴女才算匹配？」

容玨眼中掠過一絲怒氣，沈聲說道：「終身大事，本就該門當戶對。你要是實在喜歡那個丫頭，以後納了做妾也不是不行。不過，那得在你娶妻之後才行。」

容玨的反對在意料之中，容瑾並未慌亂，只是淡淡地說道：「我心意已決，明天我就去找官媒，上寧家提親。」

「你……」容玨氣得簡直快吐血了。「簡直是胡鬧！」

容瑾輕哼一聲。「我怎麼胡鬧了？娶妻是我自己的事，我喜歡誰就娶誰。」說到最後一句，下巴微抬，眸色凜冽。

容玨氣結，想找些大道理來說服容瑾，可腦子裡亂哄哄的，平日的能言善道不知哪兒去了，到最後只剩下硬邦邦的一句話。「反正，我不同意！」

兄弟兩人互不理睬，各自扭過了頭去。至此，酒桌原有的良好氣氛蕩然無存。

容琮只得打起了圓場。「大哥，你先別生氣，三弟，你也別急。就算你真的要去寧家提親，也總得等爹回來再說。」總該徵得容老爹同意之後，才能去提親吧！

容玨被點醒了，連忙附和。「二弟說得對，等爹回來再說。」先來一個拖字訣，等容老爹年底回來了，看容瑾還敢不敢這麼蹦躂。

容瑾卻異常堅持。「爹那邊我自然會跟他請罪，提親的事，勢在必行！」

這次別說容玨，就連容琮都開始覺得不對勁了，皺眉問道：「三弟，我沒記錯的話，寧汐過了年才十五吧！你這麼急著上門提親做什麼？」容瑾的態度近乎急切，難道其中有什麼緣故？

容玨也冷靜了下來，細細的觀察容瑾的臉色。

容瑾默然片刻，終於下了決心。「有件事我沒告訴你們，大皇子今天去了鼎香樓……」一件驚心動魄的事情，他說得倒是平淡，可容玨和容琮卻齊齊變了臉色。

「你真的當著大皇子的面，說了寧汐是你的未婚妻？」容玨不敢置信地重複問道。

容瑾點點頭。「是，所以我得早些到寧家正式提親，免得日後落人話柄……」

容玨霍然起身，臉色別提多難看了。「你、你簡直昏了頭了！」明知道大皇子中意寧汐，竟然還敢當著大皇子的面說那樣的話，簡直是在和大皇子叫板啊！

「大哥！」容瑾也站直了身子，眼眸中閃過寒意。「照你的意思，我是不是該裝聾作啞，當作什麼事也不知道，任由大皇子搶走我心愛的女人？那樣我還算男人嗎？」

容玨啞然。是啊，就算大皇子難招惹，容家的男人也不能做出這樣的窩囊事吧！可是，這麼一來，可就和大皇子結下梁子了，將來若是大皇子繼承了皇位，那……

容瑾像是看出了容玨的念頭，冷冷地笑道：「大哥是在怕被我連累吧！既是如此，我一人做事一人當，明天我就搬出去，和容府劃清界線，不管出什麼事，都由我一個人擔著。」

「說什麼氣話。」容琮苦命地充當和事老。「你們兩個先別急，坐下冷靜冷靜。」硬是扯著容玨和容瑾都坐了下來。

飯廳裡一片寂然，一直守在一旁的小安子早識趣地退了下去，順便將守在外面的丫鬟婆子都攆得遠遠的，以免偷聽到主子們說話。

不知過了多久，容玨才緩緩地張口說道：「我明天早上就寫封家書，派人送到爹手裡，具體怎麼做，還要看爹的意思。」

容瑾挑了挑眉，正要說什麼，容玨銳利的目光已經直直的看了過來，語氣前所未有的威嚴肅穆。「三弟，現在不是你一個人的問題，這事關係著容府上下安危，更關乎著我們容府今後和大皇子的關係。你怎麼能任性妄為？」

這麼一頂大帽子壓下來，容瑾再桀驁不馴，也只能暫時閉上嘴。

容玨沈吟片刻，看向容琮。「二弟，再有兩個月，你和公主殿下就要完婚了，大皇子殿下就算不給別人面子，也總該對你客氣些。明天你去大皇子府上一趟，探探他的口風。」

容琮義不容辭地應了一聲。蕭月兒是大皇子的同胞妹妹，他以後就是大皇子的妹夫，去做說客自然是最佳人選。

容玨又正色對容瑾說道：「三弟，這件事得謹慎，不能操之過急，等爹有了回信以後再商量不遲。」

容瑾自然不樂意。「我已經許過諾了，幾天之內就要去寧家提親。」

容玨面色一冷。「婚姻大事，怎可兒戲。如果爹不反對你娶寧汐，我和你大嫂自然會將一切瑣事安排得妥妥當當，讓寧汐風風光光的嫁到我們容家來，難道你連十天半月也等不得了嗎？」

不知是哪一句話說中了容瑾的心思，他總算沒有再吭聲。

兄弟三人又合計了片刻，便各自散去。

容瑾和容琮各懷心思暫且不提，單說容玨這一邊，沈著臉回了院子，一雙濃眉皺得緊緊的。李氏含笑迎了上來，待看清楚容玨的臉色時不由得一愣。「這是怎麼了？」

容玨也沒隱瞞，一五一十地將事情一一道來。

李氏立刻變了臉色。「三弟的膽子也太大了。」竟然正面開罪了大皇子！相較之下，娶不娶寧汐倒是小事了。

容玨重重地嘆口氣。「誰說不是？大丈夫何患無妻，為了區區一個寧汐，他竟然鬧出這麼多事來，真是讓人頭痛！」

這話聽著可就不怎麼順耳了。李氏輕哼一聲，不知怎麼的，又偏幫起容瑾說話來。「三弟這叫有情有義有擔當。」寧汐真是好福氣，能得容瑾這般真心相待，真是羨煞旁人。容玨雖也待她不錯，可在這樣濃烈的情感面前，頓時相形失色。

李氏想及此，心裡不免有些酸溜溜的。

容玨沒心情和她鬥嘴，迅疾去了書房，速速寫了封家書，命人連夜送了出去。

第二百七十八章　餘波未息

隔日清晨，容瑾早早便到了寧家小院。

一夜沒睡好，容瑾面色自然不太好看。寧汐也是翻來覆去的盤算了一夜的心思，可見了對方，卻都不約而同地擠出笑容來。

「我已經和大哥、二哥商議過了，」容瑾低聲說道：「等我爹收到了家書，就來提親。」

寧汐輕輕地嗯了一聲，心知肚明事情絕沒容瑾說得這麼輕鬆，只是，她願意全心全意的信任他。他承諾的事情，一定能做到！

看著她滿是信賴的雙眸，容瑾心裡一動，一股暖流從心底蔓延至四肢，這種被人全心信賴的感覺真是太幸福美妙了。

寧有方咳嗽一聲，打破容瑾和寧汐對視的纏綿悱惻。「還有三天，廚藝決賽第二輪就開始了。汐兒這幾天在家裡歇著，順便做些準備。」

寧汐乖乖地點頭應了，待吃了早飯之後，便送了寧有方出門。

不用想也知道，今天鼎香樓上下一定是謠言紛紛，她躲在家中暫避風頭是最佳選擇。容瑾雖想多陪陪寧汐，可卻得按時上朝，只得無奈地去了。

寧暉也不在床上躺著了，陪著寧汐說話解悶。兄妹兩人各有心事，卻又都強顏歡笑安撫對方。阮氏在一旁聽著，心裡又酸又澀。

女兒太過出挑了，也不盡然是好事啊！只盼容瑾能化解這一次危機……

對容家來說，這一天也十分難熬。容琮騎馬去了大皇子府邸之後，容玨便沒心思做任何事了，一直在書房裡踱步，眉頭緊鎖。

李氏在一旁坐著相陪，想說什麼，再一看容玨的臉色，終於什麼也沒說。

容玨終於有些累了，沈著臉坐了下來，端著熱茶一言不發。

李氏張口安撫道：「大皇子看二弟的面子，必然不會計較三弟的莽撞之舉，你不用太擔心了。」

容玨長長地嘆口氣。「要是真能如此就好了。」兄弟本是一脈同枝，一榮俱榮一損俱損。若是大皇子一直耿耿於懷，以後和容府的關係不免有些尷尬。

李氏想了想說道：「太子之位還沒定，三皇子有得力的娘舅支持，宮中又有惠貴妃在，大皇子雖有嫡長的優勢，也未見得穩勝一籌，日後總有用得著我們容家的時候，倒也不怕他會和我們翻臉。」

李氏說的這一些，容玨早就想到了。聞言嘆道：「他現在是不會和我們容家翻臉，可誰能保得准日後會怎麼樣。」

身為皇子，說話行事需低調謹慎，可若是登基做了皇帝，難保日後不翻舊帳。容瑾年少得志，將來前途不可限量，早早開罪了大皇子，只怕日後仕途黯淡，也難免會影響到容家和大皇子之間親密的關係……

李氏也嘆了口氣。「現在說這些都太遲了，三弟不該說的也說了，不該做的也做了，再埋怨也是無濟於事，還是想想如何善後吧！」

容玨點點頭，腦中迅速地想起了各種對策。

李氏在一旁陪著，時不時的提些意見。最終，夫妻倆形成了一個共識，只要此事能圓滿解決不留任何後患，容瑾愛娶誰就娶誰吧！

從下午等到了傍晚，再等到入夜，容琮總算是回來了。一身的酒氣，眼神倒還算清明。

容玨早已等得心焦如焚，忙湊過去問道：「怎麼樣？大皇子說了什麼嗎？」

容琮苦笑一聲。「大皇子故意磨蹭了許久才見我，話沒說幾句，就找了一堆人陪我喝酒，根本不讓我有張口的機會。」說起此行的經過，容琮真是一肚子的窩火。

他早早地騎馬去了大皇子府上，遞上名帖求見，出來招呼他的，卻是府中的管事。那管事顯然得了命令，一直扯些閒話和他周旋。說是大皇子有事在忙，得等會兒。

他整整坐了一個時辰喝了兩壺茶，大皇子才出來見他，若是換了別人，他早就發火走人了。可對方是尊貴的皇子，又是為了容瑾才這般低聲下氣，也只能硬生生地忍了這份閒氣。

他憋了一肚子火氣，當著大皇子的面卻不敢流露半分，客氣的奉上禮物，說了一大通有的沒的，正要說到正題，大皇子便扯開了話題。反覆幾次之後，他只得識趣地不再提容瑾了。

聽完容琮此行經過，容玨心裡一沈，面色難看起來。大皇子擺出這樣的態度，分明還在生容瑾的氣。

李氏卻笑道：「二弟此去也算有些收穫，至少大皇子肯見你，還好好的招待了你一頓，說明他不想和我們容家鬧僵。現在大皇子在氣頭上，也難怪他有這樣的反應，等再過幾天，二弟再去一趟也就是了。」

這一番分析有條不紊，聽得容玨、容琮連連點頭，低聲商議了幾句之後，各自散去。

容琮走到半路，停下想了想，又轉身去了容瑾那裡。

容瑾似是料到容琮會來找他，毫無驚訝之色，抬頭打了個招呼。「二哥，今天在大皇子府上喝了不少好酒吧，瞧你這一身的酒氣。」

容琮沒好氣地白了他一眼。「我和大哥都急死了，你倒好，居然還有閒心在這兒練字。」

容瑾淡淡地一笑。「不練字，難道我還去練劍不成？」

輕飄飄的一句話，聽得容琮立刻變了臉色。「三弟，你可千萬別胡鬧！」兄弟三人性格各異，可若論狂傲不羈，他和容玨加起來也不敵容瑾。明明小時候還那麼溫馴可愛乖巧，可長大之後，卻日復一日的桀驁不馴，現在竟連大皇子也不放在眼裡了……

容瑾挑了挑眉，忽地笑了。「二哥你放心，只要他不招惹寧汐，我自然不會去招惹他。」

就為了寧汐……容琮忽然覺得全身無力，長嘆口氣，一屁股坐了下來。「真是搞不懂你，美貌的女子多得是，你偏偏就要和大皇子看上同一個。」

容瑾笑了笑，眼底卻毫無笑意。「美貌的女子多得是，可我喜歡的，只有那一個，誰也休想搶走！」說到最後一句，眼中戾氣一閃。

容琮摸摸鼻子，徹底投降了。「三弟，我算是服了你了。」原來，不沾女色的容瑾其實是個情種。

容瑾瞄了容琮一眼，卻什麼也沒說。相處多年，他早已將容玨、容琮當成自己的親兄弟，可有些觀念上的隔閡，真的是沒辦法溝通。他沒辦法接受古代男子一妻多妾的生活，同樣的，他們也不可能理解他對愛情的堅持。

算了吧，就讓他們以為他是徹底昏了頭吧！

想到寧汐，容瑾的眼裡閃過一絲溫柔，語氣也變得和緩多了。「二哥，謝謝你和大哥為我做的一切。」

他這一煽情，容琮反倒不適應了，愣了半晌才拍了拍容瑾的肩膀。「白家兄弟，說這個做什麼。」

是啊，自家兄弟，哪裡用得著這般客套。

容瑾凝視著容琮，心裡浮起濃濃的暖流。在這個陌生的地方生活了十年，他第一次有了真真實實的存在感和歸屬感。他不再是孤孤單單的一個人，這裡有他的兄弟親人，有他心愛的女子，以後，他會在這裡生活下去，有自己的幸福……

「在想什麼？」容琮好奇地問道。

如果是在平時，容瑾一定會隨意的敷衍幾句，可此刻忽然有了傾訴心聲的衝動。「我在想，其實我很幸運。」遇到這麼多關心我的人，真是我的幸運！

這句沒頭沒腦的話，讓容琮有些發懵，眼裡滿是問號。

容瑾卻沒打算多解釋，隨意地笑了笑，就將話題扯了開去。等容琮走了之後，他躺在床上心潮澎湃久久無法入眠。

同樣的夜晚，寧汐也在輾轉反側徹夜難眠，腦海中一會兒閃過容瑾的面孔，一會兒卻是大皇子充滿侵略性的眼神。

自從蕭月兒避過一劫之後，前世所知的一切開始慢慢發生了變化，再也不是她所能預料了。大皇子突如其來的介入，令人措手不及，更令人頭痛無比。一個處理不當，就會埋下禍根，萬一將來累及寧家和容家上下……

寧汐抿緊了嘴唇，閉上眼睛，命令自己別再胡思亂想了。一切都會好的！

第二天早上，寧家小院來了一個出人意料的客人。

「汐兒，有個年輕的俊俏後生來找妳。」阮氏的眼神裡隱隱有一絲控訴，彷彿寧汐出去招蜂引蝶一般。「妳什麼時候認識了這麼一個人？」

寧汐又是好氣又是好笑。「娘，我連他是誰都不知道呢！」

阮氏這才想起寧汐還沒出去見客，忍不住又嘟囔了一句。「容瑾對妳這麼好，妳可不能再節外生枝了。」

寧汐連連告饒。「是是是，我保證和別的男子保持三尺以上的距離總行了吧！」容瑾果然厲害，短短幾個月就把阮氏的心給收服了，就連見了別的男子來找她都會不高興。要是容瑾知道此事，不定怎麼得意呢！

阮氏這才滿意地點點頭。

寧汐也沒心情收拾，就這麼去了正屋，剛一踏進屋子裡，她的笑容便頓住了。

他怎麼來了？

久未見面的男子眸中含笑，輕輕的說道：「寧姑娘，好久不見。」

第二百七十九章　訪客

一身白衣的翩翩少年，臉上的笑容是那般的熟悉，卻又有說不出的陌生。

寧汐看了那張略顯消瘦的面孔一眼，淡淡地招呼道：「邵公子，你今天怎麼有空過來？」

最後一次見邵晏，已經是半年前的事情，最後一次聽到有關他的消息，也有好幾個月了。聽說當時他被打得很重，後來一直養傷不出，她以為兩人不會再有見面的機會，沒想到他會突然的來了……

果然一如既往的冷淡，邵晏自嘲地笑了笑。「我這些日子一直在府裡養傷，很少出來走動。」頓了頓，深深地凝視寧汐一眼。「妳最近過得還好嗎？」

寧汐淡淡地笑道：「還算過得去。」邵晏絕不會無端來找她，定是聽到什麼風聲了吧！

果然，邵晏小心翼翼地問道：「我聽說，大皇子特地去了鼎香樓，妳……沒事吧？」問得很含蓄，可眼眸中的那絲憐惜和擔憂卻清晰可見。

寧汐坦然平靜地應道：「容瑾來了，我當然沒事。」

她的理所當然如同一根細細的刺，猛然戳中了邵晏的心口。這幾個月來，他雖然足不出戶，可一直在留意著她的一舉一動。他知道她的聲名鵲起，知道她和公主交好，她和容瑾的日漸親密早已傳得人盡皆知，他焉能不知？可知道是一回事，親耳聽到的衝擊力卻遠遠比他預期中更心痛……

邵晏笑容未減，依舊溫和地說道：「那我就放心了。」

那笑容一如往昔，就像當年一樣，每當她有了不滿或怨懟或怒意，他就這樣溫柔的笑著安撫她。她曾經為之心神迷醉的笑容，現在看著忽然說不出的刺目……

寧汐忽地沒了耐心，不太客氣地說道：「邵公子，你說這話真是奇怪，不管怎樣都是我的事情，跟你沒什麼關係吧！你有什麼可不放心的？」

邵晏笑容一頓。

寧汐直直地看著他，冷冷地說道：「如果沒別的事，就請邵公子自便。」他們這一世毫無關係，現在做出深情款款的樣子未免可笑。

邵晏的笑容徹底隱去。「寧汐，自相識以來，我自問沒做過什麼錯事，妳對別人能笑容以待，為什麼偏偏對我如此苛刻？」那份拒人於千里的冷漠，讓人心寒極了。

寧汐扯了扯唇角，眼底卻毫無笑意。是啊，她可以原諒任何人，可以對任何人微笑以對，可唯獨沒辦法這樣對邵晏。他曾給她的傷害，她永遠也忘不了！

所以，這一生，邵晏注定不會得到她半分的善意回應。

「邵晏，你走吧！」寧汐第一次喊出了他的名字，卻冰涼得毫無溫度。「我和容瑾就要訂親了，他不喜歡我和別的男子說話。」

邵晏臉色發白，身子顫了一顫，緊緊地盯著寧汐，一字一頓的說道：「寧汐，妳從來沒給過我機會，我可以做得比容瑾更好。」

寧汐定定地看了邵晏一眼，然後笑了。「不，你永遠比不上容瑾，他比你好十倍百倍。」

那笑容裡有驕傲有矜持有憐憫，或許，還有一絲絲唏噓和酸澀。

邵晏被這句話徹底擊潰了，握緊了拳頭，一臉的狼狽。他一直是個驕傲的人，表面的溫和謙遜只是偽裝，內心深處卻是極驕傲的。從沒想過有這麼一天，他會站在一個少女面前祈求她的回應。可今天，他竟然這麼做了，而且，一敗塗地……

邵晏硬是壓下心中的翻騰不息，擠出一個難看的笑容。「對不起，今天打擾了。我這就告辭！」然後，緩緩地離開，背影說不出的蕭瑟。仔細看去，左腳走路竟有些不利索。

寧汐心裡一驚，脫口而出問道：「你的腳怎麼了？」

邵晏微微一頓，卻沒轉身，淡淡地應道：「上次被打得太重，左腳的筋脈受了損，以後走路便都這樣了。」語畢，便這樣離開了。

寧汐目送著他走出寧家小院，心裡忽地泛起一絲苦澀。

這是老天對他的懲罰嗎？

一個風度翩翩的少年郎，卻早早的跛了腳。以他的心高氣傲，只怕日後不再肯在人前亮相了……

「妹妹，這個人是誰？」寧暉不知從哪兒冒了出來，擠眉弄眼地笑道：「放心，我絕不會告訴容瑾半個字的。」

寧汐白了他一眼，不理他的揶揄，逕自回了自己的屋子。

寧暉也不覺得無趣，笑嘻嘻地追進了屋子，兀自滔滔不絕地說道：「我以前一直覺得容瑾長得太好了，漂亮得不像個男人，沒想到今天這個也不賴，比起容瑾也不差多少。妹妹，妳這桃花運可夠多的……」

可不是嘛？先是容瑾，再有張展瑜、邵晏，還有要命的大皇子！

寧汐嘆口氣，冷不防地回擊了一句。「哥哥，你現在還惦記著趙芸嗎？」一提到這個名字，寧暉的笑容頓時沒了，低著頭一聲不吭。

寧汐的話剛一出口就後悔了，再看寧暉是這個反應，心裡更是自責不已。說什麼不好，怎麼偏偏提起這個來了。這個名字，就是寧暉心裡的一個傷疤，碰一碰都是鮮血淋漓。

「對了，還有些日子就該放榜了吧？」寧汐忙扯開話題。

寧暉打起精神應道：「嗯，還有十幾天就放榜，我正打算待會兒去學館一趟，見見夫子和幾位師兄。」

出去散散心也好，寧汐笑著點了點頭。

說了會兒話，寧暉便出去了。寧汐無所事事，便幫著阮氏洗衣服打掃院子。

正巧有兩個隔壁的婦人來串門，見寧汐坐在小凳子上洗衣服，立刻誇張地笑道：「哎喲，寧家嫂子，妳家閨女都快飛上枝頭做鳳凰了，妳怎麼還捨得讓她做這些粗活。」

寧汐笑容一僵，謠言傳得也太快了，不過才區區兩天，竟然連這些市井婦人也知道了。

阮氏咳嗽一聲，扯開話題。「什麼鳳凰不鳳凰的，妳們可別亂說，我閨女以後可要嫁人的。」

那個長了一張長臉的馬大嫂不以為然地笑道：「得了，有這樣的好事就別瞞著我們了。我們可都聽說了，妳家閨女被貴人相中了，以後就要到皇子府上做侍妾了，將來錦衣玉食榮華富貴……」

寧汐繃著臉，霍然起身。

那個喋喋不休的馬大嫂被嚇了一跳，戛然而止。

寧汐看都沒看她一眼，扔下一句「我累了」便回了自己的屋子。阮氏聽了這些閒言碎語心裡很不舒坦，臉色也沒好看到哪兒去。

那兩個來串門的婦人絮叨了半晌，見阮氏什麼也不肯說，悻悻地走了。

阮氏忙去敲了寧汐的屋門，門咿呀一聲開了，寧汐抿著嘴唇立在那兒，顯然還在生悶氣。阮氏只得柔聲安撫道：「汐兒，她們也是有口無心，妳別往心裡去。」

寧汐低著頭不吭聲，心裡卻越發懊惱，知道是一回事，親耳聽到又是另一回事。如今有關她的謠言大概已經傳遍整個京城了吧！容府上下也一定都知道了……

阮氏似是猜到她在想什麼。「只要容瑾相信妳，別人的閒話不聽也罷。」

寧汐擠出笑容，點頭應了，心裡卻是沈甸甸的。雖然容瑾沒說，可她也能猜到容府眾人的態度並不明朗。再有這樣鋪天蓋地的流言蜚語，她和容瑾之間的親事只怕還要費一番周折。

正想著，外面忽地傳來了一陣敲門聲。

今天的客人一波接著一波，倒真是不少。寧汐和阮氏對視一眼，一起去開了門。

一張熟悉的面龐陡然映入眼簾，寧汐先是一怔，旋即歡喜地拉起了來人的手。「菊香姊姊，妳怎麼來了？」

來人赫然是多日不見的宮女菊香，她正發愁該如何去見蕭月兒，沒想到蕭月兒就派菊香來接她入宮了。

菊香抿唇一笑，反手握住寧汐的手。「寧姑娘，快些收拾收拾，馬車停在巷口，公主殿下在宮裡等妳呢！」

寧汐不假思索地點頭應了，忙回屋換了身乾淨的衣服。阮氏也跟了進來，一邊為她梳頭一邊叮囑道：「這次進宮，妳可一定得和公主殿下好好說說，讓她在大皇子面前為妳說說情……」

那是當然，沒人比她更清楚蕭月兒在大皇子心裡的分量。如果說要找一個說客的話，非蕭月兒莫屬，這次入宮，一定得好好央求蕭月兒一番……

等等，入宮？

寧汐的腦中忽地閃過一個念頭，臉色陡然白了白。記得那一次，大皇子借用蕭月兒的名義騙她入了宮，這一次該不會故技重施吧？

阮氏敏感地察覺到寧汐的不對勁。「怎麼了？」

寧汐敷衍的笑了笑。「沒什麼，我就是在想要不要戴朵絹花什麼的。」

阮氏不疑有他，興致勃勃地拿了朵粉色的絹花戴在寧汐的耳際，嘴裡絮絮叨叨的說著。「不是我說妳，天天素著一張臉，也不知道收拾收拾。」忽地想起了這一陣的煩心事，又立刻改口。「算了算了，妳也別拾掇得太漂亮了。」免得招來更多的麻煩。

饒是寧汐滿腔心事，也被逗笑了。也罷，不管是龍潭還是虎穴，今天總得去闖一闖。眼角餘光瞄到一支簪子，心裡忽地一動，將簪子插到了髮際。

第二百八十章 陷阱

上了馬車之後，寧汐問菊香。「公主殿下這些日子很忙嗎？」她們兩個好久沒見面了。

菊香笑道：「倒也沒什麼忙的，不過，還有兩個月公主殿下就要完婚了，皇上常叫公主殿下過去陪伴，所以一直沒什麼閒空。這不，剛一有空，就惦記著寧姑娘了。」

寧汐笑了笑，心下稍安。菊香神情自然，不像在說謊。看來，確實是蕭月兒要見她，跟大皇子沒什麼關係。

菊香瞄了滿腹心事的寧汐一眼，似想問些什麼，終於又忍住了。

寧汐抬眸，見了菊香的神情心裡微微一動，試探著問道：「菊香姊姊，妳在宮中，是不是聽到些什麼？」大皇子去鼎香樓的事鬧得沸沸揚揚，說不定連蕭月兒也知道了。

菊香圓滑巧妙地應道：「倒是聽了一些，不過，公主殿下知道多少我就不知道了。」

寧汐垂下眼簾，聽菊香的話意，顯然蕭月兒也有所耳聞，今天特地召了她過來，和這件事也不無關係吧！

馬車一路疾行，很快便到了皇宮的側門，照例交了腰牌之後便放行。寧汐跟在菊香身後，默默地向前走，心裡不斷地思忖著待會兒見了蕭月兒該說些什麼。

走到大皇子寢宮附近，寧汐下意識地有些緊張，唯恐菊香像當日的崔女官一樣領著她轉彎。好在菊香步履不疾不徐一直向明月宮走去，寧汐長長地鬆了口氣。

只可惜，這口氣鬆得太早了。

剛到了明月宮，她就被領著到了一間僻靜的偏殿外。

寧汐警覺性極高，立刻頓住了腳步。「菊香姊姊，公主殿下在裡面嗎？」

菊香老老實實地應道：「這個我也不清楚。不過，公主殿下吩咐過了，只要妳一過來，就把妳領到這兒來。」

寧汐心裡湧起強烈的不安，怎麼也不肯進去。「我在這兒等一等公主殿下。」那扇精緻的雕花門裡，等著她的會是誰？

話音剛落，一道熟悉的人影出現了。寧汐的目光剛一落到他的臉上，笑容便僵住了。

竟然是大皇子身邊的親隨高侍衛！

高侍衛皮笑肉不笑地說道：「寧姑娘，妳總算來了，殿下已經在裡面恭候多時了。」

果然是個陷阱！寧汐的腦子裡轟地一聲，一片空白，掌心被指甲戳得隱隱作痛，卻絲毫不覺得疼痛。心裡滿是惶恐和驚懼。

怎麼辦？她該怎麼辦？這裡是皇宮，喊破了喉嚨也沒人會來救她……

高侍衛欣賞著寧汐難看的臉色，好整以暇地說道：「寧姑娘，殿下已經等了很久了，妳還是快些進去吧！要是惹惱了殿下可不太好。」

寧汐深呼吸口氣，看向菊香，語氣冰冷。「這是公主殿下特意安排的嗎？」

如果不是打著蕭月兒的旗號，如果不是熟悉的菊香去接她，她怎麼可能這麼毫無防備地到了皇宮裡，落入眼下這般尷尬無助的境地？這一切，到底是蕭月兒的主意，還是大皇子的安排？

菊香咳嗽一聲，眼神有些閃躲。「這、這個我也不太清楚，我只是奉公主殿下之命行事。」

好一個蕭月兒！寧汐不怒反笑。「好，很好，麻煩妳去回稟公主殿下一聲。從今以後，我寧汐和她恩斷義絕，再也不是朋友。」語畢，看也不看面色難看的菊香一眼，直直地走到門邊，推開了精緻的雕花木門。

事情到了這個地步，她想避也避不開，那就挺直了腰桿去迎接這一場狂風驟雨吧！

門開了，幽暗的偏殿裡，一個人影束手而立，眼神深不可測，定定地落在她的臉上。就像一隻蓄勢待發的獅子，牢牢的盯緊了自己的獵物一般。

寧汐反而徹底冷靜了下來，遙遙地行了一禮。「民女見過大皇子殿下。」竟然絲毫不見慌亂。

大皇子的眼底掠過一絲激賞。這個看似纖弱的少女，每每迸發出的堅強勇敢，總是那麼出人意料，讓人心裡癢癢的，有種想打破她面具的強烈衝動。

「寧汐，」大皇子輕飄飄的喊出她的名字，像玩味似的，又喊了一遍。「寧汐，妳有個好名字。」

寧汐的唇角浮起一絲譏諷的微笑。「殿下費了這麼多心思召見民女，只是為了誇讚民女的名字動聽嗎？」

大皇子挑了挑眉，一股無形的威嚴迎面逼來。「寧汐，妳不過是區區一個廚子，竟然這般和本王說話？」

到了這個地步，還有什麼好怕的？寧汐淡淡的笑道：「民女不僅是個廚子，還是容瑾的未婚妻。殿下卻不顧世俗目光，召我單獨在此相見，不知這樣的行為又算什麼？」抬眸直視大皇子，一字一頓地問道：「難道殿下就不怕悠悠眾口嗎？」

那雙明亮的雙眸驟然綻放出璀璨的光芒，讓世間所有的寶石都相形失色，瞬間點亮了她本就秀美的容顏，散發出驚心動魄的美麗。

那樣炫目的美麗，就連看遍美色的大皇子也心蕩神馳了，忍不住上前幾步。「妳口口聲聲說妳是容瑾的未婚妻，可據我瞭解，容瑾至今尚未訂親，不過是私相授受罷了！本王就算現在要了妳，也沒人敢來找本王！」

侵略性十足的話語一字一字地鑽入寧汐的耳中。那雙幽暗的雙眸裡，跳躍著的光芒令人心慌。

寧汐的身子不由得顫了顫，退後幾步拉開距離，卻鼓起勇氣應道：「殿下志存高遠，絕不會做出這等欺占民女的事情。」

志存高遠？大皇子的腳步一頓，微微瞇起了雙眸。她這是在提醒他什麼嗎？

寧汐見說的話奏了效，心裡暗暗一喜，定定神說道：「殿下，民女和容瑾兩情相悅，早有白首之約。容瑾已經準備找人上門來提親，說句不知羞恥的話，民女此生絕不會委身他人。如果殿下一再相逼，民女也只能以死明志。」話音剛落，她便迅速地拔了髮際的髮簪，將尖銳的一端對準了自己的喉嚨。

大皇子也是一驚，不假思索地說道：「妳別亂來。」那細細的尖銳的髮簪，抵在寧汐的喉嚨處，簡直觸目驚心。

寧汐眼神冰冷，手下微微用力，尖銳的簪子戳破了細嫩的皮膚，滲出一絲鮮血。她卻恍若未覺。「殿下，民女一無所長，不過空長了一張不錯的皮囊。對殿下來說，美人唾手可得，何必一再苦苦相逼？」

大皇子眸光一閃，卻不敢再逼近。「寧汐，如果妳跟了本王，本王以後絕不會虧待了妳。雖然只能做侍妾，不過，榮華富貴錦衣玉食少不了妳的。等日後本王繼承了皇位，封妳為妃，一世榮華，有何不好？」

威逼不成，又換成誘之以利嗎？寧汐扯了扯唇角。「多謝殿下抬愛，不過，民女只想和心愛的男子終身廝守，這樣的榮華富貴，民女要不起，也不想要。」

被這樣一再拒絕，大皇子終於動怒了，眼神陰鷙。「寧汐，妳別敬酒不吃吃罰酒。妳今天既已踏入這個門，就是本王的女人。」竟不顧及寧汐手中的簪子，又逼上前來。

「殿下，難道您就不顧及容府嗎？」寧汐幾乎壓抑不住心裡的恐懼，近乎嘶喊了出來。當然要顧及！所以他才沒有明目張膽的將寧汐抬進府中，而是設局將她騙了過來。只要造成既定的「事實」，容瑾就再也沒有立場和他爭奪寧汐了。

大皇子冷笑一聲。「寧汐，容瑾對妳倒還有幾分情意，可容府上下豈會為了區區一個女子和本王撕破臉？妳可別忘了，月兒很快就是容府的媳婦了，有月兒在，容府只能站在本王身邊，為本王出力。」

果然算無遺策！寧汐眨眨眼，將到了眼角邊的淚水強自抑了回去。不能哭，淚水在此刻毫無裨益，她要迅速地想出對策來，不然，今天只怕真的要失身於此或是命喪此地了……

就在兩人只有兩步之遙的時候，寧汐忽地說道：「殿下，你想不想知道將來登上皇位的是誰？」

大皇子霍然停步，眼神灼灼。「妳說什麼？再說一遍！」

這一把總算賭對了。寧汐不敢鬆懈，目不轉睛地盯著大皇子，一字一頓地說道：「當日，我作的夢，並不只公主殿下喪命於西山。我還夢到了幕後的凶手，還有爭奪太子之位時的陰謀，以及最後登基的人。不知殿下對這些可有興趣？」

偏殿裡一片沈寂。

大皇子的眸光越來越亮，寧汐說的這一切，對他的吸引力實在太大太大了。在這樣的誘惑面前，所有的一切都可以讓步……

大皇子面色的細微變化瞞不過寧汐的眼睛，她提到嗓子眼的心稍稍落下一些，穩穩地說道：「只要殿下肯放過民女，民女願意將這一切告訴殿下，殿下也能未雨綢繆早做防備。」

大皇子挑了挑眉，眼神危險極了。「妳在和我談條件？」

寧汐毫不示弱地回視。「民女自知沒有談條件的資格，只希望殿下高抬貴手，放民女一回。」

放過她這一回，以後只怕再也沒有得到她的機會了……大皇子面色深沈，讓人看不出他的想法如何。

第二百八十一章　峰迴路轉

寧汐不敢眨眼，唯恐錯過大皇子臉上任何一絲細微的神情變化。

到底是美色重要還是皇位重要，大皇子的選擇不言而喻，可她得防備著大皇子隨時反悔，這是她最後的保命底牌了……

偏殿裡安靜極了，流淌著令人窒息的沈悶與壓抑。

「好，本王答應妳。」良久，大皇子終於緩緩地張口。「只要妳說出曾夢到的一切，本王此次就放了妳。」

終於等到了這一句承諾。寧汐卻還是不敢放鬆，追加了一句。「君子一言？」

大皇子的眸中掠過一絲怒意。「君子一言快馬一鞭，本王豈是那種言而無信的小人，說放過妳自然會放過妳。」

這可說不準。寧汐聰明地沒將這句話說出口，乾脆俐落地說道：「請殿下退後，請將公主殿下一併請來。」兩人單獨待在這裡實在太危險了。

大皇子冷哼一聲，雖窺破了寧汐那點子心思，卻也懶得揭穿她，正待揚聲喊人，就聽偏殿外有些異動，然後門被咚咚地敲響了。

大皇子皺了皺眉頭，沈聲問道：「誰？」

高侍衛就守在外面，敢硬闖進來的，除了堂堂明月公主還能有誰？

「皇兄，是我！」

門猛然被推開，一身華麗宮裝的蕭月兒匆匆的走了進來，待見到兩人對峙的情形之後，面色霍然變了。這到底是怎麼回事？寧汐為什麼會用簪子抵著自己的脖子？

再想起菊香吞吞吐吐轉述過的話，蕭月兒的面色越發難看。「皇兄，這到底是怎麼回事？你不是說過不會逼寧汐的嗎？」

大皇子被抓了個正著，頗有些尷尬，咳嗽一聲說道：「月兒，妳先別生氣，聽我給妳解釋……」

「還要解釋什麼？」蕭月兒前後一聯想，便猜到了事情的真相，氣得俏臉都黑了。「你怎麼能這麼對寧汐？」

大皇子一時語塞。

寧汐被這一幕弄得有些發懵，蕭月兒的話意，像是對這一切不知情，可明明就是她派菊香去找自己的吧！這一切到底是怎麼回事？

蕭月兒氣呼呼地走了過來，先是小心翼翼地將寧汐手中的簪子挪開，然後才嘆道：「對不起，寧汐，都怪我不好，不該上了皇兄的當。」

蕭月兒一臉真摯的悔意，寧汐心知其中別有內情，之前的怒氣倒是散了不少。「公主殿下，今天是妳讓菊香來接我入宮的吧？」

蕭月兒歉然一笑。「這事說來話長，我慢慢和妳細說。」說著，便拖著寧汐往外走。大皇子正想說什麼，就見蕭月兒餘怒未消地瞪了過來。「皇兄，你不准跟來。」

大皇子哭笑不得，只得眼睜睜的看著寧汐被蕭月兒拉走了。

出了偏殿，危機解除了一大半，寧汐總算深深鬆了口氣，只覺得腳下輕飄飄的全身都沒了力氣。偏偏蕭月兒走得快，她被拖得踉蹌了一步。

蕭月兒這才意識到自己的動作太過魯莽，忙放緩了腳步，待進了自己慣常待的寢宮之後，命宮女將門關好。待屋子裡只剩下她和寧汐兩人了，才關切地問道：「寧汐，剛才大皇兄是不是對妳無禮了？」

寧汐苦笑不語。何止是無禮，要不是她費力周旋，只怕早已清白不再了……

蕭月兒滿臉的懊惱後悔，自責不已。「都怪我不好，只聽信皇兄一面之詞，就任由他安排……」

大皇子去鼎香樓一事，蕭月兒也有所耳聞。昨天見了大皇子，故意取笑了幾句。大皇子當時一副真情流露的樣子說道：「月兒，我確實很喜歡寧汐。不過，她似乎對我有些誤會。要不，妳明天請她入宮來吧，我找個機會向她解釋幾句。要是她能領受我的心意，以後我一定風風光光娶她進府，妳也能多個伴了。」

蕭月兒不疑有他，一口便應了下來，到了今日早上，便派了菊香接寧汐入宮。她本陪著大皇子在偏殿等候，大皇子便笑道：「月兒，妳在這兒，我哪能開得了口。聽說荷香好得差不多了，妳先去看看荷香，待會兒再過來吧！」

於是，蕭月兒便被支開了。再接下來，便發生了偏殿裡驚險的一幕！

「……好在我回來得及時，菊香吞吞吐吐地把妳說過的話告訴了我，我當時就覺得不對勁，直接去了偏殿找妳。」蕭月兒愧疚地說道：「對不起，我差點害了妳。」她一心想著寧汐能嫁給自己的皇兄過上好日子，哪能想到這只是皇兄的一廂情願？

寧汐總算釋然了，心底最後一絲怒氣也煙消雲散。「算了，妳也不是成心的，別耿耿於懷了。」

蕭月兒長嘆口氣，緊緊地握著寧汐的手，一時不知該說些什麼。好在什麼都沒發生，不然，她可真的無顏再見寧汐了。

寧汐想了想，低聲說道：「我也不瞞妳，其實，我早已有心上人了。所以，我沒辦法接受大皇子殿下的好意。」

蕭月兒一怔。「妳心上人是誰？」

遲早蕭月兒都會知道，告訴她也無妨。寧汐微紅著臉說道：「是容瑾。」

蕭月兒又是一愣，旋即格格笑了起來。寧汐被她笑得渾身不自在，結結巴巴的解釋道：「我不是成心要瞞著妳，只是不知道該怎麼張口說。」

蕭月兒好不容易才忍住笑意。「我真是個糊塗蟲，竟然一直都沒看出來。這下可好了，我們以後相伴的日子多得是呢！」再有兩個月，她就要嫁給容琮了。日後寧汐再嫁給容瑾，兩人就是妯娌了。

寧汐俏臉紅了紅，心裡泛起一絲淡淡的甜意。

蕭月兒兀自笑道：「我原本盼著妳能嫁給我皇兄，我們兩人日後也能多多親近，這才上了皇兄的當。早知道妳和容瑾是一對，我才不許皇兄打妳的主意。」

寧汐順勢央求道：「我剛才惹怒了大皇子殿下，只怕他心裡不痛快，還請妳替我說說情，不要記恨我才是。」最重要的是，千萬別去尋容瑾的麻煩。

「放心，這事包在我身上。」蕭月兒爽快地答應了，

寧汐一直懸著的心終於踏實了。大皇子一向最疼愛這個妹妹，只要蕭月兒肯為她說情，日後總不該再糾纏著不放了吧！

想及此，寧汐的心情愉快了許多，笑著問起了蕭月兒的近況。

出嫁在即，就算是公主，也不能隨意走動，得安安分分的待在皇宮裡待嫁。這些日子，蕭月兒雖不算太忙碌，可日子也是充實的。

蕭月兒先還有些羞澀，說著說著便興奮雀躍起來。「……我這些天一直在做針線，花了十幾日的工夫繡了個枕巾呢！」

寧汐啞然失笑。雖然她的女紅只是個半吊子，可也很清楚繡個枕巾絕不需要耗時這麼久。看來，蕭月兒的女紅水準也沒高到哪兒去。

蕭月兒光是比劃還嫌不過癮，索性揚聲喊了菊香進來。「去把我繡好的枕巾拿來。」

菊香忍住笑，一本正經地應了，速速的取了枕巾過來。蕭月兒得意洋洋地拿著半個月的作品顯擺。「怎麼樣，是不是很漂亮？」

寧汐瞄了一眼，便噗哧一聲笑了起來。

「喂喂，妳這麼笑是什麼意思？」蕭月兒不滿地瞪圓了眼睛，可愛極了。「難道我繡的鴛鴦不好嗎？」

鴛鴦沒看到，她只看到兩隻肥肥的鴨子……寧汐咳嗽一聲，總算忍住沒爆笑出聲，昧著良心讚道：「乍看不覺得，細細一看，確實很精緻漂亮。」

蕭月兒這才滿意了，喜孜孜地說道：「我還繡了帕子和香囊，對了，還有兩個月，我打算學著做雙鞋。」顯然，這雙鞋是為了容琮準備的。

老天保佑容琮肯穿蕭月兒親手做的鞋子。

寧汐想像著嚴肅的容琮皺著眉頭的樣子，心裡暗暗偷樂。蕭月兒懵然不知寧汐的心思，還以為寧汐是在贊成自己的主意，興致勃勃地問道：「對了，妳會做男子的鞋嗎？」

當然是會的。前世她也曾為邵晏做過鞋，只不過時隔已久，針線活兒早已生疏了。

寧汐笑著搖搖頭。

蕭月兒得意地笑道：「我特地找了個繡娘教我，已經學得差不多了呢！等我學會了，再來教妳。妳也替容瑾做雙鞋好了，他一定很高興。」

寧汐被說得心裡一動。是啊，認識這麼久了，總是容瑾為她買這個買那個，她還從沒送過容瑾禮物呢！

久未見面的兩人，東扯西扯了半天，說個沒完。直到近中午，菊香才笑著來問。「公主殿下，可以擺飯了嗎？」

蕭月兒點點頭，隨口問了句。「皇兄人呢？」

菊香下意識地瞄了寧汐一眼。「大皇子殿下已經在飯廳等候了。」

寧汐笑容微微一僵。大皇子這個人簡直成了一道催命符，一聽到這個名字心裡就突突亂跳，巴不得逃得遠遠的永遠不要再見才好。

蕭月兒似是看出寧汐的顧忌，安撫道：「別怕，有我在，皇兄絕不敢為難妳。要是他再敢起歪心思，我就去父皇面前告他一狀，讓他吃不了兜著走。」

這稍顯稚氣的話，寧汐聽著溫暖極了，輕輕點了點頭。

第二百八十二章　捲入

偌大的飯桌，擺滿了各式美味佳餚。可只要有大皇子在場，她就全身緊繃，怎麼都放鬆不下來。就算美味再多，對寧汐來說也無濟於事。

大皇子端坐在上首，蕭月兒坐在大皇子身邊，寧汐刻意坐在蕭月兒身邊。中間隔了蕭月兒，總算可以避開大皇子的目光，這讓寧汐稍稍鬆了口氣。

蕭月兒殷勤地挾了菜放入寧汐的碗中。「來，嚐嚐這個。」

寧汐笑了笑，謝過蕭月兒，挾起菜餚送入口中。此時的她哪有吃飯的心情，再美味的食物入了口中，也只覺得索然無味。

蕭月兒吃了幾口，也咕噥著。「唉，比妳做的可差遠了。」

大皇子坐在一旁，只吃了幾口，便擱了筷子，目光似有似無的落在寧汐的臉上。寧汐不自覺地往後縮了縮，稍稍放下的心不自覺又提了上來。

蕭月兒不高興地瞪了大皇子一眼。「皇兄，你老盯著寧汐做什麼？」

「月兒……」饒是大皇子面皮雄厚，也被問得有些尷尬了，咳嗽了一聲。

「之前的事我還沒找你算帳呢！」蕭月兒輕哼一聲。「要是你再敢打寧汐的主意，我以後再也不理你了。」

大皇子不得不為自己辯解幾句。「我沒別的意思，就是有些話想單獨問她。」

蕭月兒秀眉一挑，不客氣地說道：「不行，要問什麼就當我的面問。」她可不放心讓寧汐和他單獨待在一個屋子裡。

所謂一物降一物，霸道的大皇子遇到刁蠻的蕭月兒就沒了轍，無奈地攤了攤手。「好好好，都依妳總行了吧！」

飯也吃得差不多了，三人移步到了隔壁的屋子裡，宮女們上了茶和點心，便在菊香的示意下退了出去。大皇子想了想，吩咐高侍衛等人全都在外面守著。此事太過重要，不能讓任何人知曉。

趁著這片刻工夫，寧汐冷靜下來，腦子裡飛速的運轉著，最終還是決定將所知的一切如數相告。

如果任由前世的一切重演，四皇子登基之後，必然不會放過大皇子，容府一門上下都會受牽連。好在還有幾年時間，只要大皇子提前防範，說不定登上皇位的就另有其人了……

「那一次，我作了很長的一個夢。先是夢到公主殿下出了事，聖上因此大病一場。後來，聖上便對三皇子殿下心存隔閡……」

寧汐刻意壓低了聲音，將前世所知的一切娓娓道來。

在說到最後登基的人是四皇子時，蕭月兒雙眸圓睜，脫口而出道：「不可能是四皇兄，這絕不可能！」四皇子胸無大志耽於玩樂，怎麼可能做上太子繼承皇位？

「怎麼可能？」大皇子也是一臉震驚，霍然起身。

面對他們的激烈反應，寧汐卻十分鎮靜。「我夢到的就是這樣。」頓了頓，又說道：

「我自小夢境就十分靈驗，這樣的大事，我更不敢欺瞞殿下。」

大皇子目光森冷，語氣中透著寒意。「這樣重大的事情，妳為什麼之前不說？」

寧汐垂下眼瞼，低低地應道：「我人輕力微，不敢隨意談論皇家之事。再者，就算說了，又有誰會信？」

這倒也是。若是早幾個月她說這些，只怕他連聽到底的耐心都沒有。可在見識過寧汐的種種過人之處之後，他對她的話已經信了八成……

大皇子面色冷凝，唇角抿得極緊，一言不發。他身為嫡長皇子，本是太子的不二人選。可是皇后早逝，惠貴妃又得寵，三皇子聖眷日隆。朝中那些大臣都是圓滑世故之輩，在太子之位不明之前，大多是牆頭草，真正站在他身邊的並沒多少。他一心和三皇子較勁，怎能想到最後得漁翁之利的竟是不起眼的四皇子……

蕭月兒蹙著眉頭，憂心忡忡地說道：「皇兄，接下來要怎麼辦？」

大皇子定定神，沈聲說道：「還沒到最後一刻，事情就有回旋的餘地。」不到最後，他絕不甘心放棄！

寧汐出乎意料地出言支持。「殿下說的對，當日我夢到公主殿下出事，提前示警，公主殿下總算安然無恙。照這樣看來，夢境中出現的事情也是可以改變的。」

大皇子眸光一閃，眼神灼灼地落在寧汐的臉上。「妳真的這麼認為嗎？」他真的能扭轉原來的命運嗎？

寧汐深呼吸口氣，用力地點點頭。「是，殿下雄才大略志存高遠，一定能得償所願。」

從這一刻起，她已經被捲入了皇位爭鬥的血雨腥風中。前世是被人利用，這一世，她卻是無奈被捲入。冥冥之中，似有一雙無形的手，將她推到了這一步。

站在大皇子這一邊，確實有與虎謀皮的隱患。可事到如今，也由不得她退縮後悔，想對付四皇子，大皇子自是最佳人選。如果真的能扳倒四皇子，讓他眼睜睜的與皇位擦肩而過，這對四皇子來說，一定是世上最大的痛苦和煎熬。而對她來說，則是世上最愉快的事情。

大皇子的眼神很複雜，眼前這個纖弱的美麗少女，身上卻有種令人信服的巨大力量。簡簡單單的一句話，便讓他熱血沸騰起來。再想到她身上所具有的神奇異能，她的美麗中更添了神秘。這種美麗和神秘，對男人來說幾乎是致命的吸引力。那種將她占為己有的衝動又湧上了心頭，甚至比原先更強烈……

寧汐清澈的目光和他在空中相遇，似是窺出了他最隱晦的心思，忽地笑道：「殿下曾答應過我的事情，可還算數？」

大皇子有種被洞悉心思的羞惱，冷哼一聲。「本王說話算話。」

寧汐順勢謝恩。「多謝殿下。」只要今天能平安出宮，她一定謹記今天的教訓，再也不會輕易的出現在大皇子的視線中。

蕭月兒雖然不知道他們在說什麼，卻也猜到絕對和之前的事情有關，不由得歉意地笑了笑。「寧汐，皇兄一向重信諾，既然答應了妳，就絕不會再動別的心思，妳只管放心。」

寧汐抿唇一笑，正待說什麼，忽然聽到外面有人稟報。「容參將和容翰林求見殿下！」

容琮和容瑾？他們兩個怎麼來了？寧汐眼中掠過一絲驚喜，蕭月兒聽到容琮的名字迅速的紅了俏臉，唯有大皇子面色更加陰沈了。

這裡是皇宮，不允許外臣隨意出入。他們兩人能遞了名帖進來，不知費了多少心思。容瑾果然是個情種，為了寧汐什麼都做得出來！

蕭月兒見大皇子半天沒動靜，忍不住催促道：「皇兄，你快些去吧！別讓他們等急了。」

大皇子回過神來，似笑非笑地瞄了蕭月兒一眼。女大不中留啊，胳膊肘已經開始往外拐了，一聽到容琮來了，便將他這個皇兄拋到九霄雲外去了！

蕭月兒可不管他心裡想些什麼，自顧自地替他應了。「高侍衛，讓兩位容大人去皇兄的寢宮裡等一會兒，就說皇兄一會兒就到。」

高侍衛應了一聲便去了。

大皇子又是好氣又是好笑又是無奈。「月兒，我又沒說不見他們，妳這麼急幹什麼？」

蕭月兒嬌嗔道：「你想知道的，寧汐都說了，你還賴在我這兒不走做什麼？還想偷聽我們說悄悄話不成？」

大皇子哭笑不得，只得推門出去了，臨走前，回頭看了寧汐一眼。那一眼裡包含的意思實在太多，寧汐被看得心裡直發毛。

老天保佑，大皇子以後可別再動她的心思了，她可應付不來這樣一次又一次的事端……

接下來的時間裡，寧汐和蕭月兒都有些心不在焉。寧汐在惦記著容瑾的安危，蕭月兒卻在悄悄回想著容琮的颯爽英姿，心裡似有小鹿到處亂撞，臉上一片嫣紅。

不知過了多久，大皇子終於派人送了信過來。

容琮、容瑾兩人已經走了，此刻大概已經到了宮門外。

蕭月兒這才幡然醒悟，忙命菊香送寧汐出宮。臨走前，蕭月兒依依不捨地拉著寧汐的手嘆道：「只怕這兩個月裡，我是沒時間再見妳了。」

寧汐終於逃過一劫，心情大好，聞言打趣道：「這倒不怕，等妳成親以後，還愁沒時間見面嗎？」

蕭月兒俏臉一紅，心裡甜絲絲的，不甘示弱地反擊。「等妳以後也嫁到容家了，看我怎麼收拾妳。」

這次可輪到寧汐臉紅了，兩人親熱地說了會兒話，終於在菊香的催促下道了別。

寧汐急著出宮，一路上也不多話，步伐比平日快了許多。菊香本想為之前的事情解釋幾句，見寧汐心不在焉的樣子，也不好張口了。

到了宮門處，菊香上前低語了幾句，那看守宮門的太監便開了門。

寧汐迫不及待地走了出去，不遠處，果然有個熟悉的身影在等著她。她迅速地小跑了過去，容瑾越來越近了，他眼中的焦灼和急切清晰可見。

不知怎麼的，淚水忽地奪眶而出，模糊了視線。寧汐生平第一次無所顧忌，就這麼撲入容瑾的懷中。

容瑾身子微顫，一言不發，只是用力地摟住了她。用盡了全身的力氣，似要將她揉進身體一般。

第二百八十三章　怒火

容瑾的懷抱很安全很溫暖。

寧汐無聲的落著淚，肩膀微微聳動著，雙手緊緊的抓著容瑾的衣襟，差一點她就不能安然出宮了，只差一點點……

容瑾沈默地摟著寧汐，兩人就這麼相擁著，眼中只有彼此，再也沒有了旁人。

被忽略得很徹底的容琮終於忍不住了，用力地咳嗽幾聲，暗示自己的存在。

寧汐哭聲一頓，卻沒好意思抬頭，匆匆地用袖子擦了擦臉。容瑾略有些不滿地瞪了容琮一眼，容琮很無辜。

「我只是提醒你們兩個一下，有什麼話可以上馬車再說。」就這麼大剌剌的站在宮門外又摟又抱的，實在太扎眼了！

容瑾嗯了一聲，低聲說道：「汐兒，先上馬車。」說著，將寧汐抱上了馬車。那毫不避諱的親密，讓容琮大開眼界之餘不免暗嘆一聲，看容瑾這架勢，容府三少奶奶的位置非寧汐莫屬了。

被容琮這麼看著，寧汐有些發窘的紅了臉，坐上馬車之後，便刻意坐得遠了些。容瑾卻不管這些，立刻緊緊地湊了過去。

「汐兒，妳……怎麼樣？」大皇子沒對妳怎麼樣吧？這句話是怎麼也不好直接問出口，卻在焦灼的眼神中畢露無遺。

寧汐擠出一絲笑容，輕輕地說道：「我沒什麼。」雖然一度很危險，總算安然無事。

容瑾這才稍稍鬆了口氣。

得知寧汐被人接進宮中之後，他便有了不妙的預感，立刻拉上容琮一起過來。不出所料，大皇子果然也在宮中，他又氣又急又擔心，忙遞了名帖進去求見大皇子。

所謂求見，當然只是個藉口，不過是藉著這樣的行動表示出捍衛寧汐的決心。大皇子總算還沒色慾薰心，終於肯出來見他，一場軒然大波就此化為無形。

幸好寧汐平安無事。不然，他真不知自己衝動之餘會做出什麼事情來！

容瑾握住寧汐柔軟冰涼的手，給她一些溫暖。礙著容琮也在，好多話不方便問出口，兩人並未說什麼，就這麼親密的握著手依偎在一起。

一向不喜風花雪月不懂浪漫的容琮，也生出了微妙的羨慕，打趣道：「三弟，你不是一直有些潔癖嗎？什麼時候改掉的毛病？」

容瑾一向不喜歡肢體接觸，若是有人隨意的碰觸他，他保准立刻翻臉，現在卻將人家姑娘的小手握得緊緊的。

容瑾斜睨了自家二哥一眼，輕哼一聲，懶得搭理他。

寧汐雖不是第一次聽說容瑾有這個毛病，但仍忍不住追問了一句。「你真的有潔癖嗎？」不是吧，每次見面他都動手動腳的，哪裡有半分像有潔癖的樣子。

容瑾咳嗽一聲，算是默認了。其實，說是潔癖有些誇張了，他就是討厭別人碰觸自己而已。

寧汐心裡忽地生出一絲甜意。反手握緊了容瑾的手。「你怎麼找到皇宮裡來了？」

容瑾淡淡地一笑。「我去了寧家一趟，聽妳娘說妳被接到宮裡了，我就找過來了。」頓了頓，試探地問道：「大皇子單獨見妳了？」

寧汐點點頭，抬頭一看，容瑾的臉已經黑了一半。

寧汐心裡一暖，低聲安撫道：「你放心，我現在不是好好的嗎？」

她一個纖弱的女孩子，究竟是怎麼逃過這一劫的？容瑾抿緊了唇角，目光忽地落到了寧汐的脖頸處。白嫩的脖子上，一處淺淺的血痕尚未結疤，令人看了觸目驚心。

容瑾眼眸微瞇，聲音透著森森的冷意。「汐兒，妳的脖子上怎麼會受了傷？」

寧汐含糊地應道：「不小心碰了一下，現在已經不疼了。」

容瑾自然不會相信這樣的鬼話，面色越發陰冷。這傷口淺淺的，像是被什麼尖銳的東西劃傷，當時到底出了什麼事？

容琮開始覺得自己多餘了，隨意扯了個藉口便下了馬車，待馬車裡只有他們兩人時，容瑾沈聲問道：「到底出了什麼事？」

寧汐見瞞不過去，只得避重就輕地說了一些，儘量輕描淡寫地弱化大皇子逼近自己的一幕，容瑾的臉色卻越來越難看，一副山雨欲來風滿樓之勢。

待寧汐話音一落，容瑾猛然握拳，用力地砸了一下車廂，發出一聲巨響。該死的混帳！竟然打著這種齷齪的主意！

車伕被這聲響驚了一下，卻不敢多嘴，識趣地將馬車拐了個彎，繞到一個僻靜些的巷子裡。

寧汐從未見過他這般狂怒的樣子，也被嚇了一跳，忙安撫道：「你先別生氣，我現在不是好好的嗎？」

他怎麼可能不生氣?!如果不是寧汐機敏膽大，現在寧汐會是什麼樣子……一想到這個，他就覺得不寒而慄，繼而一股無邊的怒火在心底蔓延開來，那種想要揍人的衝動簡直按捺不住。

一雙細長的胳膊忽地摟住了他的脖子，嫩滑的面頰輕輕的貼上了他的臉。「容瑾，我知道你心疼我，可胳膊擰不過大腿，犯不著為了這件事和大皇子結仇。再說了，大皇子已經答應放過我了，你就不要再生氣了好不好？」

容瑾滿腔的怒火，被寧汐的輕聲細語澆滅了一半，臉色雖然依舊難看，到底恢復了冷靜理智，腦子裡飛速地掠過一連串的念頭，終於緩緩的吐出一句話。「要是再有第二次，我一定饒不了他！」

寧汐心裡一鬆，唇角綻放出了一抹甜笑。「你放心，不會再有第二次了。他以後要忙的事情多得很，哪有時間多看我一眼。」要想扭轉天機，大皇子要做的還很多。在一切尚未明朗之前，大皇子必然要借助容家在朝中的聲勢，怎麼可能再來招惹他？

美人多得是，江山可只有一個。

容瑾卻下定了決心。「等過些日子，我們先訂親，到明年，我就娶妳過門。」看哪個男人還敢覬覦寧汐。

一直堅持遲些成親的寧汐，難得的沒有出言反對。所謂夜長夢多，一天沒成親，大皇子就不會死心。要想早日杜絕後患，只有正式的定下名分。

容瑾見她沒有出言反對，心情頓時好了一些，長臂一展，輕輕鬆鬆地將寧汐摟著坐到了腿上。

寧汐被嚇了一跳，抬頭正欲說話，被濕熱的雙唇牢牢的封住。彼此呼吸吞沒入唇中，心跳聲在耳邊迴響。朱唇微啟，容瑾靈活火熱的舌便鑽了進來，勾住她的綿軟小舌纏綿起舞。寧汐漸漸沈醉在這樣的親暱中，胳膊軟軟的摟著容瑾，貼得越發近了。

臉頰熱熱的，渾身的血液都往頭上湧去，似在害怕什麼，又似在迫切的渴求著什麼，寧汐無意識地呻吟一聲。

那細細的聲音鑽入容瑾的耳中，容瑾身子便是一顫，嘴唇慢慢地往下，在她的耳後輾轉吮吸。大手悄然探入她的衣襟內，摸索到了柔膩光滑的肌膚，貪婪地在腰際四處游移，然後漸漸往上。

寧汐正值意亂情迷，壓根兒沒力氣推開他使壞的大手，任由他的手覆住她胸前的柔軟，輕拈慢揉，心底似有一股火苗，令人燥熱難耐。

兩人鬧得不可開交，連馬車何時停頓下來也不知道。

「少爺，已經到寧家小院了。」車伕沒敢靠得太近，扯著嗓子喊道。

寧汐被嚇了一跳，猛地推了容瑾一把，卻被容瑾反手捉住了胳膊，重重地吻了一通，才嘆息著抬起頭。「知道了，這就下去。」

寧汐脹紅了臉，手忙腳亂地整理已經散亂不堪的衣物，孰料越急越是慌亂，一不小心，衣結竟是成了死疙瘩。

容瑾低低地笑了。「我來吧！」修長的大手竟是十分靈活，片刻工夫就將衣結解開又重新繫好，又替寧汐理了理鬢邊的髮絲。

只可惜，寧汐一臉的紅暈一時半會兒卻是消不掉了。

寧暉聽到外面的動靜，搶著迎了出來，待見到寧汐紅著臉孔下了馬車，頓時擰起了眉頭，略有些不滿地瞪了容瑾一眼。

容瑾雖然脾氣不佳，此時此刻也只能裝著沒看見寧暉的白眼，叮囑寧汐幾句，便回去了。

待容瑾走後，寧暉才不滿地嘟囔道：「妳和容瑾還沒訂親，可別早早讓他占了便宜。」寧汐耳朵都快燒起來了，恨恨地白了寧暉一眼，寧暉總算把剩餘的話都嚥了回去。

皇宮裡驚險的一幕，寧汐並未細說，只含糊地說了句「公主叫我去就是說說話」。阮氏和寧有方倒也沒起疑心。

寧暉卻覺得有些不對勁，追問道：「真的就見了公主嗎？」為什麼他總覺得有些不對勁？

寧汐瞄了他一眼，他便不問了。

等寧有方和阮氏都走了之後，寧暉又低聲問道：「妳見到大皇子了吧？」

寧汐嘆口氣，點點頭，迅速地將今天發生的事情說了一遍。

寧暉面色變了又變，最終咬咬牙說道：「怪不得容瑾急急地趕去宮裡。這個大皇子真是厚顏無恥至極，竟然做出這樣欺壓民女的事情。」明明吃了虧，卻只能打落牙齒和血吞，真是窩囊！

寧汐默然片刻，才說道：「明天廚藝決賽，我不去了。」哪怕大皇子只有百分之一的可能出現，她也不願再去了。倒不是怕別的，就是想離大皇子遠遠的。

寧暉點點頭。「也好，不去就不去。咱們不出這個風頭了！」

第二百八十四章　闢謠

第二天清晨，寧有方收拾妥當之後，喊了寧汐一聲。「汐兒，該去一品樓了。」

寧汐抿緊了嘴唇，輕輕地說道：「爹，我不去了。」

寧有方先是一愣，旋即嘆道：「汐兒，妳可想好了？這樣的機會難得，妳真的不去了嗎？」已經到了這一步，放棄未免太過可惜了。

寧汐扯了扯唇角，淡淡地笑道：「我已經決定了。」

寧有方猶豫片刻，嘆了口氣，便點點頭應了，心裡卻升起濃濃的遺憾。如果不是鬧了大皇子這一齣，他們父女兩個此次必然會名聲大振……

正說著話，容瑾來了。

柔和的晨曦下，容瑾狹長的鳳眸也多了一絲溫柔，笑著問道：「好在來得還不算遲，我送你們去一品樓吧！」

寧有方瞄了寧汐一眼，沒吭聲。

容瑾心知有異，看向寧汐，卻見寧汐平靜地說道：「我已經決定放棄廚藝比賽了。」

容瑾自然很清楚寧汐是為了什麼，不假思索地反對。「汐兒，別放棄，今天我會陪妳一起去比賽。」

陪她一起比賽？寧汐一怔。「你……」

容瑾想到大皇子，眸中掠過一絲冷然。「我倒要看看，當著我的面他敢說什麼做什麼。」

寧汐蹙起眉頭，躊躇了片刻，說句良心話，她也捨不得就這麼放棄比賽，可是，一想到大皇子，她便渾身不自在，恨不得永遠不要再見這個人。再說了，外面的謠言不知傳成了什麼樣子……

「如果妳避而不出現，那些說三道四的人，不知要編排多少謠言。」容瑾表情平靜，可細細看去，眼底卻閃著怒意。「今天我陪妳一起去，讓所有人都知道妳是我容瑾的未婚妻，謠言自然會不攻而破！」

這番話，直直的說中了寧汐的心思。寧汐終於不再堅持己見，點點頭應了。

正如容瑾所料，三人剛到了一品樓，便引來了所有人的矚目。

這幾天裡，大皇子殿下看中鼎香樓的寧汐一事傳得沸沸揚揚。寧汐本就名頭極響，現在更是一躍成為眾人眼中的焦點人物。寧汐到底會花落誰家，是嫁入容府做少奶奶，還是會成為大皇子的寵妾？真是個讓人津津樂道的話題。

不過，當容瑾陪著寧汐出現在一品樓的那一刻，各種猜測便自動銷聲匿跡了。瞧兩人相攜而來毫不避諱的親暱模樣，一切都不言而喻了。

寧汐秀美無倫，容瑾俊美無雙，兩人並排站在一起，風采卓然，宛如一對金童玉女，簡直讓人看得眼都直了！

面對著眾人異樣的目光，寧汐心裡咚咚亂跳，面上卻竭力維持著若無其事。容瑾簡直唯恐別人不知道似的，故意挨得寧汐緊緊的，時不時地低語幾句。

寧汐從未在眾目睽睽之下和一個男子如此親暱過，耳際悄然發燙，白玉般的臉頰染上一抹淺淺的紅暈。

容瑾心裡一蕩，眼神越發灼熱。

寧有方在一旁有些尷尬，咳嗽一聲，打破這份曖昧不清的寧靜。「展瑜怎的到現在還沒來？」

寧汐回過神來，四處張望一眼，果然沒看到張展瑜。奇怪，怎麼到現在他還沒來？

正想著，眼角餘光忽地瞄到了張展瑜。

寧有方也看見張展瑜了，忍不住笑道：「這小子，總算是開竅了。」站在張展瑜身邊的苗條嫵媚少女不是上官燕還能是誰？看兩人有說有笑的樣子，顯然漸入佳境有了進展。

容瑾笑了笑，忽然覺得張展瑜比原來順眼多了。

寧汐瞄了笑得溫柔的張展瑜一眼，心裡很高興。張展瑜終於想開了，開始接受上官燕了……

張展瑜目光一掃，含笑走了過來。「師傅、汐兒，你們總算來了。我今天一大早就來了，等了一會兒不見你們，就和上官姑娘說了會兒話。」

寧有方頗有深意地笑了笑。

張展瑜有些心虛的移開了目光，客氣地和容瑾打了個招呼。容瑾一改往日的冷淡，表現得異常隨和，竟主動和張展瑜攀談了幾句。

張展瑜心裡又是好氣又是好笑，容瑾可真是眼裡揉不得一粒砂子，以前看他鼻子不是鼻子眼睛不是眼睛的，從不給什麼好臉色，現在一看他有了「移情別戀」的苗頭，連笑容都燦爛多了。

寧汐笑著和上官燕寒暄了幾句。

上官燕心情極好，本就俏麗的臉蛋越發顯得容光煥發，看寧汐也順眼多了，一口一個寧汐妹妹，絲毫沒有往日的生硬和勉強。

「寧汐妹妹，」上官燕向來是個直性子，有什麼話都藏不住。「聽說上次比賽過後，大皇子殿下去鼎香樓了是不是？」

「確實去了。」寧汐點點頭。這事傳得人盡皆知，沒有否認的必要。

上官燕試探著問道：「那殿下有沒有單獨召見妳什麼的？」

寧汐微微一笑，坦然應道：「當然沒有。殿下就是想去嚐嚐我爹和我的手藝，怎麼可能單獨召見我。瓜田李下，總得避嫌吧！」有些事，只要不承認，就只能是謠言。

她的態度實在太過平靜坦然了，就連知道些內情的上官燕，也開始覺得之前聽說的那些都只是謠傳。遲疑片刻，上官燕才低低地說道：「不管怎麼樣，妳都得小心些，聽說接下來的兩場比賽大皇子殿下都會到場的。」

自從認識以來，這是上官燕對她說過的最友善的一句話了。

寧汐笑了笑。「我知道了，謝謝妳的提醒。」

上官燕還待再說什麼，忽地想起容瑾就在一旁，自嘲的一笑。有容瑾在，寧汐還擔心什麼。再說了，就算寧汐出了什麼事，又跟自己有什麼關係？她們倆可一直是水火不容的死對頭……

「先別說我了，妳倒是也得留點神。」寧汐湊到上官燕耳邊低語道：「妳四叔似乎有些盤算吧！」

提到這個，上官燕的俏臉冷了下來，輕哼了一聲。

上官遠的心思在五天前的比試中表露無遺。只不過，大皇子的全副注意都被寧汐吸引了過去。上官遠空有滿腹盤算，也是無可奈何。

當晚，一肚子窩火的上官燕和上官遠為此事爭執了起來。「四叔，您說過不會逼我的，為什麼又當著這麼多人的面做出那樣的舉動來？您讓我以後還怎麼見人？」

上官遠咳嗽一聲，試圖輕描淡寫地扯開話題。「燕兒，妳先別發火，聽我跟妳說……」

「什麼都不用說了。」上官燕繃緊了俏臉。「總之這是最後一次，不然，我就退出廚藝比賽。」

上官遠如意算盤落了空，心情也不太順暢，再被上官燕這麼一頂嘴，火氣頓時冒出來了，狠狠地教訓了上官燕一通。上官燕任由他數落不吭聲，只堅持一條，終身大事得由自己作主。

上官遠說了半天，見上官燕依舊固執己見，也有些惱了。冷哼了一聲，便拂袖去了。這幾天，兩人都沒說過一句話。

雖然和寧汐的關係和緩多了，不過，上官燕可沒打算把這些事說出來。正所謂家醜不可外揚，這些事情自己心中有數就好了。

想及此，上官燕便扯開了話題。「上一次比試做豆腐，這一次的試題不知會是什麼。」

寧汐這幾天心煩意亂，壓根兒沒考慮過這個問題，被上官燕一提醒，也開始胡思亂想起來。這一次的考題會是魚蝦嗎？或者是海鮮貝類？也有可能是更昂貴的八珍之類的……

一品樓的門口一陣騷動不安，然後忽然安靜了下來。

這一幕實在太熟悉了。寧汐心裡一動，看了過去。

果然，器宇軒昂滿身貴氣的大皇子邁步走了進來。令人詫異的是，他的身邊竟然多了一個令人意想不到的人。

竟是久未見面的四皇子。只不過，這一次，他的身邊沒有邵晏。

四皇子的臉上掛著漫不經心的笑容，看著比大皇子隨意平和得多。可寧汐卻很清楚的知道，這位城府極深的四皇子，絕不像表面流露的這般溫和無害。相反，他才是心機最深沈手段最狠辣的那個！

四皇子在這幾年中一直韜光蓄銳，展現在人前的總是浪蕩不羈的一面。整日吃喝玩樂，願意來廚藝比賽湊熱鬧也不足為奇。可大皇子和他一同前來還一副哥倆好的親密模樣，這可就有點奇怪了。

大皇子明明知道四皇子才是最厲害的對手，為什麼還要做出這樣的舉動來？

寧汐百思不得其解，旋即暗笑自己杞人憂天。皇子們生在宮廷，都是玩弄陰謀的高手，他們各自打著什麼算盤，她就是打破了腦袋只怕也想不出來。

算了，還是別胡思亂想了。他們之間的爭鬥，她沒那個本事插手，還是在一旁老老實實的看熱鬧就好。

兩位皇子相攜而來，威震全場，眾人跪倒一片，沒人敢抬頭多看一眼。在這樣的情況下，站得筆直的容瑾如同鶴立雞群，異常的扎眼。

大皇子和四皇子的目光不約而同的落在了容瑾的臉上。

大皇子眸子微微一暗，深不可測。四皇子卻眸光一閃，唇角有了笑意。

第二百八十五章　唇槍舌劍

容瑾淺笑著走上前，拱手行禮。「下官見過大皇子、四皇子殿下。」

大皇子扯了扯唇角，似笑非笑。「容大人倒是有雅興，不去翰林院待著，怎麼到一品樓來了？」一是來提防著他的吧！

容瑾看似恭敬地應道：「今日下官輪休，一時興起，就陪著汐兒來湊熱鬧了，還望殿下不要怪罪。」

「這樣的貴客本王想請都請不來，怎麼會有怪罪之說。」大皇子當然不會失了風度。

四皇子好整以暇地看著兩人唇槍舌劍，順便瞄了「罪魁禍首」寧汐一眼。有些內情，瞞得過普通人卻瞞不過他。前些天在鼎香樓發生的事情，以及後來明月宮裡發生的那一幕，他都有所耳聞。大皇子和容瑾之間的波濤暗湧，可真是別有一番精彩啊……

寧汐垂著頭，也能感受到兩道銳利有若實質的目光在她的身上飄移，渾身的汗毛都豎了起來。就是這個人，使得前世的寧家家破人亡。這一世她只想著遠遠的躲開這個人，可沒想到命運卻一步一步地將她推向和四皇子對立的一面……

四皇子咳嗽一聲，笑道：「容瑾既然已經來了，不如一起去廚房做個評判吧！」又笑著看向大皇子。「大皇兄，你還不知道吧，容瑾對吃可是出了名的挑剔難纏。待會兒正好讓他評點幾句，看看這次廚藝比賽裡有幾個能入得他的眼。」

這一番連說帶笑，不著痕跡地化解了大皇子和容瑾之間的尷尬冷凝。

大皇子無可無不可地點了點頭，容瑾挑了挑眉，淡淡地笑著應了。然後，旁若無人的走到寧汐面前。「汐兒，我暫時不陪妳了。」音量不高也不低，正好讓在場的人都能聽見而已。

寧汐先是一怔，旋即反應過來，笑著抬起頭，輕輕地嗯了一聲。

兩人毫不避諱的親暱，落在大皇子眼中，別提多刺目了，眼眸暗了暗，然後若無其事的移開了目光。

四皇子看戲看得很舒心，眼眸微微瞇起。

一行人以大皇子為首，進了廚房。大堂裡終於又恢復了竊竊私語，幾乎所有人的目光都有意無意的朝寧汐看了過來。寧有方和張展瑜也被這些目光波及，只覺得渾身都不自在。

寧汐置身眾人異樣的目光中，反而很鎮定。寧有方也被她的鎮定感染，自嘲地低語道：「我剛才可被嚇得不輕。」要是大皇子隨時翻臉，可就真的糟了，不管是容瑾和寧汐都沒好果子吃。

寧汐何嘗不是忐忑難安，只不過她對容瑾有種近乎盲目的信心。只要有容瑾在，不管是大皇子或四皇子，都傷害不了她！

上官燕一雙妙目緊緊的盯著寧汐的臉孔，眼中閃過一抹複雜。雖然不想承認，可寧汐這份臨危不亂鎮靜自如的功夫實在令人佩服。

張展瑜心裡也是五味雜陳，面上卻絲毫不露，甚至笑著打趣道：「過了今日，只怕所有人都知道容少爺才是汐兒的心上人，那些捕風捉影的謠言不會再有了。」

寧汐俏臉紅了紅，啐了他一口，眼底的甜蜜卻瞞不過眾人。

等了半個時辰左右，第一組的廚子們很快便出來了。寧汐打起精神，和張展瑜、上官燕一起走了進去。

張展瑜習慣性地走在了寧汐的身邊，走到半途，忽地想起什麼似的，放緩了腳步。待上官燕快步走了上來，正好和上官燕並肩前行。

這一細微的動作，令上官燕喜出望外，眼眸熠熠發亮，閃耀出別樣的美麗。

張展瑜心裡微微一動，眼神柔和了許多。他一直站在寧汐的身後，希冀著寧汐能回頭給他一個笑容，可這注定只是個奢望。

寧汐敬他信賴他，可卻不愛他。那種近乎卑微無望的感情，日日夜夜的折磨著他。那種求而不得的痛苦，大概只有過來人才能體會。現在，這樣一份真摯熱烈的感情明明白白的擺在他的眼前，他焉能一直無動於衷？

寧汐像是察覺到了什麼，迅速地回頭看了一眼。待看到張展瑜和上官燕相視而笑時，心裡感到歡喜和慶幸。張展瑜終於徹底想開了，從今以後，他會有自己的愛情和幸福，她也可以放心了……

來了幾次，寧汐對一品樓的廚房格局已經非常熟悉。經過長長的長廊，又拐了個彎，便到了。偌大的廚房裡，整齊地擺放著幾排爐灶，另一旁的桌子上，擺滿了各類食材。

上官遠和另外兩位大廚一臉陪笑的站在一旁，坐在正前方的赫然是大皇子和四皇子，至於容瑾，則坐了稍微矮一些的椅子。他和四皇子還算有些交情，時不時地閒聊幾句。寧汐進來之後，他便坐直了身子，目光定定地落在寧汐的身上。

同樣盯著寧汐的，還有大皇子。他的目光深沈，讓人猜不透他到底在想些什麼。

寧汐挺直了腰，目不斜視。大皇子既然答應過要放過她，總不至於這麼快就出爾反爾。再說了，容瑾和四皇子也都在，大皇子總不會像上次那樣做出什麼不合常理的舉動來，現在她要把全部注意力都放在廚藝比賽上。

上官遠宣佈了比賽題目，今天要比試的是魚蝦。

每個廚子都分到了一條兩斤左右的魚，另有半盆活蹦亂跳的蝦。其他所需的食材，到前面去領。比賽規則很簡單，以魚和蝦為主料，做出美味的菜餚即可。至於菜餚的分量和數量並無限制。

張展瑜低低地說道：「應該是做的菜餚越多越好吧！」同樣的食材，能做出兩盤甚至更多的菜餚，得的分數總該高一些。

寧汐嗯了一聲，腦中迅速地轉了轉，便有了主意。

先將魚頭剁開，和魚骨一起熬湯，放入豆腐等輔料，便是一道美味的魚頭豆腐湯。鮮嫩的魚肉切成菲薄的魚片，一半做溜魚片，另一半則做麻辣水煮魚。

至於蝦嘛，可做的菜餚就更多了。鹽焗對蝦，香脆可口。蝦仁蒸蛋羹，滑嫩爽口。最後一道醉蝦，更是令人叫絕。將活蝦放入乾淨的碗中，再倒入烈酒。不過片刻，蝦便醉醺醺的，然後入鍋烹製。這樣做出來的蝦味道鮮美毫無腥氣，還有股淡淡的酒味，著實是一道難得的美味。

這道醉蝦，是寧汐閒暇無事時自己研究出的新菜式，只有寥寥幾桌客人有幸嚐過，從未真正外傳。因此，當她開始往碗中倒酒時，便吸引了不少人的目光。若不是各人都忙著做自己的菜餚，只怕早就忍不住湊過來看個究竟了。

那雙白皙柔軟細長的手異常靈敏，靈活的在鍋灶前忙碌著，專注的側臉彷彿被一層晶瑩的光芒籠罩著，讓人無法移開眼睛。

容瑾不是第一次看寧汐做菜，可依然有驚豔之感。大皇子眼神深幽不可測，四皇子卻無所顧忌，嘖嘖讚道：「怪不得寧汐這丫頭這麼有名氣，不管廚藝怎麼樣，就憑這副長相，也足以讓人趨之若鶩了。」語氣說不出的輕佻。

大皇子瞄了四皇子一眼，什麼也沒說。

容瑾按捺住心中的火氣，淡淡地笑道：「多謝四皇子殿下誇讚。」

四皇子挑了挑眉，調侃道：「這個時候就開始處處護著她，等以後娶進門，豈不是要捧上天才好？」

容瑾若有所指地笑道：「心愛的女人當然得捧著，等過些日子親事定了，下官一定請殿下喝上一杯喜酒。」

一字一字的傳進大皇子的耳中。大皇子扯了扯唇角，忽地笑道：「容大人口口聲聲說訂親，不知容將軍可知道此事？」

容瑾笑了笑。「下官兄長已經寫了家書命人送走了，不出幾日，就會有回信。」頓了頓，又補充了一句。「下官父親一向很疼下官，想來會對這樣的喜事樂觀其成。」

大皇子似笑非笑地瞄了容瑾一眼。「容大人如此有信心，那本王就靜候佳音了。」

四皇子唯恐天下不亂似的，又笑著插嘴道：「皇兄，你真是哪壺不開提哪壺。容將軍怎麼可能同意容瑾娶一個平民女子過門，到時候要是鬧騰開來，你可不能袖手旁觀，幫容瑾說說情，成全了這有情有義的一對。」

這話聽著動聽，可細細一品味，句句都在挑唆。對四皇子來說，巴不得大皇子和容瑾鬧僵。這麼一來，大皇子和容府的關係也會受到影響。

大皇子卻很沈得住氣，淡淡地一笑，便住了嘴。一碼歸一碼，和容瑾再不對盤，也不能搬到檯面上來，免得影響了他和容府的良好關係。相信容瑾也不是蠢人，不會上這樣的當吧！

果然，容瑾沒有揪著這個話題不放，輕飄飄地扯了開去。「多謝四皇子殿下好意，下官這點家事，哪好意思麻煩大皇子殿下。」竟是絲毫沒動怒。

四皇子枉做了一回小人，也不覺得尷尬，兀自慢悠悠地說笑。「皇兄公務繁忙，這點小事確實顧不上，本王倒是空閒頗多，到時候不妨來找我去跟容將軍說說情。」

容瑾扯了扯唇角，眼底卻沒什麼笑意。

第二百八十六章　讓步

四皇子沈溺玩樂浪蕩不羈，在朝中赫赫有名，聖上並不太重視他，大皇子和三皇子也一直沒將他放在眼底，可容瑾從來不敢小覷了這個四皇子。

表面看到的不一定是事實。四皇子的浪蕩浮誇焉知不是一種偽裝？寧汐也曾說過，她夢到過最後登上皇位的，恰恰是四皇子。由此可知，四皇子的心計之深，猶在大皇子和三皇子之上。

正所謂鷸蚌相爭漁翁得利，四皇子一直示之以弱，分明是想讓大皇子、三皇子生出輕視之心。剛才這一番不著痕跡的挑撥，更可見其心思深沈！他可不能掉以輕心……

三人口不對心地閒聊了幾句，便將注意力又放回到了廚子們身上。

上官遠的目光一直落在上官燕的身上，見她做出了五道菜餚，暗暗滿意地點了點頭。再想起前幾日兩人之間的爭執，不由得擰起了眉頭。

這個傻丫頭，絲毫不懂他的苦心。能給大皇子做侍妾可是天大的榮耀，錦衣玉食不說，若是將來大皇子登基做了皇上，更是享不盡的榮華富貴，偏偏她就是不肯，還為此和他大吵了一架。難道真如上官遙所說，她看上張展瑜那個小子了？

上官遠不動聲色地看向低頭忙碌的張展瑜，眼裡掠過一絲輕視。人長得不錯，手藝也還過得去，可再好也只是個普通的廚子，這樣的人怎麼配得上燕兒？

張展瑜敏感地察覺到有道灼灼的視線落在自己的身上，忙裡偷閒地抬頭看了一眼，正好和上官遠略帶輕蔑的冷然目光碰了個正著。

兩人對視一眼，旋即迅速的移開了彼此的視線。張展瑜心情有些波動，手中的動作不免頓了一頓。

寧汐低低地問了句。「張大哥，怎麼了？」

此時無暇細說，張展瑜隨意地笑了笑。「沒什麼。」便又低頭忙碌起來。

時辰一到，各位廚子都停住了手中的動作。廚房裡香氣四溢，令人食指大動。

上官遠殷勤地笑道：「不知兩位殿下是否有雅興嚐一嚐今日的菜餚？」頓了頓，意味深長地補了一句。「要不，就先從寧姑娘開始吧！」上一次，大皇子可是親自點名要嚐寧汐的手藝的。

容瑾眼神微微一冷，不動聲色地瞄了上官遠一眼，上官遠此舉不知是有心還是無意……

寧汐一臉的平靜，心卻不由自主地提得老高。

四皇子饒有興趣地看向大皇子，卻見大皇子穩穩地一笑。「上官御廚提議得不錯，就從寧汐開始，每個廚子做的菜餚都端來嚐一嚐。」

此言一出，容瑾唇角上揚，寧汐則長長地鬆了口氣。

大皇子這麼說，無疑是讓步了。看來，大皇子總算是有所顧忌，不再明目張膽地打她的主意了。

四皇子眸光一閃，撫掌笑道：「好好好，看來今天要一飽口福了。」

接下來，各個大廚做的菜餚被一一端上前去，供兩位皇子品嚐。至於容瑾，自然是等兩位皇子嚐了之後，才動了筷子。不管是什麼樣的美味佳餚，容瑾只嚐一口，或皺眉或撇嘴或挑眉，總之，笑容極少。

四皇子看得有趣，打趣道：「你可真是挑剔，這麼多美味，難道就沒有一道能入你的眼嗎？」說話的時候，身子自然而然地靠近了一些。

容瑾不著痕跡地讓了讓，淺笑著應道：「下官對吃一向挑剔，讓殿下見笑了。」

四皇子似是沒察覺到容瑾的避讓，逕自笑道：「你的府裡有薛大廚這樣的高手，現在又有了寧汐，以後可是既有豔福又有口福了。」竟是又靠近了一些。

容瑾心底閃過一絲不快，可又不好再退讓，只得若無其事地說笑了幾句。

寧汐看著這一幕，也忍不住蹙了蹙眉，四皇子好男風的事情，可不是什麼秘密，這麼一而再再而三的往容瑾身邊湊，真讓人看著礙眼極了。

他該不是對容瑾動了什麼心思了吧？

寧汐被腦中迅速掠過的想法嚇了一跳，旋即又否定了這個荒謬的想法。四皇子府上豢養了不少美少年，總不該再垂涎容瑾的「美色」吧！再說了，容瑾是堂堂新科狀元，深得聖上青睞，年紀輕輕就入了翰林，仕途一片大好，又有容府這個大靠山。四皇子就算是再色慾薰心，也不敢把心思動到容瑾頭上來……

寧汐忍不住又瞄了容瑾一眼，心裡暗暗埋怨，一個男人，長得這麼好看做什麼，真是太不讓人省心了！

容瑾感應到寧汐的目光，凝神看了過來，兩人的目光在空中相接，各自甜意上湧。剎那間，周圍所有的一切都似停滯一般，他們的眼中只有彼此！

大皇子淡淡地看了含情脈脈對視著的兩人一眼，眼裡閃過一絲陰霾。

接下來，上官遠和方御廚、王大廚開始品嚐打分。這個過程倒是快多了，既然不公布分數，各位大廚反而心中坦然，俱是笑著出了廚房。

寧有方早等得心急如焚，急急地迎了上來，低聲問道：「汐兒，沒人為難妳吧？」

問得很含蓄，可寧汐卻是一聽就懂，笑著應道：「爹，您放心吧，我好好的呢！」

寧有方這才稍稍鬆了口氣，正待再追問，方御廚已經扯著嗓子喊人進去比試了，只得收拾了心情，和其他諸位大廚一起進去了。

一品樓的大堂裡空蕩蕩的沒剩幾個人了，上官燕捨不得走，一直站在張展瑜身邊，一雙妙目含情脈脈。

張展瑜對這樣的熱情還有些不適應，再有寧汐在一旁，就更不自在了，咳嗽一聲笑道：「在這兒待著也沒什麼事，不如出去轉轉吧！」

上官燕欣然應了。

寧汐卻笑咪咪的搖頭。「我昨晚沒睡好，有些累了，就不出去了。你陪上官姊姊出去轉會兒吧，我在這兒等爹出來。」難得張展瑜開了竅，她就別跟著礙手礙腳了。

若是放在往日，張展瑜無論如何也不會扔下寧汐一個人，今天卻猶豫了片刻，顯然心意未定。

寧汐迅速地朝上官燕使了個眼色。上官燕立刻笑著說道：「張大哥，寧汐妹妹既然這麼說了，就別勉強她了。我們只在附近隨意轉轉，很快就能回來的。」

張展瑜終於點了頭，叮囑了寧汐幾句，便和上官燕走了。兩人並不親暱，中間隔了好一段距離，可不管怎麼說，至少是個好的開始。

寧汐坐在窗邊，靜靜的看著兩人的背影遠去，嘴角自始至終噙著一抹笑意。

若說心裡沒有一絲酸澀，那是騙人的。自從相識以來，張展瑜便一直默默的守在她的身邊，心裡眼裡都只有她。她對張展瑜沒有愛情，卻有深厚的感情。現在，張展瑜開始試著接納別的女孩子，這也意味著，在張展瑜的心中，她再也不是最重要的那一個了！

不過，這一絲悵然和唏噓比起張展瑜找到心愛姑娘的喜悅來，卻是微不足道。上官燕是個不錯的女孩子，希望張展瑜能好好把握這份幸福……

等了許久，兩人才回轉，張展瑜還是那副木訥少言的樣子，上官燕卻是俏臉嫣紅，明亮的大眼中閃爍著喜悅的光芒。

寧汐眼尖地發現上官燕的手中多了一個小小的布包，忍不住好奇地問道：「上官姊姊，妳手裡拿的是什麼？」

上官燕羞答答地瞄了張展瑜一眼。「剛才我在貨郎那裡看中了一把梳子，張大哥就買了送給我。」這也算定情信物了吧！

寧汐微微一怔，旋即歡喜地笑了起來，鬧著非要看看不可。

上官燕滿心的甜蜜，巴不得有人分享，也顧不得寧汐是自己「前任情敵」的事情了，興致勃勃地將布包小心翼翼地展開，裡面赫然是一把做工精緻的木梳。

寧汐看了看，狠狠地誇了一通好看，直把上官燕誇得霞飛雙頰，滿心歡喜。

張展瑜頗有些不自在地扭過頭去，假裝沒聽到寧汐和上官燕的對話，可耳際卻隱隱地開始泛紅。

就在此時，最後一組比試的大廚們終於出來了。

寧有方神采奕奕地走了出來，顯然成竹在胸極有把握。

寧汐深知他的廚藝，一點也不為他擔心，笑咪咪的上前，親暱地拉著他的袖子。「爹，我們回去吧！」

寧有方笑道：「等一等容瑾吧！」

「不必等他了。」寧汐笑了笑。「大皇子、四皇子都在，他怎麼好一個人先走。」說不準就被拉去喝酒什麼的。

果然，等了片刻也不見容瑾出來，寧有方便領著寧汐、張展瑜回去了。

之前大皇子的讓步，使得寧汐的心情好了許多，一改前幾日的沈鬱，有說有笑興致高昂。寧有方不知多少日子沒見過她這般歡快開心，心裡別提多高興了。「今晚回去做幾個好菜，我們一家人好好喝上幾杯，就當是提前慶祝了。」

寧汐連連點頭，這些日子不順心的事情實在太多了。先是寧暉，再是她的鬧心事，一樁接著一樁，現在總算告一段落了。

只可惜，這份愉快的心情只維持到了晚上。

第二百八十七章　一波又起

一家人難得聚在一起吃了晚飯，氣氛倒還算輕鬆和睦。

寧暉病了一場之後，整個人瘦了一圈，越發顯得清俊，原有的些許青澀稚嫩徹底褪去，多了幾分成熟。聽寧汐今天發生的事情之後，寧暉鬆了口氣，笑道：「大皇子殿下總算顧忌著容家，以後該不會惦記著妹妹了。」

寧汐拚命點頭，惹笑了一家人。

久違的歡聲笑語在寧家小院響起，讓阮氏頗有些感慨，忍不住嘆了句。「今年的煩心事一樁接著一樁，現在總算好了。」頓了頓，又打趣道：「等這次廚藝比賽結束了，說不準我們寧家就會出位御廚，那時才叫喜事臨門呢！」

寧有方哈哈一笑，故意瞄了寧暉一眼。「再有半個月就要放榜了，要是暉兒能高中舉人，才是一大喜事。」

不愧是有默契的夫妻，阮氏立刻接了一句。「到時候再給暉兒定門好親事，我們寧家就三喜臨門了。」夫妻兩個一搭一唱的，無非是想探探寧暉的心意。趙芸這一頁算是揭過去了，今後總得為寧暉張羅一個好媳婦。

寧暉的笑容一頓，低下頭，一句話也不肯說，顯然還是放不下趙芸。

寧有方面色一沈，正待訓斥幾句，阮氏連連朝他使眼色，難得一家子高高興興的，還是別提這個了。

寧有方輕哼一聲，總算把到了嘴邊的怒斥又嚥了回去。

原本溫馨愉快輕鬆的氣氛，冷了一半不止。寧汐忙扯開話題。「娘，有件好事還沒告訴你們呢！」

阮氏的注意力被吸引了過來，寧暉也暫時拋開了心事，好奇地豎長了耳朵。

寧汐笑著把張展瑜和上官燕的事情說了一遍。「……今天張大哥陪著上官燕出去，還買了個定情信物送給她，估計很快就要有好消息了呢！」

這一齣，卻是連寧有方都不知道了，聽了之後便笑了。「這塊榆木疙瘩總算開竅了。」

這樁心事終於可以放下了，不然，總覺得對張展瑜有所虧欠似的。

阮氏也抿唇笑道：「展瑜在京城無親無故的，到時候我這個師娘可得幫著張羅張羅。」普通百姓說親沒太多講究，可有些事卻是必不可少的，譬如找媒婆上門提親之類。張展瑜一個大男人，哪裡懂這些，少不得她這個師娘出馬了。

只要不提自己的親事問題，寧暉便也輕鬆多了，笑著道：「娘，這事得先問問展瑜的意思，可別太過著急了。」

阮氏笑著點頭應了，一家人就著張展瑜的親事問題討論了起來。寧汐也興致勃勃的加入了話題，心底最後一絲酸意也徹底沒了。

就在說得熱鬧之際，敲門聲響了起來。

「都這麼晚了，會是誰啊？」阮氏皺了皺眉頭，準備起身開門。

寧汐心裡一動，忙搶著起身去開門。「娘，我去開門。」說著，便一路小跑著到了門邊，利索地開了門。

夜幕低垂，只有幾點繁星，雖然隔得很近，也看不清對方的面孔，可那個慵懶的倚在門邊的身影實在太過熟悉了，她就算是閉著眼睛也知道來人是誰。

「你怎麼這麼晚過來了？」寧汐心裡甜甜的，口中卻抱怨道：「瞧瞧你，一身的酒氣。」

黑暗中，容瑾簡單地應了句。「我想過來看看妳。」聲音淡淡的，說不上高興不高興。有些不對勁啊……寧汐暗暗蹙起了眉頭，總覺得今晚的容瑾和平時不太一樣，似乎在隱忍著什麼似的……

寧汐忍不住上前一步，借著希微的星光細細打量容瑾，那張熟悉得不能再熟悉的俊臉沒什麼特別的表情，雙手環胸，斜斜的倚在門邊。若硬要挑出些不同來，大概是眼中毫無笑意吧！難道發生什麼事情了？

「你怎麼了？」寧汐也不拐彎抹角，直直的問出了口。

容瑾挑了挑眉。「我好得很，什麼也沒有。」

這話騙騙別人還行，哪能騙得了寧汐，她略有些不悅的瞪了他一眼。「好了，在我面前還藏著掖著做什麼，快些說實話。」

容瑾卻又不吭聲了。

他越是這樣，寧汐的心裡越是不安，正想再追問，就聽寧暉的聲音在背後響了起來。

「是容瑾來了吧！外面天冷，進來說話吧！」

容瑾嗯了一聲，便走了進來，和寧暉一起進了屋。

寧汐愣了片刻，才關了門，也跟著進了屋子。她幾乎可以斷定容瑾一定有什麼事在瞞著自己，而且，這事一定非同小可，待會兒一定得找個時間好好盤問他幾句不可。

只可惜，容瑾根本不給她這樣的機會。

寧有方見容瑾來了，隨口笑道：「正好還有些酒，要不要喝兩杯？」不過是隨口說的客套話，怎麼也沒料到容瑾竟然一口就答應了。

寧有方顯然也有些意外，旋即反應過來，連忙吩咐阮氏拿副乾淨的碗筷來。待斟上酒之後，便你一杯我一杯的喝了起來。桌子上的菜餚已經涼了，而且每盤都只剩了一小半。寧有方看著過意不去，忙朝阮氏使了個眼色。

阮氏立刻會意過來，忙去了廚房，又炒了幾個熱菜端過來。

也不知容瑾之前喝了多少酒，總之坐下之後，便一杯接著一杯沒停過，直到把剩餘的半罈子酒都喝了個精光。

寧有方酒意上湧，說話都不太利索了。「再把廚房裡的那、那罈酒也拿來。」

「不能再喝了。」寧汐終於忍不住出聲了，俏臉繃得緊緊的。「再喝下去，就都醉了，容瑾還得回去呢！」

容瑾立刻說道：「難得有酒興，索性喝個痛快，待會兒我就厚顏和寧暉擠一晚好了。」

早已喝得不知東南西北的寧暉傻乎乎地笑著點頭。寧有方又催得緊，阮氏只得又去搬了一罈酒來。雖然不是什麼好酒，可這樣的罈子至少也有三、四斤。要是再這麼喝下去，只怕都會喝趴下，明天誰也做不了正事。

寧汐又勸了幾句，只可惜男人們的酒興一起，沒一個聽得進去，依舊喝得不亦樂乎。

寧暉酒量最淺，很快便受不住了，就這麼端著酒杯傻笑。寧有方自恃酒量大，更不肯在未來的女婿面前示弱，酒一碗一碗地往口邊送，容瑾也不知是哪根筋不對了，喝得比寧有方還猛。

寧汐怎麼勸都不管用，一氣之下，索性回了自己的屋子待著，來了個眼不見為淨。

過了片刻，阮氏也悄悄過來了，不無擔憂地說道：「汐兒，容瑾今兒個是怎麼了？好像不太對勁啊！」認識容瑾這麼久了，還從沒見過容瑾這般失態過。

寧汐輕哼一聲。「我剛才問他了，他什麼也不說。算了，隨他喝好了，我倒要看看，他今晚到底能喝多少。」

阮氏無奈地嘆口氣，嘟囔道：「妳爹也真是的，平日喝一點也就算了，今晚偏和容瑾這麼喝上了，還不知道待會兒怎麼收場呢！」

寧汐沒有吭聲。

這一晚，寧有方和容瑾雙雙喝醉了，寧暉更是醉成了一灘爛泥。寧汐和阮氏一起，費了九牛二虎的力氣將寧有方和寧暉先弄回了屋子。再輪到容瑾，可就犯難了。

先不說睡在哪兒的問題，單是想將容瑾弄出飯廳也得費不少力氣。母女兩個總不好像扶著寧有方、寧暉一般的攙扶著容瑾吧！

容瑾緊閉著雙眸，醉醺醺的趴在桌子上，俊臉隱隱的泛白。

寧汐看著又是心疼又是生氣，想了想說道：「娘，哥哥也喝醉了，不能再讓容瑾和他睡一起，還是扶著容瑾到我屋裡睡下吧！」

阮氏一愣，忙急急地反對。「這哪行，妳一個未出閣的姑娘，閨房哪裡能讓男人睡？要是傳出去了，這名聲還要不要了！」

「還有什麼可顧忌的。」寧汐自嘲的笑了笑。「我早就沒什麼閨譽了。」這輩子，不嫁容瑾還能再嫁給誰？

阮氏還有些不情願，寧汐卻異常堅持，費力地攙扶著容瑾，慢慢地往自己的屋子那邊走去。她個頭嬌小，容瑾又很沈，大半重量都壓在了她的身上，走沒幾步，額頭便冒出了汗珠。

阮氏心疼之餘，也顧不得男女之別，忙上前攙扶著容瑾的另一邊胳膊。於是，容瑾便在醉意朦朧間，爬上了覬覦已久的香榻。

阮氏忙著去照應寧有方父子，寧汐自然得負責照顧容瑾。酒氣撲面而來，不到片刻，屋子裡便都飄著一股酒味，把本該有的那一絲旖旎情思沖得一乾二淨。

寧汐為容瑾脫了鞋襪，又用熱毛巾為他擦拭了臉和手，然後再為他蓋好被褥。忙完這一切，她也覺得困倦了，就這麼趴在床邊睡著了。

不知過了多久，忽聽到耳邊傳來一聲低低的囈語，寧汐陡然驚醒過來，睜開了眼睛。

窗外一片漆黑，顯然是深夜了。昏黃的油燈下，容瑾俊臉一片蒼白，吃力地睜著眼睛。

「我、我這是在哪兒？」

寧汐徹底清醒了過來，沒好氣地白了他一眼，將他扶著坐了起來，一副拷問的架勢。

「你現在老老實實的交代，到底出了什麼事了？」

第二百八十八章　這個情敵啊

「頭好痛……」容瑾皺著眉頭低語。

寧汐只得暫時放棄追問，又去倒了杯熱水，餵他喝了一些。熱氣蒸騰中，容瑾的臉部輪廓有些模糊不清，卻散發著異樣的美麗。這份美麗，是容瑾暗暗深以為恥，卻又無法訴之於口的心結。

一個男人，偏偏長了這麼一張比女人還美的臉，這算哪門子好事？

容瑾眼底閃過一絲陰霾，唇角抿得極緊。

寧汐一直在留意著他的一舉一動，這一絲微妙的情緒變化自然瞞不過她的眼睛，心裡模糊地閃過了一個念頭，忍不住脫口問道：「容瑾，你老實告訴我，今晚你是和四皇子在一起的吧！是不是他對你……」

容瑾霍然抬頭，表情僵硬。

她果然猜中了！寧汐自嘲地苦笑一聲，怪不得容瑾今晚如此失態。一個男人遇上了這樣的事情，不火冒三丈才是怪事，更何況容瑾素來心高氣傲，怎能嚥得下這口氣？

寧汐輕嘆口氣，溫柔地輕撫著容瑾的臉。「到底發生什麼事情了，說給我聽聽，別總悶在心裡。」

容瑾僵硬的表情在寧汐的溫柔細語中漸漸軟化，終於張口說道：「今天廚藝比賽過後，我本打算出去找你們……」

四皇子卻不肯讓他走，非拉著他去了畫舫上喝酒。他和四皇子本就熟識，也不好推卻，只得跟著去了。幾杯酒下肚之後，四皇子的眼神漸漸放肆起來，有意無意地總落在容瑾俊美的臉上。

容瑾何等敏感，很快便察覺出不對勁了，隨意找個藉口便想先行離開。四皇子卻無論如何也不讓他走，甚至藉機拉著他的手笑道：「這麼急著回去做什麼？該不是有美嬌娘在房裡等著你回去吧！」

容瑾生平最恨別人隨意碰觸他，更何況對方還是一個嗜好男風的人，腦中不停告誡自己對方是尊貴的皇子不能鬧得太僵，身體卻下意識地做出了反應，不假思索地將對方的手甩開了。

四皇子沒料到容瑾如此不留情面，笑容也頓住了。

如果當時容瑾忍氣吞聲只當什麼也沒發生，此事也就罷了，可容瑾自小到大何曾受過這等窩囊氣，當時就冷了臉。「殿下請自重。」

冰冷的容顏在燭火的照耀下閃著別樣的美麗。

四皇子早就蠢蠢欲動的一顆心怦怦亂跳不能自已，借著幾分酒意放肆地說道：「本王哪裡不自重了，過來坐下，我們今天不醉無歸。」

容瑾握緊了拳頭，俊臉鐵青。四皇子語氣輕佻，看他的目光灼熱放肆，一絲令人作嘔的慾望顯露無遺。到底是什麼時候的事情，四皇子竟對他存了這樣一份不可告人的心思？

燈下看美人，越看越心醉神迷，四皇子渾然忘卻了眼前這個美少年是怎樣的驕傲和難以親近，又湊了過去，妄圖再握住他的手。

容瑾不假思索地閃身避開，悄無聲息地踢出一腳，正中四皇子的腿骨。他雖然未曾練過武，可這一腳下去用盡了全身的力氣，力道非同小可，四皇子被踢得疼痛入骨，忍不住慘叫了一聲。

一直守在艙外的護衛們被嚇了一大跳，一起搶了進來。趁這混亂之際，容瑾迅速地出了船艙，厲聲吩咐船伕將船搖到岸邊，幸好船離岸邊並不算遠，幾船櫓搖下去，便到了岸邊。

四皇子此時緩過勁來，在護衛的攙扶下走了出來，見容瑾要上岸，頓時一驚，不假思索地喊道：「容瑾，你回來。」岸邊還有幾艘畫舫，都被這邊的動靜吸引了過來。

容瑾氣得臉都黑了，二話不說跳上了岸，速速離開了。

對他來說，這樣的落荒而逃前所未見，簡直是奇恥大辱，心裡似被什麼堵住一般，難受又憋屈。

在這樣的心境之下，他很自然地到了寧家小院。可真正見了寧汐，他又覺得難以啟齒，索性來了個酩酊大醉，也省得一想起這事就堵得慌。

容瑾說完來龍去脈，便住了嘴，俊臉繃得緊緊的。

寧汐看了看他，忽地噗哧一聲笑了起來。

容瑾拉長了臉，有些惱火。「這事很可笑嗎？」他可是一想起就咬牙切齒，恨得殺人的心思都有。

眼看容瑾真的惱了，寧汐忙忍住笑意，柔聲安撫道：「是是是，都是我不好，你別生氣。既然四皇子不存好心，以後離他遠遠的，別和他接觸就是了。」

說得倒是輕巧。容瑾輕哼一聲。「天天在朝堂上，抬頭不見低頭見，哪裡能完全避得開。」

這也是最令他鬱悶懊惱的事情。要是換了別人，他絕不會善罷甘休。可對方偏偏是個皇子，就算再不得聖上歡心，畢竟是天家之子，他根本動不了對方分毫。一想到這個，就各種懊惱鬱悶憋屈。

想想也真是氣人。先是大皇子覬覦寧汐，緊接著又來了四皇子這麼一齣，麻煩接踵而至，讓人透不過氣來。

寧汐喃喃低語。「沒想到，我竟然多了這樣一個情敵。」

「妳說什麼？」容瑾瞪了她一眼。

寧汐忙陪笑改口。「你又沒這種特別的嗜好，就算四皇子有這個心思，也不可能得逞，我想，過上幾天他自然就沒這個念頭了。要是他色心不死，也照樣有法子對付他，反正容府是鐵定站在大皇子這邊，和四皇子對立也是遲早的事，乾脆把這件事的動靜鬧得大一點，驚動聖上，聖上一定會斥責四皇子的。」

這些話不無道理。容瑾面色稍微和緩了一些，腦子又恢復了冷靜理智。「妳說得有道理。不過，這件事要好好籌謀一番。」一個不慎，他的名聲可就全完了。

見容瑾總算不再動輒發怒，寧汐才鬆了口氣，也跟著飛速地動起了腦筋。

要說對付四皇子，法子也不是沒有，最好是借助大皇子的力量，讓他們兄弟鬥個你死我活，可不能將整個容府都拖下水……

寧汐瞄了容瑾一眼，忽地笑道：「我有件事想問你，不過，你要先答應我，不管我問什麼，你都別生氣。」

「你要問什麼？」容瑾其實已經隱隱猜出了寧汐要問的事情。

果然，就聽寧汐好奇地問道：「以前你有沒有被四皇子這樣的人糾纏過？」容瑾長得一副禍國殃民的樣子，只要是有龍陽之癖的，大概都會被迷得神魂顛倒吧！

容瑾輕哼一聲，不肯回答這個問題。

寧汐哪還有不明白的，不知怎麼的，有種想笑的衝動，看看容瑾的臉色，總算忍住了。「你以往都是怎麼對付這種人的？」

「妳還是別聽比較好。」容瑾白了好奇心過重的寧汐一眼。

越是這麼說，寧汐越是好奇，纏著問個不停，已經快撲到容瑾的懷裡不自知。容瑾冷不防地捧住了寧汐的臉，深深地吻了下去，把寧汐所有的疑問都堵了回去。

容瑾之前喝了很多酒，口中帶著濃濃的酒氣，寧汐被酒氣醺得俏臉通紅，費力掙脫開來，忿忿地指控。「登徒子，誰讓你隨便輕薄我的。」

容瑾心情好了不少，閒閒地倚在床頭，嘴角浮起一絲魅惑的笑容。「我連妳的床都上了，這點算什麼。」

床都上了……床都上了！

寧汐陡然脹紅了臉，瞪了過去。「再胡說，我現在就攆你出去。」

容瑾低笑出聲，眉眼柔和多了，長臂一伸，輕輕鬆鬆地將寧汐摟了過來。寧汐乖乖的依偎在他懷裡，氣氛寧靜又安謐。

這樣良好的氣氛，不做點什麼實在太可惜了……

容瑾俯下頭，溫柔的吻上寧汐的唇瓣，寧汐細長的胳膊緊緊地摟住容瑾的脖子，仰頭承接他的溫柔愛憐。兩顆心在這樣的親暱中，越發靠得近了，再不分你我。

良久，容瑾才稍稍抬起頭，呢喃道：「汐兒，我們快些成親吧！我快熬不住了。」

寧汐一怔，旋即反應過來，臉頰火辣辣的。兩人的身體靠得極近，有些變化實在瞞不過她……寧汐不敢再躺在容瑾懷裡，紅著臉推開了他。

容瑾忍住了將她拉回來的衝動，努力平復紊亂的呼吸和心跳。

此時深更半夜四下無人，孤男寡女彼此有情，火苗一點就著。若是依著身體的本能，他剛才早已將她按在床上吃乾抹淨了。可她是他最心愛的女子，是他要攜手終身憐惜一輩子的那個人，他絕不能這樣輕慢了她！雖然這樣忍著很痛苦……

寧汐紅著臉背過身去，等臉頰的熱度退了，才轉過身來，低聲說道：「天還沒亮，你再睡會兒吧！」

容瑾挑了挑眉。「妳呢？」

寧汐白了他一眼，凶巴巴地說道：「你管我去哪兒睡。」話雖說得凶，手底下的動作卻很輕柔，先是將被褥都掖好了，又吹了油燈，才輕輕關上門出去了。

瑩白的月光透過窗子灑落在床腳，容瑾閉上雙眸，長長的呼出一口氣，被褥上充盈著寧汐淡淡的體香，讓人無比的安心。容瑾很快地便有了睡意，腦中模糊地閃過一個念頭。

他要盡快地想出辦法來，讓四皇子徹底死心……

第二百八十九章　登門提親

醉酒果然是件難受的事。

寧暉幾乎睡了一天，寧有方好一些，也到了中午才有力氣起床。至於容瑾，一大早便恢復了清醒，匆匆地回容府去了。

阮氏煮了醒酒湯端給寧有方，口中不停地數落道：「瞧瞧你，昨晚非要和容瑾拚酒，現在好了吧，一天都做不了正事。」

寧有方雖然宿醉未醒頭有些痛，卻嘴硬得很。「誰說我不能做事了，我待會兒就到鼎香樓去。」阮氏懶得和他做口舌之爭，又照看寧暉去了。

吃了午飯之後，寧有方的頭腦稍微清醒了一些，這才想起問道：「容瑾人呢？」男人欣賞男人，都是從酒量開始的。若說以前寧有方對容瑾還有些微詞，現在卻是滿意得不能再滿意了。

阮氏瞄了寧汐一眼，寧汐笑著應道：「他還有事，一大早就走了。」

寧有方點點頭，旋即想起了什麼似的，壓低了聲音問道：「他是不是遇到什麼煩心事了？」昨天晚上那頓酒喝得有些突然，細細一想，其中肯定有些緣故。

寧汐含糊其辭地應道：「可能有一些，我也不太清楚。」這樣的爛桃花，容瑾深以為恥。要是她把這些告訴家裡的人，只怕容瑾會覺得顏面無存。

寧有方也不好再多問了。

不知容瑾回去到底說了什麼，兩天之後，容府竟然來人登門提親了。而且，來的是正兒八經的官媒，阮氏先還沒弄清對方的來意，待問明白之後，頓時有些懵住了。

這……這也太突然了！

之前，容瑾倒也說過要來提親之類的話，可過了這麼些日子都沒動靜，自是容府那邊有了阻力。阮氏心中有數，當著容瑾的面，越發不好問出口，怎麼也料不到容府的手腳這麼快！

那個官媒很是圓滑世故，笑著說道：「寧家嫂子，妳儘管放心，是容府大少奶奶親自請了我來提親的，斷不會有什麼差錯。今日我過來，就是先透個信，你們暫且考慮考慮，明天我再來聽回音，然後去容府覆命。」

越是大戶人家，對兒女親事越講究。小戶人家幾日之內就能定下親事，可像容府這樣的門第，俗禮極多，納采問名等六禮不可少，粗粗算來，至少也得兩、三個月。這其間，媒人不停的往返忙碌，直到禮成。

阮氏定了定神，笑著招呼那個官媒坐下說話。

那官媒見慣了大場合，言談文雅，比起鄉野間的媒婆來，不可同日而語。雖在心中暗暗詫異寧家和容府相差太遠，面上卻是絲毫不露。把李氏交代的話一一說了出來。「容府太太走得早，一直由大少奶奶主事，容翰林的終身大事，容府上下都看得很重。大少奶奶說了，若是你們沒什麼意見，容府那邊就開始張羅著聘禮來提親了。」

頓了頓，又笑道：「大少奶奶還特地讓我帶了句話過來，說是讓你們放心，聘禮雖不能和納聘公主相提並論，卻一定不會比當初納聘李家的時候少。」

這席話說得實在讓人舒心。別說阮氏，就連一旁豎著耳朵的寧暉也挑不出任何毛病來。

阮氏想了想，笑著說道：「汐兒和她爹都沒回來，這事總得全家人合計合計，還請您明日再來聽回話。」

雖然容瑾和寧汐早已私相授受成了一對，不過，這些場面上的俗禮卻是不可少的。要是迫不及待一口就應了，豈不是顯得女方上趕著巴結這門親事了？

那官媒深悉這些彎彎繞繞，含笑應了，便告辭了。

門剛一關上，寧暉便嘖嘖讚嘆出聲。「容瑾真是好樣的。」竟然這麼快就搞定了容府那一邊。

阮氏也十分高興。「這樣的喜事，我可忍不到晚上，走，我們現在就去鼎香樓。」

話一出口，寧暉的眼立刻亮了一亮，不假思索地點頭應了。

阮氏對他的那點小算盤心知肚明，卻也沒忍心拆穿他。趙芸當時態度很堅決，壓根兒沒有半點纏著寧暉不放的意思，就算兩人見了面也沒什麼妨礙吧！

母子兩人各懷心思，各自換了身乾淨的衣裳出了門。

一路上，寧暉的清俊斯文吸引了不少的目光。有兩個十幾歲的姑娘結伴路過，頻頻回頭，寧暉面皮薄，被看得渾身不自在。

阮氏別提多愉快了，忍不住打量了寧暉幾眼。這一留心才發現，往日那個青澀的少年已經長成了英姿勃發的青年。俊秀的臉，頎長的身材，還有那一身的斯文氣質，怪不得招來這麼多姑娘的目光呢！

「娘，您總盯著我做什麼？」寧暉被看得渾身發毛。

「我兒子長得這麼好，我看看也不成嗎？」阮氏掩嘴笑了。

寧暉被打趣得紅了臉。「娘，您可別再說了，要是被別人聽見，我可沒臉見人。」阮氏樂得直笑。

此時，一頂軟轎從他們娘兒倆身邊經過。

轎子中的人聽到寧暉溫潤動聽的聲音，忍不住稍稍撩起了轎簾，偷偷瞄了寧暉一眼。寧暉正展顏微笑，那長長的眉，黑亮的眼，淺淺的微笑，在暖陽中顯得異常耀眼。

不知怎麼的，那小姐竟紅了臉，忙又將轎簾放了下來。

走在轎子邊的丫鬟低聲笑道：「小姐，這個後生長得真俊。」

那個小姐羞惱地啐了丫鬟一口，不肯再出聲。那丫鬟偷笑一聲，便也住了嘴，軟轎迅速地消失在寧氏母子眼前。

寧暉壓根兒不知自己無意中撩動了一池春水，和阮氏一路說笑到了鼎香樓。

眼看著鼎香樓近在眼前，寧暉再也按捺不住心裡的緊張忐忑，雖然佳人無情地拒絕了自己，可他的心裡，卻從未有一刻真正忘懷過她……

此時正是下午時分，正是鼎香樓最悠閒的時刻，偌大的大堂裡，幾個跑堂三三兩兩的聚在一起閒扯，孫掌櫃正低頭算帳。

趙芸在其中卻稍微顯得有些尷尬。她平日裡在三樓做事，每當閒下來了，也不好往男子身邊湊合，便時常和寧汐待在一起。可這些日子，因為寧暉的事情，趙芸和寧汐之間總有些微妙的尷尬，趙芸自覺地縮短了和寧汐在一起的時間。

於是，休息的時候，趙芸也只好到了大堂裡來，拿著抹布，心不在焉地隨意的擦拭，那窈窕的身影，略顯出了幾分落寞。

就在這樣的時刻，寧暉的身影突如其來的撞入她的眼簾。

趙芸怔了怔，眼裡迅速地閃過一絲莫名的情緒，旋即迅速地恢復如常，淺淺地笑著點了點頭，算是打過了招呼，然後便又低頭擦起了本就光可鑑人的桌面。

寧暉笑容一頓，正想鼓起勇氣上前說話，就聽阮氏笑道：「暉兒，我們進去找你爹他們。」

寧暉只得應了一聲，戀戀不捨地看了趙芸的身影一眼，才隨著阮氏去了。

趙芸沒有抬頭，更沒對著寧暉的身影張望不休，只是手中的動作越來越慢了。

對阮氏和寧暉的到來，寧有方很是意外，忙揚聲喊了寧汐過來。寧汐匆忙跑了過來，看清來人，也是一愣。「娘、哥哥，你們怎麼來了？」他們還從沒一起來過鼎香樓呢，一定是發生什麼重要事情了吧！

果然，就見阮氏笑吟吟地說道：「當然是有重要的事情和你們商議。」

寧有方啞然失笑。「有什麼事等晚上回家的時候再說也不遲，非巴巴地跑這兒來做什麼？」

阮氏笑得更歡快了。「我可等不到晚上，現在就得告訴你們才行。」

寧汐的好奇心被吊得老高，扯著阮氏的袖子撒嬌。「娘，到底有什麼事情嘛？」

阮氏抿唇笑了笑，寧暉早搶著說出了口。「妹妹，妳還不知道吧！容府找了官媒上門來提親了！」

什麼？

寧汐被突如其來的消息弄懵了，半晌都沒反應。

寧暉促狹地笑了，抵了抵寧汐。「喂，妳不是高興得傻了吧？」

寧汐回過神來，狠狠地白了他一眼，一顆心卻輕飄飄的，似飄在雲端。容府真的上門來提親了？她和容瑾……真的要訂親了？

阮氏笑著把官媒說過的話又說了一遍。「……我讓她明天來聽回音，要是沒什麼意外的話，容府很快就準備聘禮上門來提親了。」

寧有方滿意地點點頭。「這就好，這就好。」

容府表現得很有誠意，並未顯得趾高氣揚或是瞧不起寧家小門小戶，可想而知容瑾在背地裡做了多少功夫。

阮氏高興了一陣，卻又發起愁來。「那個官媒說了，到時候聘禮絕不會少，要是太多了，將來出嫁的時候，我們哪裡備得起同樣分量的嫁妝。」閨女高嫁，嫁妝若是太少了，以後可會被夫家人瞧不起的。

這倒也是個問題。寧有方皺眉思索了一陣，果斷地說道：「先別管這些了，等親事定了再說不遲。」大不了將積攢了多年的積蓄都拿出來，給閨女置辦一份像樣的嫁妝就是了。

他們討論得熱烈，寧汐卻一直沒出聲，可她的俏臉似會放光一般，閃著毋庸置疑的喜悅。眼睛亮晶晶的，那是身已屬君的幸福！

第二百九十章　前因後果

寧暉含笑看著寧汐。寧汐終身幸福有了著落，他這個做哥哥的當然很高興。再一不小心想到了自己，寧暉的笑容立刻淡了。

他的初戀以黯然神傷收場，現在真心喜歡上的姑娘，家裡又死活不同意。更令他痛心的，便是趙芸當日毫不留情的那番話。在之後的日子裡，每每想及，便撕心裂肺的疼痛不已……

寧汐悄悄地抵了抵寧暉，低低地問道：「哥哥，你見到她了嗎？」

不用指名道姓，寧暉也知道她說的是誰，苦笑一聲，卻什麼也沒說。

寧汐正沈浸在巨大的幸福中，實在無法感同身受，歉意的笑了笑，低聲安撫道：「你也想開些，別總放在心上了。」他和趙芸此生是無緣了，再苦苦惦記只是折磨自己罷了。

寧暉擠出一絲晦澀的笑容。

有了這樣的喜事，寧有方也無心再做事了，索性去找孫掌櫃告了假，一家四口歡歡喜喜地回了寧家小院。

整治了一桌好菜，剛斟上酒，容瑾便來了。他很自如地坐到了飯桌前，儼然寧家一分子。

寧有方和阮氏態度比往日更隨和熱情，就連寧暉的語氣也親暱了不少，笑咪咪地喊道：

「未來妹夫，來，今兒個我陪你好好喝幾杯。」

容瑾聽得渾身舒暢，笑著點了點頭。

寧汐陡然生出幾分羞窘，啐了寧暉一口，竟沒勇氣抬頭看對面的容瑾一眼，白玉般的臉頰染上兩抹淺淺的紅暈。

寧暉和寧汐自小便鬧到大，難得有占上風的機會，別提多得意了。又故意說道：「容瑾，等你和我妹妹訂了親，我們可就是一家人了。索性早些挑個好日子，把我這個凶巴巴的妹妹娶回家得了……」

「哥哥！」寧汐羞惱地瞪了他一眼。「你說誰凶巴巴的？」

寧暉咧嘴一笑，調侃道：「瞧瞧妳這副樣子，別把容瑾嚇跑了，以後看妳嫁給誰去。」再磊落再大方的少女，也禁不住這樣肆無忌憚的調侃。寧汐的伶牙俐齒也派不上用場了，瞪了寧暉半天也擠不出半個字來。

容瑾咳了咳，一本正經地說道：「大哥此言差矣，汐兒肯對我凶一點，我心甘情願的。」

寧家人被逗得哄堂大笑。

寧汐再也招架不住了，匆匆地起身扔了句「我去廚房再炒兩個菜」便落荒而逃。在廚房裡待了半天，耳際還是火辣辣的，心裡的甜意卻溢得滿滿的，甜膩得化不開。

幸福來得太快了，讓她有些飄飄然的不真實感……

「汐兒。」一個熟悉的聲音忽地在門邊響起。

寧汐驚醒過來，待看清門邊的翩然身影時，忽然覺得臉上的熱度又升高了，期期艾艾地說道：「你、你怎麼到這兒來了？」

容瑾低低一笑，就這麼慵懶地倚在門邊。「我想來看看，妳的兩個菜炒好了沒有。」

寧汐白了他一眼。「你也來取笑我。」明明知道這不過是她落荒而逃的藉口。

那一眼既嬌且媚，少女嬌嗔的風情在眼角眉梢顯露無遺。容瑾心裡一蕩，忍不住湊上前來，拉住寧汐的手放到唇邊輕輕的吻了一下。

寧汐只覺得手背酥酥麻麻的，全身軟軟的，一點力氣都沒有。

容瑾灼燙的目光在寧汐的臉上流連，最後落到了她如花瓣般鮮潤的紅唇上，心裡的慾望蠢蠢欲動。

寧汐被嚇了一跳。「你別胡鬧，要是被爹娘他們撞見可就羞死了。」

容瑾嗯了一聲，卻迅速地在她的紅唇上偷得一個香吻，然後若無其事的站好。寧汐羞惱不已，狠狠地白了他一眼。

容瑾唇角微微勾起，像隻偷了腥的貓一般自得。

兩人也不說話，就這麼靜靜的對視著。過了半晌，寧汐才張口打破了沈默。「對了，還沒來得及問你，容府怎麼忽然上門來提親了？」之前分明一直持反對態度，現在這轉變也太快了吧！

容瑾淡淡地一笑。

那一天他回了容府之後，便去找了容玨。容玨料到他說的必然還是來寧家提親一事，正待繼續施展拖字訣，然後便被容瑾的一席話驚到了。

「你、你說什麼？」容玨一臉的不敢置信，眼珠子幾乎瞪了出來。「四皇子真的對你……」

容瑾陰沈著臉，俊美的臉隱隱有些扭曲。這種奇恥大辱的事情，要不是對著自己的親兄弟，他絕不可能說出口！

容玨氣得一拍桌子。「這個四皇子也太過分了！當容府好欺負的嗎？竟然敢把這等齷齪的心思動到你頭上來了！」

容家父子四人，在朝中都是響噹噹之輩。容將軍戰功赫赫，手握兵權。容玨身為御林軍統領，負責京城治安守衛之責。容琮武藝高強深諳兵法，又即將成為駙馬。至於容瑾，更是容氏兄弟中最出色耀眼的那一個。四皇子竟然敢對容瑾起這等心思，真是欺人太甚了！

容瑾直直地看向容玨。「大哥，這個帳日後慢慢再算不遲，最重要的是得快些打消他這份齷齪心思。」要是傳出去，他在朝中還如何立足？

容玨心念電轉，深呼吸口氣，下定了決心。「好，我這就讓你大嫂請官媒到寧家提親，把你和寧汐的親事定下再說。爹那邊，我會派人送信解釋清楚。」頓了頓，又補充道：「以後在朝中遇到四皇子，你儘量避開，實在避不開的時候，也切忌不能和他翻臉。」

雖然這麼做有些窩囊，可對方卻是個皇子。眼下太子之位尚不十分明朗，說話行事都得謹慎小心，千萬不能隨意得罪了任何一個皇子。只不過，就算為了容瑾，容府今後也只能徹底地站在大皇子身後了。

要是讓四皇子那等人繼承了皇位，容瑾可就「危險」了……

容瑾見容玨終於鬆了口，心裡長吁一口氣。容玨雖然功利心重，可對自家兄弟總算十分愛護。他和寧汐的親事終於安然解決了。

至於四皇子，哼，總有一日會讓他悔不當初！

至於容玨是怎麼交代李氏的，容瑾並未過問。容玨辦事一向周全，既然張口應了此事，必然會處理得妥妥當當。

果然，不過才兩天工夫，李氏就請了官媒到寧家來了，手腳很是麻溜。容瑾對此表示很滿意。

寧汐這才明白了事情的原委。事關容瑾「清白」，怪不得容玨這麼快便改變了心意。

「你這兩天遇到四皇子了嗎？」

容瑾笑容一斂，眼底閃過一絲戾氣。「遇見過一次。他想和我說話，我沒理。」看得出來，四皇子似有解釋之意，可他實在沒那份閒心敷衍。

寧汐想起了什麼似的，忽地嘆了口氣。前世四皇子登基做了皇帝，手段狠辣，雷厲風行，要是今世改變不了這個結局，以後容瑾可就岌岌可危了。再厲害的臣子，在一朝天子面前，也毫無招架的力量。

容瑾和她心意相通，立刻便猜到了她的心意。「妳放心，我會全力支持大皇子爭奪太子之位，他休想再覬覦。」

寧汐點點頭。事已至此，容府徹底站到了和四皇子對立的一面，除了全力支持大皇子登上皇位，再無其他選擇了！

「你們兩個有什麼悄悄話以後慢慢說。」寧暉調侃的聲音在門邊響起。「再不過去，飯菜可就都涼了。」

寧汐莞爾一笑，和容瑾對視一眼，彼此的情意在眼中默默地流淌。

再沒有一刻比現在更清楚彼此的心意。再多的阻撓，也阻擋不了他們要在一起相守的決心。

第二天，官媒又到了寧家來，得了寧家的回應之後，便歡歡喜喜地回去覆命了。

容府得了準信，忙碌著準備起聘禮來。

李氏心裡拿不準，特地又和容玨私下商議。「這聘禮到底該準備多少才合適？」少了當然不行，有損容府的體面，可多了吧，又有點不捨，寧家小門小戶的，可拿不出什麼像樣的嫁妝來……

容玨瞄了李氏一眼，對她那點小心思心知肚明，卻也不揭穿，只簡潔地吩咐道：「就照著當日給李家的聘單來準備。」雖然他對這個未來弟媳並不滿意，可也不能虧待了人家。衝著容瑾，也得將此事辦得妥妥當當、風風光光的。

李氏笑容一頓，略有些不情願地點頭應了。

過了兩天，容玨和李氏兩人親自去了寧家提親，一抬一抬的箱子將寧家的正屋塞得滿滿的，各式綾羅綢緞珠寶讓人眼花撩亂。

饒是寧有方和阮氏早有心理準備，也被震住了，心裡不約而同的想著，將來準備嫁妝的時候該怎麼辦才好……

這樣的場合，寧汐自然要躲在自己的屋子裡，不能隨意出來見人。

寧汐心不在焉地低頭做著針線活兒，正屋那邊的動靜隱隱的傳了過來，她豎長耳朵聽著，一不小心又戳中了手指。

算了，還是別折騰自己了。

寧汐索性將針線活兒放到了一邊，怔怔地發起呆來。前世她和邵晏相戀多年，卻從未等到邵晏上門提親的那一天。今生的幸福卻來得快速又猛烈，讓她恍如立在雲端……

第二百九十一章　反應不一

正式下定交換了庚帖之後，容瑾和寧汐正式成了未婚夫妻，從頭至尾不過短短幾天工夫，速度之快令人咋舌。

這一消息迅速地傳了開來，成了京城百姓茶餘飯後又一津津樂道的話題。寧汐這個名字幾乎家喻戶曉。鼎香樓上下更是一片譁然，見了寧汐紛紛追問此事是真是假。

雖然一早就知道容瑾對寧汐有意，可這訂親一事也來得太突然了！

趙芸不免也打趣了寧汐幾句。「寧汐妹子，真是恭喜妳了，很快就要嫁到容府做三少奶奶享福了，以後不會再到酒樓來做事了吧！」

寧汐微微紅了臉，旋即坦然應道：「那倒不會，我可不想整日無所事事的。」

趙芸啞然失笑。「妳該不是打算嫁了人之後還出來做大廚吧！」容瑾再大度也不能容忍自己的嬌妻出來做事吧！

寧汐想了想，也笑了。「到時候和他商量商量，反正是以後的事情，以後再說。」

趙芸忽地笑著問道：「訂了親，和以前有什麼不同的感覺嗎？」

其實，也沒什麼不同。容瑾依舊三不五時的到寧家來，她和容瑾相處的方式也沒什麼改變。可細細想起來，有些感覺卻不一樣了，那份幸福更甜蜜也更踏實了……

張展瑜也很快的知道了此事，默然了半天沒說話，早知道會有這麼一天，可這一天來得太快了……

再見到寧汐的時候，張展瑜已經收拾好了心情，含笑說道：「汐兒，恭喜妳了。」

寧汐抑制住臉紅的衝動，落落大方地應道：「多謝張大哥。也祝你和上官姊姊心心相印，早日結成良緣。」

這是寧汐第一次正面提起上官燕。張展瑜笑了笑，雖然沒說什麼，可眼神卻很溫柔。

寧汐頓時放下心來，彼此心照不宣的將兩人之間曾有過的糾葛拋開，就著寧汐訂親一事閒聊了幾句，才各自回廚房做事去了。

與此同時，容瑾訂親的消息也傳到了大皇子的耳中。

大皇子表面不動聲色，只淡淡地嗯了一聲。隨後便揮手，讓身邊的人都退了下去。一個人獨自站在窗前，許久都沒說話。

高侍衛小心翼翼地湊上前去，低聲說道：「殿下，你要是真喜歡寧汐那個丫頭，何必有這麼多顧忌，直接讓人晚上去將人抬進府裡來就是了……」一記凌厲的目光將他所有的話都瞪了回去。

「閉嘴！」

高侍衛笑容一僵。他在大皇子身邊多年，大皇子一向信任器重他，像這般冷言冷語的極為少見……

「從此以後，在本王面前不得提起這些。」大皇子面無表情地吩咐。

美人固然難得，江山卻更重要，他想順利登上皇位，少不了容府的助力。這口悶氣，也只能先忍了再說。

高侍衛只得領命，低垂的面孔卻迅速地閃過一絲陰鷙。

同一時刻，四皇子也在府中大發了一通脾氣，幾個倒楣的下人被遷怒，被拖出去挨了板子，慘叫聲此起彼伏，讓人不寒而慄。

邵晏垂手立在一旁，面容還算平靜，眼底卻是一片痛楚。

那個容瑾，竟然真的去寧家提親了！竟是要明媒正娶風風光光的將寧汐娶過門。平心而論，若是換了他，他也未必能做到這一步，怪不得寧汐一心愛他……

四皇子面色陰沈，冷哼一聲。「好個容瑾，以為這樣我就會死心嗎？休想！」

這份深深埋在心底的執念，已經很久很久了。

猶記得初認識容瑾的時候，容瑾只有十一、二歲，卻漂亮得不可思議。狹長的鳳眸漾著漫不經心的笑意，瞬間便撞進他的心裡。他不知花了多少的力氣，才將那份蠢蠢欲動按捺下來，不動聲色地靠近容瑾。

只可惜，容瑾戒心極強，甚至不喜歡別人隨意碰觸自己的衣袖。他雖然貴為皇子，卻也不敢冒進。這幾年來，兩人的關係一直不近不遠，只維持著比普通朋友稍稍熟悉一些的距離而已。

他以為自己有足夠耐心，可以等下去的。就算容瑾喜歡那個美貌的少女寧汐，他也並未特別的放在心上。反而想著有這樣一層遮掩也好，他今後和容瑾若是有了更深的來往接觸，也沒人會疑心。

怪只怪那天晚上的月色太美，月光下的容瑾更是美得讓人無法抗拒。他終於按捺不住心裡叫囂的慾望，試探了容瑾一下。

容瑾反應卻異常激烈，眼中的寒意令人心慌意亂，他便眼睜睜的看著容瑾逃走了。之後的幾天，他一直試圖解釋，可容瑾根本不給他任何機會，那目光冰冷得讓人心寒。

可越是這樣，他越放不下容瑾。別說訂親了，就算將來成親了又能如何？等他順利登上皇位的那一天，容瑾休想躲開他！

偌大的屋子裡只有他和邵晏，再無別人。所以，這等荒唐話也只有邵晏一人聽見了。

邵晏深知他的脾氣，並不多勸，只淡淡地說道：「殿下，現在時機未到，暫且忍耐一下。」

四皇子深呼吸口氣，總算冷靜了不少。瞄了邵晏一眼，忽地笑著問道：「你說，那個叫寧汐的小丫頭要是突然出事了，容瑾會怎麼樣？」

邵晏一驚，沒有錯過四皇子眼底的那抹陰狠。不知怎麼的，心裡忽地慌亂起來，脫口而出說道：「殿下，此事萬萬不可！」

邵晏一向冷靜，很少像這般失態。四皇子挑了挑眉，似笑非笑地反問：「為什麼不行？不過是個平民百姓罷了，就算出點意外，也沒什麼大不了的。」

邵晏定定神說道：「以前確實如此，可現在卻不一樣了。容府和寧家已經訂了親，寧汐是容府未來的三少奶奶。她出任何意外，容府都會大失顏面，必然會追查不休。萬一露出點蛛絲馬跡，到時候在聖上面前只怕不好交代……」

還有一點沒說出口的是，聖上因為上一次的事情，對四皇子的印象急轉直下。要是再為容瑾鬧出這等事情來，聖上不發雷霆之怒才是怪事！四皇子既有問鼎皇位的野心，此時就該韜光蓄銳，動靜不宜鬧大。

四皇子冷哼一聲，果然沒再說什麼。

邵晏見自己的話有了效果，暗暗鬆口氣。還沒等這口氣徹底鬆完，四皇子若有所思的目光便看了過來，那目光有若實質，似能看透人心底最深處的秘密。

邵晏莫名的有些心虛，面上卻是一派鎮定。「殿下這般看著我做什麼？」私下無人的時候，他從不自稱奴才。

四皇子顯然也早已習慣了，並不介意，反而意味深長地笑道：「邵晏，你是不是有什麼事瞞著沒告訴我？」

邵晏心裡一緊，敏感地聯想到了什麼，口中卻含糊地應道：「殿下怎麼會有這樣的想法？」

四皇子雙眼微微眯起，眼中閃過一絲精光。「你對那個叫寧汐的小丫頭，倒是很上心啊！」剛才費了這麼多口舌，說到底就是怕他對寧汐下手吧！

邵晏本可以出言否認，不知怎麼的，竟然沈默了。

四皇子對邵晏的反應頗感意外，挑了挑眉。「既然真的喜歡那個丫頭，為什麼不早點出手？」要是寧汐和邵晏好上了，也不會去招惹容瑾了。

邵晏苦笑一聲。「我倒是表示過，可人家看不上我，這也是沒辦法的事情。」

什麼？四皇子眼中閃過一絲不悅，聲音冷了下來。「寧汐是嫌棄你的腿腳不便嗎？」邵晏為了他跛了一條腿，這件事一直是他心中的一根刺。如果寧汐是因為這個原因才拒絕了邵晏，他一定不會放過她！

「不是，」邵晏自然清楚四皇子的脾氣，忙解釋道：「是之前的事情了。」

四皇子面色稍緩，眉頭依舊皺得緊緊的。「那倒是奇怪了，你相貌才情都是千中無一，她怎會看不中你？」

如果不是那個隱秘的特殊原因，邵晏這樣的美少年，他早納入私寵了。

是啊，她為什麼就看不中他呢？

從認識的那一天開始，她就莫名地排斥他，幾乎從未給過他好臉色。而他，也像著了魔怔似的，一日一日將那個身影藏在了心底。

邵晏自嘲地笑了笑。「或許，是因為她的身邊一直有容瑾在吧！」有那樣一個風采無雙的翩翩美少年在身旁，寧汐的眼裡哪裡還能容得下他？

一提到容瑾，四皇子便不吭聲了。平心而論，邵晏的相貌才情都不比容瑾遜色，可有些人，天生便像發光體一般，吸引著所有人的矚目。那種凌然於眾人之上的風采，甚至比俊美的容貌更有吸引力。

容瑾就是這樣的人。

自從見到容瑾的第一天開始，他便為之神魂顛倒，暗暗立誓此生一定要將容瑾變成自己的禁臠。可現在看來，此事難度遠遠超過他的想像啊……

「總有那麼一天，」四皇子眼裡射出一抹狂熱的光芒。「我會如願以償。邵晏，你別心急，慢慢等著，寧汐那個丫頭遲早是你的人。」

邵晏張了張嘴，卻又不知要說些什麼，最終只化作一聲淺淺的嘆息。

第二百九十二章　風光

廚藝決賽的最後一場，出乎意料的平靜。

大皇子沒到場，四皇子也沒了蹤影，倒是容瑾陪著寧汐進來的時候，引起了一陣不大不小的轟動。此時兩人名分已定，面對眾人好奇的目光倒是十分坦然。

寧汐想了想，便低聲說道：「你還是先回去吧！」看這架勢，大皇子和四皇子短期之內是不會有什麼動靜了。容瑾在這兒待著也沒了必要，反而徒惹來許多好奇的目光。

容瑾不情願地應了，旋即補充了一句。「我等著給妳擺慶功宴。」

寧汐挑眉一笑，眉宇間滿是自信。「好，你等我的好消息。」

好說歹說，容瑾總算是走了，寧汐則和廚子們一起進了廚房。這是廚藝比賽的最後一場，諸位廚子們來之前都暗暗猜測過考題。只是，誰也沒曾料到考題竟然會是……

「今天的考題是，做主食。」隨著方御廚的一聲宣佈，廚子們立刻一陣譁然。不是這個考題太難，相反是太簡單了。廚子們正等著一展身手，哪能想到會冒出這麼一齣來。

在酒宴當中，主食的地位一直是比較尷尬的。少了不行，可上主食的時候，客人們大多酒足飯飽，哪還能吃得下什麼主食。因此，主食一直是充當著點綴的作用罷了。怎麼也沒想到，今天的考題就是這一項。而且不限定食材，只要在規定的時間裡做出美味的主食即可。

這可是選拔御廚的比賽，這樣的考題也太兒戲了吧！

眾位大廚忍不住交頭接耳竊竊私語起來。

張展瑜卻低聲對寧汐說道：「汐兒，妳別小看了這個考題，依我看，這可一點都不簡單。」

寧汐點頭表示贊同，正因為主食太過普通常見，想要出新便越發困難。這裡廚藝出眾的大廚比比皆是，誰沒兩手壓箱底的絕活？要想獨占鰲頭，可得好好花些心思了。

幾位評判顯然早已料到了廚子們會有這等反應，彼此交換個會心的眼神。上官遠清了清嗓子，上前一步說道：「請各位大廚到前面來領取需要的食材，規定時間為一個半時辰，請諸位不要浪費了時間。」

此言一出，廚房裡果然立刻安靜了不少。誰也顧不上再議論考題是否簡單了，飛速的盤算著要做什麼主食，以及需要的各類食材，然後一一上前領取。

寧汐稍稍一想，便有了主意。

一個半時辰，說長不長，說短不短，做些麵食時間也足夠了。可若想做些新奇的小點心，只怕時間便有些緊張。既然如此，不如做自己最拿手的，反而穩妥一些。

寧汐在鼎香樓裡一直招待女客，最擅長做的，便是各類精緻的點心和羹湯。今天她要做的，是最拿手的薏仁粳米粥和三色酥餅。

薏仁粳米粥做法簡單，將粳米和少許黑米泡上半個時辰，然後放入陶瓷煲中熬煮。再放入適量桂圓、紅棗，小火燉爛，出鍋的時候撒上少許白糖即可。這道薏仁粳米粥香濃撲鼻美味可口，平日裡極受女客歡迎。

至於三色酥餅，卻是寧汐承襲自寧有方之後又加以改進的一道點心。和普通酥餅做法無異，只是在和麵的時候，多了一道工序。分別放入胡蘿蔔泥、青蘿蔔泥和南瓜泥後，麵團便有了顏色之分。

胡蘿蔔酥餅，顏色鮮豔，有濃濃的胡蘿蔔香氣。青蘿蔔酥餅，顏色素雅悅目，味道清香。南瓜酥餅色澤金黃，入口酥軟，有種奇異的甜香。

三種顏色不同的酥餅，巧妙的疊放在潔白的瓷盤上，造型精緻。旁邊的陶瓷煲裡，薏仁粳米粥散發著熱騰騰的甜香。只看一眼，便讓人食指大動。

寧汐對自己的表現頗為滿意。

三位評判卻反應不一。王大廚點頭讚許不已，方御廚嘴角含笑，上官遠卻淡淡地說道：「這等甜食，只有女子才愛吃。」

還沒嚐一口，就開始挑刺了。

寧汐挑了挑眉，笑容更加淡然。「還請上官御廚品嚐過後，再多加指點。」話語中的譏諷清晰可見。

上官遠眸光一閃，輕輕哼了一聲。果然低頭嚐了一遍，心裡暗暗一驚。明明是甜食，可甜味卻不濃膩，反而異常的香甜。咬上一口，那香味便在口腔中迅速地瀰漫開來。就算是成心要挑刺，也挑不出任何毛病來。

相形之下，上官燕做的金絲燒麥便有些黯然失色了。就算他有心要偏向自己的親侄女，可這旁邊還有方御廚和王大廚眼睜睜的看著，總不好太過分了……

上官遠迅速地權衡片刻，終於打了分數。至於他到底打了多少分，別人自然不知曉。

最後一場比賽終於結束了，寧汐長長地呼出一口氣，只覺得整個人都輕鬆了許多。不管最後結果如何，她都盡了全力，也算對得起自己了。

張展瑜也覺得渾身輕鬆，笑著對寧汐說道：「師傅剛進去，至少也得一個多時辰才能比完。要不，我們就先回去吧！」

寧汐欣然應了。

等所有大廚們都比試結束了，便由三個評判將三場決賽的分數匯總，分數最高的前十名，自然就是此次廚藝比賽的優勝者。各獲得二十兩賞銀，並且由大皇子殿下親自挑選出表現出色的兩個入宮做御廚。

接下來的兩天裡，各位參賽的大廚們都在忐忑不安，寧有方也不例外。他進前十自然沒問題，可究竟能排在第幾，卻很難說。而想入宮做御廚，至少也得排在前三才有把握。

寧汐為寧有方加油打氣。「爹，不用擔心，您的名次一定很高的。」

寧有方笑而不語，心裡卻還是七上八下的。

兩天後，一品樓外張貼出了比試結果。

這一次廚藝比賽聲勢浩大，不知有多少食客關注。紅紙剛一張貼出來，便被好事的人圍了個水洩不通。寧汐來得也不算遲了，卻壓根兒擠不進去，踮起腳尖也沒能看清上面到底寫了什麼。

寧有方仗著個頭高力氣大，硬生生地擠了進去，雖然大字不識幾個，可自己的名字總是認識的。剛看一眼，便得意地笑開了。

寧汐明知上面定有寧有方的名字，可沒親耳聽到，心裡總覺得不踏實，待寧有方出來之後，迫不及待的追問道：「爹，您排在第幾個？」

「當然是排在第一個！」寧有方傲然一笑。

寧汐眼睛一亮，扯著寧有方的袖子搖個不停。「爹，您真是太厲害了！」

排在第一個，也就意味著分數最高。在眾多名廚雲集的情況下，寧有方這次可真是獨占鰲頭第一份了。關鍵的是，此次將一品樓上官遙比了下去，這才是讓寧有方最最高興的地方吧！

「恭喜師傅了。」張展瑜也頗覺得與有榮焉，高興極了。

寧有方咧嘴笑道：「別光顧著恭喜我，你們兩個也榜上有名的。」此言一出，張展瑜頓時愣住了。寧汐能進前十早在意料之中，可他自己……

「真的嗎？」寧汐滿臉的驚喜。「爹您沒看錯吧！」

寧有方心情好極了，朗聲笑道：「我什麼時候騙過妳。」

不行，還是得親眼看看不可！

寧汐和張展瑜不約而同的一起往裡擠，張展瑜身高力壯，很快便擠到了榜下，寧汐跟在他的身後，也很快擠了進去，凝神看了過去。

寧有方的名字赫然排在第一，第二個則是上官遙。再下面的一個，卻是寧汐。百味樓的薛大廚排在第四，雲來居的江閔排在第五。至於上官燕，則排在了第六個。另外三個名字也頗為眼熟，都是京城各大酒樓的名廚。

張展瑜的名字堪堪吊在榜尾，排在第十個。

寧汐既為自己高興，又為張展瑜歡喜，滿臉的笑容，眼眸亮晶晶的。太好了，前十名裡，鼎香樓足足占了三個。這份風光獨一無二，愣是將一品樓也比了下去。

而對她而言，這也是一次高調又漂亮的亮相！以她的年齡，竟只排在寧有方和上官遙這兩位名廚之下，也足夠讓人震撼了！

一向冷靜沈穩的張展瑜，卻站在原地愣了半晌都沒說話，眼睛直勾勾的盯著牆上的榜單。

寧汐很能理解張展瑜此時的狂喜意外交織的心情，含笑說道：「張大哥，恭喜你了。」

其實，張展瑜在廚藝上很有天分，也一直很努力，只因為她的光芒太盛，遮蓋了他的風頭。外人見了他，只知是寧有方的高徒，卻記不住他的名字，這一直是張展瑜心底最大的遺憾。如今，這個遺憾終於消失了。

從這一刻開始，張展瑜這個名字，不再是籍籍無名了！

張展瑜壓抑住心底的激動興奮，笑著應道：「應該恭喜妳才對。妳只比師傅和上官大廚分數低了一點，若不是有年齡經驗的差距，妳才是當之無愧的第一！」

「展瑜說的對。」寧有方不知何時也擠了過來，眼中閃著得意的光芒。「汐兒，爹真為妳驕傲！」

寧汐笑了，那笑容燦爛而明媚，讓陽光也為之相形失色。

第二百九十三章　徹底訣別

消息傳到鼎香樓之後，孫掌櫃大喜，忙讓人在門口放了長長的三串鞭炮。鞭炮噼哩啪啦的響了半天，幾乎整條街的人都聽見了。

當天，鼎香樓歇業半天，特地為寧有方等人舉行了慶功宴。阮氏和寧暉也趕了過來，再加上聞訊而來的容瑾，熱鬧極了。

大堂裡擺了好幾桌，鼎香樓上下幾十口人圍坐在桌子前，就連打雜跑堂的也都有分。

雖說御廚的人選還沒宣佈，可寧有方的入選已經是穩當當的了。孫掌櫃滿臉的喜氣，連連恭喜道：「寧老弟，等你以後入宮做了御廚混出了名堂，可別忘了我們。」

寧有方多年的心願終於得償，心情之雀躍不必細說，二話不說點頭應了。喝酒的時候更是來者不拒，不管有誰敬酒，都爽快地一口乾了。

阮氏看了又是好氣又是好笑又是擔心，忍不住低聲發著牢騷。「今天晚上還不知喝成什麼樣子。」

寧汐笑道：「娘，您就別發牢騷了，隨爹喝個過癮吧！」別說寧有方了，就連她也覺得此情此景只能用喝酒來表達心中的激動歡喜。

阮氏也就是隨口說說罷了，哪裡真的要攔著寧有方喝酒，聞言笑著嘆道：「真沒想到妳爹真有今天的光景。」

何止如此！照這架勢，只怕寧有方不久之後就要成為寧御廚呢！

前世也是在這個時候，寧有方被四皇子舉薦入宮做了御廚，靠著過人的廚藝迅速博得了聖上的歡心和器重，一躍成為御膳房中最風光的御廚。寧家也隨之水漲船高。

這一世，她處心積慮的想讓寧有方避開入宮的命運。可冥冥之中自有一股神奇的力量，有些事情根本避不開。既然如此，那便拋開這些顧慮，讓寧有方盡情地做自己想做的事情吧！

有她在，還有容瑾在，寧家絕不會再重蹈前世的覆轍！

正陪著寧暉喝酒的容瑾，似是察覺到了寧汐的情緒激昂，笑著看了過來，然後微微一愣。寧汐的俏臉一片緋紅，眼眸亮極了，柔潤的紅唇泛著誘人的光澤……

她竟然喝酒了！容瑾眼眸微眯，暗暗想著以後絕不准她在人前隨意喝酒。這副嬌媚的樣子，怎麼可以讓別人看見！

寧暉雖在喝酒，卻也是心不在焉的，時不時地便往大堂角落處的那一桌看過去。

那一桌席上，坐的大多是在鼎香樓做粗活的婦人。趙芸也赫然夾在其中。

從這個角度看過去，他只能看到趙芸的側臉，看著她含笑說話，看著她垂下眼瞼，看著她偶爾恍惚的失神。然後自嘲地想著，自始至終，她都沒有正眼看過他一眼。一眼也沒有！

難道她真的從未對他動一點點的心嗎？

寧暉酒意上湧，忽地生出了前所未有的衝動來。他想單獨的問一問她，哪怕只問上一句……

此時正是最佳時機，寧有方喝得醉醺醺的，阮氏忙著照顧寧有方，無暇顧及他。寧汐絕不會拆他的臺，至於容瑾……

寧暉看了容瑾一眼，低低地說道：「我想出去透透氣。」

容瑾對寧暉的傷心情事略知一二，頓時聽懂了寧暉的言外之意，不假思索地點了點頭。「正好我也嫌悶，我們倆一起出去。」然後迅速地朝寧汐使了個眼色。

寧暉單獨出去也太扎眼了，再說了，就算是他想見趙芸，趙芸也不見得肯單獨出來見他，還是有寧汐從中傳話更方便些。

寧汐心領神會的點了點頭。

寧暉哪還有不明白的，感激地看了寧汐一眼，便起身和容瑾一起走了出去。在寧汐的小廚房裡等了片刻，就見寧汐輕巧的走了過來，身後卻空無一人。

寧暉心裡陡然一沈。

寧汐低聲安撫道：「哥哥，趙姊說，瓜田李下男女獨處不方便，讓我和容瑾也在這兒陪你等會兒。」

也就是說，趙芸會來。寧暉稍稍鬆了口氣，只要她肯來就好。

容瑾卻略略皺了眉，低語道：「我們還是避開吧！」做電燈泡可沒什麼意思，有這時間，「拐」了未婚妻去甜蜜恩愛一會兒多好。

寧汐略一猶豫，正要說什麼，趙芸的身影出現在門口。這時候想避開也來不及了，只得和容瑾稍稍退後幾步，在一旁做背景。

寧暉眼睛一亮，忍不住上前兩步，卻又不知要說什麼。

趙芸早已收拾好了心情，表情淡然。「你找我有什麼事嗎？」

寧暉張了張嘴，空有一肚子的話，竟是一句都說不出口。

容瑾瞄了寧汐一眼，眼神分明是在說——妳這哥哥也太靦覥了，追女孩子哪能臉皮這麼薄？

寧汐眨眨眼，回了個眼神。他一向是這個脾氣，我也沒辦法。

容瑾扯了扯唇角，這未來的大舅子別的倒是沒得說的，就是這臉皮也太薄了一點……

兩人眉來眼去間，那邊總算有了動靜。寧暉咳了咳，說道：「妳最近過得怎麼樣？」

趙芸笑了笑。「託福，還算過得去。要是沒別的事我就先回去了，出來得久了，會惹人閒話的。」

眼看著趙芸轉身就要走，寧暉有些急了，不假思索地喊道：「趙芸，妳等等。」這個名字，在他的喉嚨處不知盤旋了多少次，終於喊出了口。

趙芸身子微微一顫，面色卻很平靜。「有什麼話，你就直說吧！不過，若是還想說喜歡我之類的話，那不說也罷，我之前已經說過了，我們倆之間是不可能的，請你不要造成我的困擾。」

別說寧汐了，就連容瑾都為寧暉覺得心酸。這話冰冷無情，句句殺人不見血啊！

寧暉臉色白了白，也顧不得寧汐和容瑾還在一旁了，急切地問道：「趙芸，我只想問妳一句真心話。妳從沒對我動過心嗎？一點點都沒有嗎？」

怎麼可能沒有！趙芸在心中自嘲地苦笑。如果時光倒退幾年，她在雲英未嫁時遇到的是寧暉該有多好。可這世上沒有如果，只有無奈地錯過……

「沒有，」趙芸平靜地說道，不無意外地看到寧暉的俊臉一片蒼白。「我一直拿你當弟弟一般看待，從未動過男女之情。對了，我還有件事沒來得及告訴你們，我哥哥嫂子為我尋了一戶人家，等到了年底，我就要嫁人了。」

最後一句如晴天霹靂，將寧暉劈中，呆若木雞。

寧汐也是一驚，上前問道：「趙姊，妳說的都是真的嗎？」趙芸自從被前夫休棄之後，一直心如死灰，不肯再嫁。怎麼又忽然冒出這麼一齣來？

趙芸的笑容中有一絲淡淡的苦澀。「這樣的大事，我怎麼會騙你們。」

她有心終身不嫁，可哥哥嫂子卻容不得她一直住在家中，張羅著為她找了一個年齡大的鰥夫，收了厚厚的聘禮，連出嫁的日子都定好了，由不得她不嫁了。

或許，這樣也好，徹底斷了寧暉這個念頭，將來他會娶一個出身好的千金小姐，時間一久，自然就會忘了她的。而她自己，所求的只是一個棲息之所，只要對方待她好些就行。

寧汐深知趙芸從不說謊，已經信了八成，可看看寧暉失魂落魄的樣子，實在於心不忍，忍不住追問道：「那妳以後還來做工嗎？」

「不了，」趙芸打起精神應道：「我只做到這個月底就會辭工了。」說是月底，不過是幾天的工夫。

寧汐嘆了口氣，一時也不知該說什麼。只憑媒婆一面之詞，趙芸就得嫁給一個素未謀面的男人，這樣的盲婚啞嫁，實在不靠譜。趙芸真是個命苦的女子，遇人不淑，偏又有這樣的哥哥嫂子。

趙芸終於抬頭看向寧暉，輕聲說道：「寧暉，謝謝你的一片情意，只是我們兩個實在無緣，你還是忘了我吧！今後找一個比我漂亮十倍百倍的女孩子也不是難事。」

寧暉眼眶裡熱熱的，死死忍著沒有掉落，眼睜睜的看著趙芸轉身走了。

這一次，他是真的一絲希望也沒了……

「哥哥，我知道你心裡不好受，想哭就哭會兒。」寧汐柔聲安慰著，寧暉的眼圈迅速紅了，別過了頭去，肩膀微微聳動著。男兒有淚不輕彈，只因未到傷心處！

容瑾只能意思意思地安慰兩句，譬如「天涯何處無芳草」、「大丈夫何患無妻」之類的，可這不痛不癢的話，此時的寧暉哪裡能聽得進去？

設身處地的想想，要是寧汐敢這麼對他……哼，想都別想！

寧汐正低聲安撫寧暉，見容瑾忽地眼露凶光瞪自己，心裡很是詫異。「你這麼看我做什麼？」

容瑾自然不會老實坦白心中的想法，敷衍地笑了笑。

寧汐一時也沒時間追究，瞪了他一眼，便又低聲安撫寧暉去了。

容瑾明知此時不該吃飛醋，還是忍不住酸溜溜的。瞧瞧寧汐，對寧暉可比對他好多了……

待寧暉情緒稍稍平靜下來，前樓的酒宴也差不多散了。寧有方果然喝得酩酊大醉，容瑾和寧暉一起將寧有方扶上了馬車。

夜幕低垂，阮氏忙著照顧寧有方，總算沒留意到寧暉紅通通的眼，也省了一番口舌解釋。

第二百九十四章　雙喜臨門

第二天，大皇子親自召見了十位大廚。

寧汐站在寧有方身邊，不著痕跡地往後縮了縮身子，好在大皇子只在一開始瞄了她一眼，之後倒沒有看她了。寧汐這才徹底鬆了口氣。

領了沈甸甸的賞銀之後，接下來，自然是公布御廚人選了。

寧有方不自覺地屏住了呼吸，眼裡滿是期盼。其他的廚子反應也差不多，目不轉睛地看著大皇子。賞銀固然豐厚讓人欣喜，可這次參加廚藝比賽的大廚們，卻大都是衝著這兩個御廚的名額來的。

寧汐擔心的和別人恰恰相反，其他廚子們都期盼著自己能被選進宮裡做御廚，她卻唯恐自己的名字會被點中。她對皇宮其實心存畏懼，只想敬而遠之。

如果一旦被選為御廚，就得住在宮裡，不能隨意出宮。也就意味著和容瑾相聚的時間大大減少。更重要的是，皇宮裡是大皇子的天下，萬一大皇子日後改變了心意再打她的主意，她可就躲之不及了……

大皇子淡淡地看向眾人，有意無意地瞄了寧汐一眼，然後才宣佈道：「諸位大廚廚藝高超表現出色，本王很是欣賞。不過，御廚名額有限，只能區區兩個，自然要挑選本王心中最出色的大廚。」

眾大廚都屏住了呼吸，凝神聽大皇子宣佈名單。「第一個選中的，是寧有方寧大廚。」

寧有方激動得滿臉通紅，眼中閃著狂喜，忙磕頭謝恩，提得高高的心終於放了下來。

「第二個被選中的……」大皇子頓了頓，銳利的目光在眾人的臉上掃了一圈，吊足了眾人胃口，才淡笑道：「是雲來居的江閔江大廚。」

這個結果大大出乎眾人意料，所有的目光都唰地看向那個眉清目秀的青年男子。這目光中有驚嘆有豔羨也有眼熱。

論廚藝論資歷，上官遙本是最佳人選。不過，上官遠已經進宮做了御廚，上官遙沒被選中也在情理之中。撇開上官遙不提，此次廚藝比賽風頭最勁的人，莫過於寧汐了。若是父女兩人一起被選為御廚，倒也是一大樂事。不過，寧汐身為女子，又訂了親事，已經是容府準三少奶奶，這樣的身分確實不太適合入宮。

至於薛大廚，年齡也不算小了。相較之下，江閔年紀輕輕廚藝出眾，其父江大廚也是御廚出身，確實是最適合的人選了。

只有寧汐，為這個結果慶幸不已。太好了，只要不選中她，選中誰都是好事。不過如此一來，上官燕的雄心壯志落了空，一定很失望吧……

寧汐偷偷瞄了上官燕一眼，上官燕果然一臉的失落。

江閔倒是頗為鎮定沈穩，不慌不忙地上前磕頭謝恩，自然而然地和寧有方並排站在了一起。

大皇子含笑吩咐道：「兩位大廚回去稍做準備，過幾天，我自會派人接你們入宮。」

寧有方和江閔一起朗聲應了。

大皇子一臉笑容，心裡卻並不如臉上顯得那般高興。舉辦廚藝比賽的初衷，一是挑選廚藝好的廚子入宮，以討父皇歡心，另一個隱晦的原因，卻是不能訴之於口。現在，第一個目的是達成了，第二個目的卻……

大皇子眼角餘光瞄到寧汐歡喜的笑顏，心裡掠過一絲遺憾。

身為男人，應該提得起放得下，既然有了決定，就該有所克制。可這些話說來容易，做來卻大大不易啊……

大皇子等人走了之後，上官遙大方的上前恭賀了幾句。寧有方一臉的春風得意。這一次比試，讓他的名聲響徹京城，又能一償所願，實在是生平快事！

寧有方心願得償，立刻回鼎香樓宣佈了這一大好消息，免不了又請眾人喝酒慶祝。

孫掌櫃為寧有方高興之餘，又開始暗暗發愁了。寧有方是鼎香樓的頂樑柱，這一走，還有誰堪當主廚的重任？

寧汐廚藝雖然好，畢竟是女孩子，管理眾人多有不便。張展瑜倒還不錯，就是稍微年輕了一些，也不知能不能服眾……

寧有方顯然早有盤算，拉著孫掌櫃到背地裡說道：「孫掌櫃，這主廚的位置，就讓展瑜來擔任吧！他雖然年輕，可做事穩重。這一次在廚藝比賽中也算露了臉，再有汐兒在一旁相助，撐起鼎香樓的門面總沒有問題，至於威信，做得久了，自然就有了。」

也只能如此了。孫掌櫃點點頭應了，又笑道：「你入宮當御廚的好消息，我已經讓人給東家老爺送信了。他知道了也一定為你高興呢！」

寧有方咧嘴笑了，正所謂人逢喜事精神爽，這兩天他的心情實在好得無以復加。

「對了，有件事忘了告訴你。」孫掌櫃隨口說道：「趙芸已經辭工了。」

辭工？寧有方愣了一愣，忍不住追問道：「好好的，她怎麼會辭工？」

孫掌櫃笑道：「聽說她的哥哥嫂子給她尋了個人家，婚期都定好了，以後怕是不會出來做事了。」他對趙芸和寧暉之間的糾葛一無所知，說到此事異常的輕鬆。

寧有方又是一愣，心裡說不出是個什麼滋味。怪不得寧暉這兩天特別的消沈，肯定也是知道此事了吧……

回家之後，寧有方三番五次想提起這個話茬兒，可看到寧暉無精打采的樣子，又不忍心再說什麼了。

寧汐倒是背地悄悄勸過寧暉幾次，寧暉並不吭聲，可還是那副要死不活的樣子。

寧汐只好陪著寧暉一起嘆息。「哥哥，該說的我也都說了，你難道打算就一直這麼消沈下去嗎？」明天就是放榜的大日子了，不知多少考生翹首以盼夜不能寐。寧暉倒好，竟是不聞不問。

提到放榜，寧暉總算張口說話了。「放心，這等大事我不會忘，明天一大早我就去看榜。」

這還差不多，寧汐稍稍鬆了口氣。

第二天一大早，寧暉果然早早的起了床，吃了早飯便打算動身。

寧有方笑道：「暉兒，今天我們陪你一起去看榜。」再重要的事情也得往後放一放。

寧暉不忍拒絕了家人的好意，點點頭應了。剛一出門，就見容府的馬車停在巷口，小安子滿臉笑容。「少爺一大早上朝去了，特地叮囑過，讓我早些過來送你們去看榜。」

容瑾倒是挺細心的。寧有方和阮氏心裡舒坦極了，一起上了馬車。寧汐坐在寧暉的身邊，笑著說道：「哥哥，待會兒我可要扶著你。」

寧暉一愣。「扶著我做什麼？」

寧汐一本正經地說道：「你看到自己榜上有名，一定會激動得暈厥過去，我不扶著你怎麼行。」話音剛落，馬車裡便響起了一片笑聲。

寧暉也被逗樂了，振作精神笑道：「這妳就不用擔心了，就算中了第一名解元，我也能站得穩穩的。」

說說笑笑間，很快便到了貢院外邊。張貼榜單的地方早已擠滿了人，上面密密麻麻的寫滿了名字。一個個也顧不得風度，爭先恐後地擠到下面，細細的看著，唯恐漏失自己的名字。

寧暉終於有了緊張的情緒，下馬車的時候只覺得雙腿有些發軟。

再一看，眼前人頭攢動，一時哪能擠得進去。

寧有方正想往裡擠，就聽寧暉說道：「等前面的人看過了再看也不遲。」他正好用這段時間冷靜一下再說。

擠在最裡面看榜的人，有的人看到了自己的名字，欣喜若狂恨不得手舞足蹈。榜上無名的，卻是垂頭喪氣一臉的失望。考中沒考中，只消看看各人的面色便一清二楚了。

寧暉眼角餘光忽地瞄到一個熟悉的身影，忙笑著迎了上去。這個叫趙業的也是于夫子的學生，比他大了幾歲，此次也參加了會試。

趙業一臉歡喜的笑容，不用問也知道必然榜上有名了。

寧暉忙拱手道賀，趙業笑道：「同喜同喜，我也看到你的名字了。」

寧暉別提多激動了。「真的嗎？你確定看到了？」

被他這麼一追問，趙業卻又不敢確定了。「好像在中間看到了似的。」密密麻麻這麼多名字，看錯了也是有的。

寧暉心裡七上八下的，匆匆聊了幾句，便擠過去看榜了。寧有方也緊緊地跟了上去。

寧汐不方便擠進去，和阮氏一起等著。耳邊忽地聽到阮氏低聲呢喃。「菩薩保佑暉兒考中……」

寧汐啞然失笑，調侃道：「娘，要是求菩薩管用，我陪您一起求好了。」

阮氏想了想，也笑了。

就在此刻，寧暉和寧有方回來了。明明天氣凜冽寒風陣陣，可寧暉卻是面色紅潤容光煥發。寧汐和阮氏不約而同的齊聲問道：「考中了嗎？」

寧有方搶著應道：「考中了第十三名。」

共錄取一百多人，這名次實在算是很好了。別說寧暉神采飛揚，就連寧汐也是滿心歡喜。寧有方即將入宮做御廚，寧暉又考中了舉人，寧家可真是雙喜臨門了！

阮氏笑得合不攏嘴。「太好了，我們快些回去，說不準送喜報的已經去了。」
各人自然都沒意見，忙上了馬車，又往回趕。

第二百九十五章　重提舊事

寧家喜事連連，鞭炮聲的動靜幾乎將幾條街的人都引來了。送喜報的衙役領了大大的紅包，笑咪咪的喝了茶走了。寧有方和阮氏滿面紅光的招呼不請自來湊熱鬧的街坊鄰居。寧暉也不好躲著出來不見人，被幾個不算太熟悉的婦人圍著說些恭喜的話，俊臉都紅了。

寧汐在一旁偷偷樂了。寧暉平日也不算靦覥，只不過和女子說話便不太利索，更遑論是被一群婦人圍著。

寧有德一家子得了消息之後，一起趕了過來，自有一番熱鬧。寧有德倒是真心真意為寧暉高興，徐氏卻不免有些酸溜溜的。「還是妳有福氣，三弟被選做了御廚，暉兒又中了舉人，將來做個一官半職的，妳可就是官家夫人了。」

阮氏心裡舒暢極了，像喝了蜜似的。

到了下午，容瑾也得了消息趕過來了，笑著恭賀了幾句。

寧暉笑道：「別人誇我幾句我就厚顏領受了，你可別來臊我。」在十六歲就中了狀元的容瑾面前，誰還好意思驕傲。

容瑾笑了笑，問道：「接下來你打算怎麼辦？是打算到吏部報名候選，還是準備明年的會試？」

一般來說，中了舉人的，大多會選擇參加會試。舉人雖也能做官，但是官職和未來的發展都不如進士出身的文人。所以，容瑾才會有此一問。

寧暉顯然早已想過了這個問題。「我還是到吏部報名候選吧！」

容瑾聽得微微一愣，正想追問幾句，一旁的寧汐早已忍不住了。「哥哥，你不想去考會試嗎？」

寧有方和阮氏也被這邊的動靜吸引過來，幾雙眼睛一起看向寧暉。

寧暉淡淡地笑道：「我自己有幾斤幾兩，我自己心裡清楚。于夫子也曾說過，我讀書不算有天分，只是靠著勤奮苦讀才有了些成就。能中舉人，我已經很知足了。」再拚命苦讀，也不見得能搏一個進士出身，倒不如早些謀個實差，做些正經事。

寧暉的腳踏實地不好高騖遠，實在令人欣賞。容瑾讚許地點點頭。「你有這想法也不錯。這樣吧，明天你去吏部報名候選。不過，一般來說，年底不會有什麼閒差，得等上一陣子才能有好差事。」

容瑾說得十分含蓄。事實上，寒門學子就算中了舉人，也不容易謀到什麼好差事。有的舉人為了補一個空缺一等就是幾年。不過，正所謂朝中有人好做官，有容瑾在，自然要為寧暉謀個好差事才行。

寧暉倒也沒清高，笑著道了謝，既然已經是自己的準妹夫了，幫點忙也是應該的嘛！

寧汐笑著提醒道：「哥哥，你還沒給于夫子報喜吧！可別忘了準備謝師禮。」

這是當然，寧暉連連點頭。

寧有方正考慮著要備什麼禮物合適，就聽容瑾笑道：「禮物的事情就交給我好了。」

「這怎麼行？」寧有方立刻婉言拒絕，這點銀子還是有的。

容瑾笑著解釋道：「寧大叔千萬別誤會，我沒有別的意思。于夫子喜好書畫，對金銀俗物反而看不上眼。我的書房裡正好有一幅字畫，放在那兒徒惹灰塵，送給他再合適不過。」

這話說得倒也有理……寧有方遲疑地看了阮氏一眼，無聲地詢問——要不，就再占一回便宜？

阮氏比寧有方爽快多了，笑著說道：「好好好，容瑾有這份心意，我們也不用多推辭了。」

寧汐接得很順口。「是啊，反正都快是一家人了，何必講究這麼多？」待話出口了，才察覺到自己的失言，俏臉頓時一片嫣紅。

寧暉樂不可支，寧有方和阮氏也哈哈笑了起來。容瑾也在笑，眼角眉梢都是溫柔。

當天晚上，容瑾陪著寧家人一起去了于夫子的學館裡。于夫子見寧暉考中了舉人，心裡十分得意，面上卻並不顯露。待見到容瑾帶去的字畫之後，眼睛頓時亮了，旋即笑咪咪的收了字畫，又特地留了他們吃了晚飯，都喝得醉醺醺的才作罷。

又過了兩天，大皇子派人來接寧有方進宮了。

寧有方躊躇滿志的上了馬車走了，阮氏嘆道：「妳爹做了御廚，就得在宮中長住，想回來一趟都不容易了。」有所得必然有所失。做御廚固然是好事，可也意味著不能像往日那般日日相守了。

寧汐笑著安撫阮氏。「娘，您放心，我會一直在家裡陪您的。」

阮氏啞然失笑，聲音裡有一絲悵然。「傻丫頭，妳既然訂了親，以後遲早是容家的人，還能陪我多久？」以容瑾的性子，能等上一年半載就算不錯了。

「娘……」寧汐心裡忽地有些酸酸的，緊緊地摟著阮氏的脖子。

就在此時，門外忽地響起了敲門聲。

這幾天因為寧暉考中了舉人，來串門的人比平時多了幾倍不止。其中不乏家中有未出嫁的閨女或是侄女的婦人。阮氏應付得頗為頭痛，一聽敲門聲反射性的嘆了口氣，之前略有些傷感的氣氛頓時一掃而空。

寧汐噗哧一聲笑了，搶著去開了門。

來的卻是久未登門的姚媒婆，正是之前為寧暉和葉家小姐說親的那一個。

寧汐暗暗猜測著對方的來意，邊客氣的讓了姚媒婆進來。姚媒婆未語先笑，一張老臉笑得像朵花似的。「寧家嫂子，我今兒個可是給妳道喜來了。妳家公子能考中舉人，這可真是天大的喜事啊！」

阮氏笑著應對了幾句，心裡卻覺得好笑。

因為寧暉鬧了裝病那一齣，沒能如期去相看，姚媒婆很是不快，這麼久都沒再登過寧家的門。雖然沒有明說，可阮氏心裡很清楚，葉家這門親事算是黃了。姚媒婆今天來是要做什麼？

做媒婆的，果然都生了張巧嘴。就見姚媒婆一臉歉意的陪笑道：「前些天我家裡出了點事，一直忙著，就沒來得及過來。好端端的一樁親事，差點就被我這個老東西給攪黃了。寧家嫂子，妳可千萬別生氣。」

人家已經說到這分上了，阮氏也不好再說什麼，只得笑了笑。「這說的是哪兒的話，妳一直把暉兒的事放在心上，我該感謝妳才是。」

寧汐在一旁稍一琢磨，也咂摸過勁來了。

葉家原本已經沒了結親的打算，可一聽說寧暉中了舉人，顯然又心動了，這才讓姚媒婆又跑到寧家來說合，就不知道阮氏是怎麼想的了……

姚媒婆笑道：「妳家公子上一次生病，錯過了相看的好機會。不如重新找個機會，要是彼此中意，也能早點定下這門親事。妳看怎麼樣？」

阮氏略有些遲疑，並未立刻點頭。

要論條件門第，這位葉家小姐實在不錯，只不過一想到寧暉這些日子來的痛苦，她對葉家小姐的心也就淡了不少。寧暉心情剛好了沒兩天，要是再為親事鬧騰，可真是讓人頭痛……

姚媒婆等了片刻，不見阮氏回話，心裡暗暗詫異，忍不住說道：「寧家嫂子，這樣的好事妳還有什麼可猶豫的？不是我在妳面前吹噓，葉家小姐長得花容月貌，才情過人，和妳家公子真是天造地設的一對。再說了，葉家就這麼一個獨生女兒，將來這家產還不都是留給她的。」

阮氏原本唇角含笑，一聽這話，頓時皺起了眉頭。「姚媒婆，妳說這話我可不愛聽。娶妻當娶賢，我們寧家雖然不是什麼大戶人家，可也不至於算計著人家的家業。」

這兩年，寧有方收入十分豐厚，再加上歷年來的積蓄，也算頗為富足了。

姚媒婆馬屁拍到了馬腿上，略有些尷尬地笑了笑。「都是我這張嘴不好，該打該打。」

一直沒出聲的寧汐，忽地微笑著插嘴道：「娘，哥哥不是出去了嗎？要不，還是等他回來問一問他的意見再說吧！」

先施展一個拖字訣再說吧！要是寧暉實在不願意，說不得只好將這個送上門的好親事給推了。

阮氏被點醒了，立刻笑道：「汐兒說的對，還是等暉兒回來再說。」

姚媒婆見阮氏沒有即時應下，心裡有些不痛快，笑容淡了不少。「既是這樣，那我就明天再來聽回音。不過，寧家嫂子，這樣的好親事可是提著燈籠也難找。要是錯過了，將來可有妳後悔的。」然後，便起身一扭一扭地走了。

阮氏忙起身送了幾步，待姚媒婆走遠了，才嘆道：「也不知道妳哥哥肯不肯去相看。」

寧汐笑著安撫道：「等他回來問問，願意就去相看，不願意的話，就等明年再說親，終身大事也不急在這一時。」

阮氏嗯了一聲，不再多說什麼。

到了晚上，寧有方從宮裡回來了，精神煥發滿面紅光。寧汐忙問起了此行經過。

寧有方笑道：「今天先熟悉一下環境，明天才正式去御膳房裡做事。以後我住在宮裡，一個月可以回來兩天。」

寧汐促狹地笑道：「娘，現在您放心了吧！爹每個月都回來呢！」

阮氏又是好氣又是好笑，忍不住啐了寧汐一口。「妳這死丫頭，居然拿我開心。」

正說笑著，寧暉回來了。

第二百九十六章　相看

寧暉今天先去了吏部報名，接著又和幾個同窗去喝了酒。

他酒量不算高，只喝了幾杯，便有些醉意了。回來的時候，俊臉紅通通的，身上酒氣濃厚，把阮氏嚇了一跳。「暉兒，你喝了多少酒啊，身上這麼大的酒氣。」

寧暉笑道：「娘，我沒喝醉，您放心好了。剛才一個不小心，灑了一杯酒在身上，所以酒氣才這麼重的，其實我現在清醒得很。」

說話有條不紊，果然還算清醒。

寧汐笑咪咪的扯了寧暉坐下。「舉人老爺快請坐，有要事和你商量呢！」

寧暉瞪了她一眼，笑罵道：「好啊妳，竟然敢拿哥哥我開心，我今天饒不了妳！」裝模作樣的做出凶巴巴的樣子來，把寧汐樂得笑彎了腰。

阮氏看著兄妹兩人親熱友愛的樣子，心裡很是寬慰。想了想，小心翼翼地試探道：「暉兒，有件事我想問問你的意見。」

寧暉笑著看了過來。「娘，有什麼話直說就是了，不用拐彎抹角的。」

阮氏咳嗽一聲笑道：「事情是這樣的，今天下午，姚媒婆又來了。要是你願意，可以擇日相看……」邊說邊偷偷打量寧暉的臉色，唯恐惹起他的激烈反應。

寧暉果然沈默了。

寧汐心裡暗暗嘆氣，口中卻笑著打圓場。「哥哥，娘還沒答應人家呢！要是你不願意就算了。」

阮氏也連連附和。「是啊，不想去就算了，我明天就去回了人家……」

「我去！」寧暉忽地冒出了一句，臉上卻連一絲笑意也沒有。「娘，您明天就給姚媒婆回話，讓她安排好時間，我一定去。」

阮氏和寧有方都愣住了。上一次寧暉對此事反應異常激烈，怎麼這一次答應得如此乾脆俐落？簡直讓人有點不敢置信……

只有寧汐能隱隱猜到寧暉的心意。

趙芸的事情徹底傷了寧暉的心。他現在對感情一事已經灰心了，索性如了父母的心願，早些定了親事盡了做兒子的孝心和本分。

寧汐所料半點不錯，寧暉確實存了這個心思，對安排相看一事毫無異議。

姚媒婆得了回信之後，樂顛顛地去葉家那邊商議，正巧三天後就是臘月初九，正逢廟會，便定下了這一天。

寧有方在宮中不能回來，便由阮氏和寧汐兩人陪著寧暉一起去了廟裡。

阮氏特地為寧暉趕製了新衣新鞋，一大早就讓寧暉換上了，又忙著給寧暉梳頭拾掇。寧暉本就生得清俊斯文，這一收拾，更顯得玉樹臨風儒雅不凡，一路上不知引來了多少大姑娘小媳婦羞答答的目光。

到了廟裡，阮氏四處張望，一眼便瞄到了姚媒婆，姚媒婆身邊站了一個梳著雙丫髻的俏麗少女。

「這個該不會就是葉家小姐吧？」阮氏忍不住咕噥了一句。這個少女倒是長得清秀標緻，可這麼大剌剌的來相看未來夫婿，也太不懂矜持了吧！

寧汐噗哧一聲笑了。「娘，這怎麼可能嘛！這肯定是葉家小姐身邊的貼身丫鬟。」瞧那副穿戴打扮，顯然是個丫鬟之類的。

果然，那姚媒婆笑吟吟的領著少女走了過來說道：「寧家嫂子，這位是葉小姐身邊的紅梅姑娘，你們幾個跟著她走就是了。」

那個叫紅梅的俏丫鬟，上下打量寧暉兩眼，忽地掩嘴笑了。

寧暉被笑得渾身不自在，心裡暗暗嘀咕不已。這個丫鬟的膽子也太大了，哪有這麼直勾勾盯著人看的，卻沒承想到，紅梅笑得別有深意。

紅梅笑咪咪的說道：「我家夫人小姐就在那邊的廂房裡，請寧大娘、寧公子、寧姑娘隨我過去吧！」

阮氏和寧汐對視一眼，心裡都暗暗吃驚。所謂相看，其實大多是隔著人群遠遠的看上一眼便是，哪有這樣大張旗鼓見面的。要是相中了還好，若是彼此沒相中那也太尷尬了吧！

寧暉更是覺得渾身彆扭不自在，暗暗後悔不已，早知如此，這一趟真不該來……

紅梅笑吟吟的在前領路，走到一間廂房前，輕輕敲了敲門，就見一個四十多歲的婦人開了門。目光在寧暉的身上打了個轉，口中笑道：「夫人小姐正在裡面等著呢，請進。」

這次別說是寧暉了，就連寧汐也覺得彆彆扭扭的。這個葉家的派頭倒是不小，又是丫鬟又是婆子的。
等進了廂房一看，只見到了一位滿頭珠翠衣著考究的婦人，看這衣著打扮，定是葉夫人無疑，卻沒見到葉小姐的身影。寧汐先是一怔，旋即瞄到那個又大又寬的屏風，頓時會意過來。看來，葉小姐就躲在屏風後面呢！
葉夫人不無矜持地和阮氏打了個招呼，客套地寒暄了幾句。
紅梅笑著瞟了寧暉一眼，便去了屏風後，也不知低語了什麼，就聽一聲驚訝的低呼。「妳說什麼？」像是知道自己失言了似的，忙住了嘴。
光聽聲音，清脆悅耳，倒是頗為動聽。
寧汐朝寧暉擠眉弄眼，隔著不甚透明的屏風，只能影影綽綽見個人影，壓根兒看不清楚這位葉小姐的面容。不過，這個葉小姐的聲音這麼好聽，肯定是個美人兒。
寧暉不理寧汐，落落大方地朝葉夫人作揖。「小生寧暉，見過葉夫人。」
葉夫人含笑點頭，乘機細細的端詳了寧暉幾眼，心裡暗暗點頭。怪不得姚媒婆總誇這個寧暉，果然生得一表人才。能考中舉人，必然也有些真才實學，也勉強能配得上自己的寶貝女兒了……
這麼想著，葉夫人的笑容便和氣了不少，招呼著寧暉兄妹兩個坐下。看似隨意的閒聊了幾句，巧妙的引著寧暉多說了幾句話，顯然是給屏風後的葉小姐聽的。在不違背禮教的前提下，葉夫人為女兒的終身大事也算煞費苦心了。
寧暉無意討好任何人，態度磊落坦蕩，說話不卑不亢，倒是讓葉夫人又多添了幾分好感。

姚媒婆在一旁暗暗高興。之前便商議好的，要是葉夫人對寧暉不滿意，便隨意找個藉口讓她領人走。現在都進屋這麼久了，葉夫人還是耐心的和寧家人周旋，顯然是看中寧暉了，這份厚厚的媒人紅包她可是非領不可了！

一壺茶喝完了之後，葉夫人也不好再留客了，笑著起身送了寧暉母子三人出了屋子。俏丫鬟紅梅低聲笑道：「小姐，寧公子已經走了，您可以出去了。」

葉小姐嗯了一聲，從屏風後走了出來。她生得杏臉桃腮，柳眉櫻唇，身姿窈窕，果然是個少見的美人兒。她的眼角餘光正好看到寧暉的背影，雖然只是一剎那便消失在眼前，可心裡陡然一顫，俏臉忽地飛起一片紅暈。

一旁的紅梅抿唇偷笑。

小姐那一次坐在轎中，偶爾掀起轎簾，一個俊秀斯文的書生不偏不巧地闖進了小姐的眼裡心裡。這些天，小姐口中不說，心裡卻是一直念念不忘，怎麼也沒料到那個書生就是之前姚媒婆說的寧暉。看來，這就是所謂的姻緣天定啊！

過了片刻，葉夫人便回轉了，迫不及待地追問道：「薇兒，這個寧暉妳覺得怎麼樣？」

葉薇紅著臉不說話。

葉夫人哪還有不明白的，頓時笑彎了眉毛，總算是挑著中意的了。

這一邊，阮氏也在問寧暉。「暉兒，你看這位葉家小姐如何？」

寧暉無奈地笑了笑。「娘，我既沒看清這位葉小姐的模樣，又沒和她說過話，哪裡知道她怎麼樣。」最多，就是覺得她的聲音還算動聽罷了。

寧汐笑著插嘴。「那個葉夫人相貌不俗，這個葉小姐也一定是個美人兒。」身邊的丫鬟都生得如此俏麗，葉家小姐怎麼可能差了？

這話也有幾分道理，阮氏讚許地點了點頭。「汐兒說得有道理。」頓了頓，又有些擔憂地嘆道：「不過，我瞧著這個葉家的派頭倒是不小，也不知道會不會低眼看人。」

寧汐啞然失笑。「娘，您這擔心可沒必要。我們寧家可不比以前了，爹做了御廚，哥哥又中了舉人，葉家老爺也不過是六品官員，有什麼配不上的。」

有一點寧汐卻是沒好意思直說出口。她和容瑾正式定了親事，遲早會嫁到容府做三少奶奶。有這樣一門顯赫的姻親，葉家上趕著巴結還來不及呢！

阮氏想了想，也笑了起來。是啊，寧暉才貌俱全，葉家怎麼可能看不中。退一步說，就算和葉家的親事黃了，將來也不愁找不著合意的親事，實在不用發愁。

寧暉默默地聽著阮氏和寧汐說話，一直沒有吭聲，好像此事和他無關似的。

阮氏又好氣又好笑地白了他一眼。「暉兒，你到底是個什麼心意，總得說一聲吧！」估摸著姚媒婆很快就要來聽回音了。

寧暉定定神，淡淡地笑道：「娘，我一切都聽您的。」不能和趙芸在一起，娶哪個女子不是一樣。

阮氏見他如此溫馴聽話，心裡倒也高興，迅速地盤算起後續的瑣事來。

寧汐最清楚寧暉的心思，見狀暗暗嘆了口氣。

第二百九十七章　議親

既然雙方都有意結親，接下來要商議的自然是具體的細節。諸如何時上門提親、交換庚帖、聘禮多少等等，都得一一商議。

姚媒婆忙著來回奔波傳話，她雖然不是正經的官媒，可做媒婆卻足有十幾年。能言善道不說，經驗十分豐富。葉家那邊早已許諾過一份厚厚的謝媒禮，寧家這邊自然更不會虧待了她。這麼一來，她巴不得早些將這樁親事促成，哪有跑得不勤快的道理。

可一商議到具體的細節，兩家便出現了分歧。

第一樁，便是正式下聘的日期問題。依著阮氏的心意，自然是越快越好，早些定下親事，也算了了一樁心事。可寧家這邊挑的日子，葉家卻不滿意，嫌太過倉促了，堅持要另外挑個黃道吉日。

阮氏心裡便有些疙疙瘩瘩的不痛快，免不了發了幾句牢騷。「這個葉家也真是的，早一些定下親事有什麼不好的，非要等到臘月二十過後。到時候忙著過年，哪裡還能忙得過來。」

寧汐忙笑著安撫道：「娘，您就別發牢騷了。葉家只有這麼一個寶貝女兒，挑剔些也是正常的嘛！」

阮氏這才住了嘴，只得又請人算了個好日子，請姚媒婆送了過去，索性挑在年後初六。

到時候年也忙完了，有的是工夫忙訂親的事情。

這一次，葉家總算沒什麼意見了，卻又開始計較著聘禮多少的問題。

寧家雖然有些家底，可畢竟不是什麼高門大戶，拿得出手的聘禮，合計銀子只在二百兩左右，葉家便覺得有些薄待了自家女兒，話裡話外都有些不滿。

寧暉照例充耳不聞，每天閒來看看書，會會師友同窗，從頭至尾也沒把訂親的事放在心上。

寧有方不在家裡，阮氏無人可商議，只得常和寧汐嘀咕。「我們出的聘禮哪裡少了，足夠買一處院子了呢！」

寧汐啞然失笑，打趣道：「娘，嫂子還沒過門，您就這麼多怨氣，將來該不會天天都吵架吧！」

阮氏被取笑得臉一紅，瞪了寧汐一眼。「妳這沒良心的丫頭，要不是為了妳，我也不會讓人家在這上頭說出話來。」

這話聽著可不對勁。寧汐笑容一斂，蹙眉問道：「娘，您說這話是什麼意思？」

阮氏先還不肯明說，禁不住寧汐再三追問，只得說了實話。「家裡倒還有些積蓄，可我想著，總不能都拿了出來做聘禮。不然妳以後出嫁了，就置辦不了多少嫁妝了。」

寧汐聽得又是窩心又是嘆氣。「娘，這話您可別給哥哥聽見了，知道肯定會不高興的。」怎麼也沒想到原因竟然出在自己的身上。

阮氏不以為然地笑道：「有什麼不高興的，這可不是我的主意，是妳哥哥堅持的。說是聘禮只出這麼多，剩下的都給妳留著做嫁妝呢！」

寧汐愣在當場，鼻子忽地酸酸的，眼眶裡溫熱的液體隨時會湧出來一般。「哥哥他真的這麼說的嗎？」

「妳哥哥不准我告訴妳這事的。」阮氏嘆口氣。「他是真的心疼妳，怕將來嫁妝少了，容府的人會小瞧了妳。」

寧汐眼圈一紅，心裡卻暖暖地窩心極了。

待見到容瑾的時候，寧汐便提起了此事。容瑾也是一怔，旋即笑道：「我這大舅子倒是對妳真好。不過，真沒必要考慮這些，我要娶的是妳的人，又不是妳的嫁妝。」不過，這份心意倒是挺令人感動的。

寧汐俏臉微微一紅，心裡甜絲絲的。

容瑾沈吟片刻，又說道：「葉家嫌棄聘禮輕了，也有些道理。人家只有這麼一個女兒，以後必然是打算把所有的家業都留給女兒的。這聘禮確實不夠豐厚，若是落了這個埋怨，將來妳哥哥去岳丈家，可要受氣了。」

寧汐點點頭。「是啊，我也勸過我娘了，別顧著我了，還是把聘禮準備得多一些才對。」

阮氏倒是動搖了，可寧暉卻異常堅持。甚至說了，要是葉家實在不滿意，這門親事就此作罷算了。

容瑾啞然失笑，忽然開始覺得寧暉很對自己的脾胃。

此事暫時就這麼定了。接下來，另一樁大喜事接踵而至。

容琮和蕭月兒終於成親了！

臘月二十四這一天，是個天氣晴朗的好日子。容府張燈結綵，吹吹打打的迎了明月公主進門，鞭炮聲的動靜驚動了幾條街的人過來看熱鬧。

容將軍自然趕了回來，主持這一喜事。

天家公主出嫁，自然是大燕王朝的一大盛事。皇宮裡的熱鬧暫且不去細說，容府這一邊早已為此忙碌了好幾個月。容琮的院子裡裡外外都翻修過了一遍，所有的家什都是最好的。

堂堂明月公主，自然也有自己的府邸。按理來說，除了成親前幾日住在容府，其餘的時候就可以搬到公主府去。容琮每每想及這些，心裡就覺得不自在，卻也無可奈何。

這一天，容府擺了整整幾十桌喜宴，京城所有有頭臉的人家都來了。

容玨、李氏實在忙不過來，容瑾自然義不容辭地幫忙招呼客人。一天忙過來，就算體力再好，也有些吃不消。到了晚上，兄弟兩人還得苦命的幫著容琮擋酒。兩人酒量再好，也架不住源源不斷的敬酒，都喝了個酩酊大醉。

容琮這個駙馬爺倒是躲過了一劫，總算清醒地進了洞房。

穿著精緻大紅嫁衣的新娘，頂著紅蓋頭，靜靜的坐在床邊，只有緊緊的交握著的雙手，透露出新娘的緊張。喜娘丫鬟們都在一旁小心伺候著，固然是訓練有素，竟然一點動靜也沒有。

容琮挑起蓋頭的一剎那，心裡竟也有幾分緊張。

他只見過蕭月兒一面，而且那一次並未看清楚蕭月兒的面容，只記得她有一雙極惹人憐愛的眼眸。如今，這雙秋水般的眸子美麗依舊，卻盛滿了新嫁娘的嬌羞和喜悅。在紅燭的映襯下，美得令人透不過氣來。

容琮呼吸一頓，灼灼的目光落在蕭月兒的臉上。

蕭月兒又羞又喜，幾乎不敢直視容琮，甜蜜卻立刻湧上了心頭。初見面的那一刻，她的心便遺落在了這個昂揚男子的身上。她不顧女兒家的矜持靦覥，和父皇求了這門親事。等了這麼久，她終於成了他的妻子了……

這一晚，燭影搖曳，新婚夫妻自然有說不出的恩愛纏綿。

隔日早晨，容琮領著新婦拜見了容將軍之後，便去了宮裡覲見皇上。

容將軍對這個新上任的二兒媳還算滿意，笑著對容玨說道：「琮兒倒是有福氣。」蕭月兒貴為天家公主，卻並無半分囂張驕奢，容貌又生得標緻，容琮娶到這樣的媳婦，可真正算是有福氣了。

容玨笑著附和了幾句。他昨晚喝了太多酒，今天又撐著早起，身體自然疲倦，可精神卻很好。容瑾和容玨情況差不多。

容將軍誇了新媳婦幾句，忽地話鋒一轉。「瑾兒的親事定了嗎？」

容瑾反應很快，立刻應道：「已經交換了庚帖下了聘禮。」只差商議婚期迎娶媳婦過門，想反悔也是不可能的了。

容將軍一聽便知容瑾的話外之意，啞然失笑。「你這小子，我又沒說不認這門親事，這麼激動做什麼。」他當時遠在邊關，接連收到了容玨的家信，對事情的前因後果也很清楚。在當時的情況下，訂親確實是最佳的法子了。

容瑾難得地訕訕笑了。

容將軍似想問什麼，又不太好張口似的，躊躇了片刻，瞄了李氏、容瑤等人一眼。

容玨最是機敏，不動聲色地笑道：「爹這麼久沒回來，還不知道我們府裡又挖了個池塘吧！不如我和三弟陪你過去看看。」有些事情，還是別讓容府的女眷們知道為妙。

容將軍欣然點頭，父子三人到了池塘邊的亭子裡說話，果然清靜多了。容將軍要問的，果然是容瑾最難以啟齒的事情。「瑾兒，四皇子近來沒騷擾你吧？」

容瑾眼眸一冷，輕哼一聲。「他敢！」

遇見倒是常有的事情，不過，並沒刻意地湊近說話。事實上，自從那一晚的畫舫事情之後，容瑾就對四皇子避而遠之，四皇子就算想靠近容瑾也不可能了。

容將軍這才稍稍放了心，面色卻也陰沈了下來。

四皇子真是色慾薰心，竟然敢打容瑾的主意，絕不能讓這樣的人做上太子登上皇位，不然，將來只怕還要生出事端來。一個弄不好，容府一門都有危險……

「爹，」容玨眸光一閃，淡淡的說道：「如今公主過了門，二弟是天家駙馬，和大皇子的關係自然也和往日不同。對以後的事情，我們也得早些籌謀才是。」

他說得含蓄，容將軍卻是一聽即懂，點頭表示讚許。「嗯，玨兒說得有道理。」

接著，父子三人就著朝中形勢低聲商議了一番。

聖心不明之前，表面支持某位皇子是不智之舉。不過，容府卻不能不這麼做，只有全力支持大皇子，才能為大皇子爭取更多的勝算……

第二百九十八章　聘禮

寧家也在忙碌中過了年。

在年底，宮中自然比平日忙碌，御廚們都要待在宮中。寧有方只在年三十的晚上匆匆地回了家一趟，當晚便又趕回去了。

少了寧有方，似乎這個年過得也少了幾分滋味。

寧暉常出去和同窗好友相聚，只有寧汐在家中陪伴阮氏。容瑾也特別的忙碌，只能隔三差五的來一回。不過，寧家小院倒還算熱鬧，街坊鄰居來串門的多了，寧有德和徐氏也常過來，倒也不算寂寞。

到了初六這一天，寧有方從宮中告假出來，和阮氏一起領著寧暉到葉家正式下聘提親。出發之前，容瑾不聲不響地來了，笑著拿出兩幅字畫來，讓一起帶上算做聘禮。

寧暉展開一看，頓時一驚。「這麼貴重，我可不能要。」這兩幅輕飄飄的字畫竟是前朝最著名的書畫大師所作，若是拿到世面上去估價，至少也得上千兩。這可真的是太貴重了！

寧有方和阮氏也被驚住了，連連推辭。

寧汐卻知道容瑾的個性，既然拿出來，必然不會再帶回去。果然，就聽容瑾正色說道：「這只是一點心意罷了，若是不拿我當外人，就快點拿好。」他特地沒挑金銀俗物，就是怕寧家人接受不了，沒想到這兩幅字畫還是惹來了這麼大的反應。

寧暉卻堅持不肯要，兩人一時僵持不下。容瑾朝寧汐使了個眼色。

寧汐只得笑著打圓場。「哥哥，時候不早了，再推辭可就耽誤正事了。既然是容瑾的心意，你就收下吧！」頓了頓，又笑著補充了一句。「要是實在過意不去，大不了將來給我多置辦點嫁妝嘛！」說得理直氣壯，倒是一點都不臉紅。

寧暉哭笑不得，白了她一眼。「虧妳好意思說。」

寧汐發揮出厚臉無畏的精神，笑嘻嘻地說道：「你是我親哥哥，又不是外人，我有什麼不好意思的。哥哥，你就別再磨嘰了，要是去得遲了，可就真的失禮於葉家了。」

寧暉嘆了口氣，總算沒有再推辭。

也幸好多了這兩幅名貴字畫撐場面。到了葉家之後，葉老爺葉夫人本嫌棄聘禮薄，面上並不太熱情，待看到這兩幅字畫，陡然高興了許多。不約而同地想道，未來姑爺到底是個讀書人，聘禮都比別人家清貴高雅，這可比那些明晃晃的金銀強得多了。

這麼一來，倒是對寧暉又親熱了幾分。

葉薇不能出來見客，一直在閨房裡待著，手裡拿了本書，卻壓根兒一個字都看不進去。紅梅早被派了出去打聽消息，過了片刻便笑嘻嘻地回來稟報。「未來姑爺今日穿了身淺藍的長袍，可俊得很呢！」一口一個未來姑爺，叫得很順嘴。

葉薇遙想著寧暉的朗朗英姿，俏臉微紅。

紅梅又繪聲繪色地說起了聘禮的事。「聽夫人身邊的嬤嬤說了，寧家的聘禮單子上列的東西不算多，不過，今天來的時候特地帶了兩幅字畫來。聽說這兩幅字畫很名貴，是前朝什麼大師的墨寶，就算是有錢也不容易買到。也不知道未來姑爺是從哪裡得來的，把老爺太太都樂得不得了。」

葉薇聽了越發歡喜，只可惜未出嫁的女子和未婚夫婿是不能隨意見面的，更何況今天是下聘的大日子，也只能耐住性子在閨房裡待著。

紅梅像是知道她的心思似的，打趣道：「小姐不必心急，待到成親那一晚，您愛瞧多久瞧多久。」

一句話，把葉薇鬧了個大紅臉，軟軟地捶了紅梅幾下。

這一腔小女兒心事暫且不提也罷。

寧暉和寧有方、阮氏走了之後，寧家小院便只剩了寧汐和容瑾兩人。說起來，這一陣子忙忙碌碌的，兩人已經很久沒有獨處了。難得有這樣的時光在一起廝守，自然是耳鬢廝磨，說不盡的柔情密意。

容瑾將寧汐摟著坐到了腿上，重重地吻了下去，邊上下其手。寧汐被弄得嬌喘吁吁，東躲西閃，到底躲不過容瑾的「魔爪」，直到容瑾饜足了才放開她。此時的寧汐，髮絲散亂，俏臉嫣紅，眼波流轉，說不出的嬌媚，惹得容瑾又開始蠢蠢欲動。

寧汐軟軟地瞪了他一眼，忙將衣襟整理好。「別胡鬧了。」

容瑾低低一笑，果然沒有再動手動腳。等寧汐整理好了衣衫，才又舒展手臂，將寧汐輕輕摟入懷中。

寧汐依偎在他的脖頸處，輕輕地說了句。「謝謝你了。」原先準備的聘禮確實不算豐厚，到葉家只怕會受些冷言冷語。多了這兩幅字畫可就不一樣了。容瑾的細心周到，顯然是愛屋及烏之舉，她心裡焉能不感動。

容瑾有些不滿地伸出手，捏了捏寧汐的鼻子。「和我還要說什麼謝謝。妳的哥哥就是我的哥哥，妳的事就是我的事，以後不准說這些話了。」

寧汐心裡被滿滿的甜意包圍著，柔柔地嗯了一聲。就這麼依偎在容瑾的懷裡，就算什麼也不說，也覺得無比的甜蜜。

容瑾低頭看一眼，忍不住又親了親寧汐紅潤的臉頰，然後笑道：「對了，有件事差點忘了叮囑妳。二嫂一直惦記妳，說是明天想見妳和妳說說話。」

寧汐還不太習慣容瑾口中的「二嫂」這個稱呼，笑著應道：「好，我明天就去……」旋即想起什麼似的，俏臉頓時一紅，連忙改口。「不不，我還是不去了。」

她現在可是容府未過門的媳婦，這麼大剌剌地去容府，要是傳出去真是羞死人了。

事實上，容瑾本也該避諱一些，不應該常到寧家來。奈何容某人天生臉皮雄厚，從不把這些俗禮放在眼底，依然故我的常往寧家跑。

容瑾很清楚她的顧慮，笑著說道：「妳別擔心，這些二嫂都考慮到了，所以她特地讓我明天帶妳到公主府去。」

寧汐好奇地問道：「她現在到底是住在公主府裡，還是住在容府裡？」

容瑾聳聳肩。「按理來說，當然該住在公主府裡。不過，二哥不太喜歡待在公主府裡，二嫂便隨著二哥一直住在容府裡，公主府反而空閒下來了。」蕭月兒的隨和，也讓容府上下都鬆了口氣。

尤其是李氏，本來一直暗暗擔心著要怎麼和這個尊貴的弟媳相處。待接觸之後，才發現蕭月兒生性嬌憨可愛，並不難相處，倒是鬆了口氣。

寧汐終於沒了顧慮，高高興興地點了頭。「那就說好了，你明天早點過來接我。」

容瑾一本正經地應道：「遵命，老婆大人！」

寧汐被逗得羞紅了臉，狠狠地掐了容瑾一把。容瑾面不改色心不跳，捉住寧汐的手放在自己的胸膛，然後狠狠地吻上了她的紅唇，用自己的方式「報仇雪恨」。

到了申時，寧有方一行人終於回來了。不用寧汐追問，寧有方便興致勃勃地說起了葉家此行的經過。

寧汐聽得津津有味，不時笑著打趣道：「哥哥今天見著未來嫂子了嗎？」

寧暉故意斜睨了她一眼。「成親前哪有私下見面的道理。」這擺明是奚落寧汐和容瑾兩人天天來往了。

寧汐也不臉紅，扮了個鬼臉便躲到容瑾身後去了，反正容瑾的臉皮厚得很，這種小小的言語調侃對他根本是不痛不癢。

果然，容瑾不動聲色地轉移了話題。「對了，我託朋友在吏部那邊打了個招呼，等有好的空缺，就給你補上。」

寧暉的注意力果然立刻被吸引了過去，和容瑾討論起此事來。

一般來說，舉人出身的，不容易謀到太好的職位。不過，有容瑾出面，自又不同。吏部確實有幾個官職空缺，都是地方縣令之類的官職，就不知道寧暉是否能滿意了。

事實證明，容瑾的擔心純屬多餘。

寧暉聽了之後很高興，笑著說道：「太好了，正合我意。」他生平志願，便是做一方父母官。哪怕只是小小的七品縣令，也能一展心中抱負，造福一方百姓。

容瑾邊聽邊點頭，寧暉沒有半分讀書人的清高自傲，果然令人欣賞。只要他願意，這事就好辦多了。「這樣吧，我明天再託人去問問。總得挑一個離京城最近的縣城。」

做縣令也是很有講究的，那些窮鄉僻壤不太平的地方，自然不是什麼好選擇。富庶繁華靠近京城的縣城，卻又太搶手，端看誰有本事了！

寧暉正想道謝，就見容瑾含笑說道：「一家人，謝來謝去的太見外了。」

寧暉只得將那聲謝謝嚥了回去，想了想笑道：「一碼歸一碼，要是日後你欺負我妹妹了，我照樣饒不了你。」

好好的，怎麼又說到她身上來了？寧汐紅著臉瞪了寧暉一眼。

容瑾被逗樂了，不怎麼認真地許諾。「放心吧，我哪裡捨得欺負她。」他愛她疼她還來不及。

寧汐含情脈脈地看了容瑾一眼。

寧暉受不了兩人的肉麻，索性回屋看書去了。

寧有方和阮氏則一同下廚，做了一桌好菜。當晚，為了寧暉訂親一事，寧家又好好的熱鬧了一番。

第二百九十九章　示警

第二天，寧汐坐上馬車，去了公主府。

公主府離皇城不遠，和大皇子的府邸只有一街之隔。比起皇子府邸的氣派，公主府卻精緻奢華，亭臺樓閣假山流水，處處景致優美。

新婚不足一月的蕭月兒，容顏嬌美更甚往昔，甜甜地笑著迎了出來。

容瑾笑著打了招呼。「見過二嫂。」

蕭月兒還不太習慣這個稱呼，微微紅了臉，旋即笑著應了一聲。「好了，這兒沒你什麼事了，你先回去吧！天黑之前我會讓人送寧汐回去的。」

容瑾略一遲疑，正想說什麼，蕭月兒立刻瞪了眼。「對我還不放心嗎？」

容瑾雖然桀驁不馴慣了，卻也拿新上任不久的嫂子沒法子，只得轉身離開，臨走前，毫不避諱地深深看了寧汐一眼。

蕭月兒頓時樂了，容瑾剛一走，便拿這個打趣寧汐。「我這個小叔，平時對誰都是不假辭色，連笑容都很吝嗇。可一到了妳面前，就像換了個人似的。」

寧汐俏臉微紅，口中不甘示弱地反擊。「別光顧著說我了，快些說給我聽聽，新婚感覺如何？」她可聽容瑾說了，容琮和蕭月兒感情甚篤，很是恩愛甜蜜。

蕭月兒果然喜上眉梢，唇畔的笑容甜蜜又滿足。

容琮生性冷肅，不喜說話。不過，成親之後對蕭月兒還算體恤。新婚夫妻兩人談不上如膠似漆，卻也是舉案齊眉。

寧汐的眼角餘光忽地瞄到一個熟悉的身影，頓時驚喜出聲。「荷香。」

久未見面的荷香，含笑立在蕭月兒身後，落落大方的上前行了一禮。「見過寧姑娘。」

寧汐仔細打量荷香兩眼，心裡暗暗唏噓。荷香身上的傷好得差不多了，可臉上卻留了疤痕。原本娟秀的容貌，生生的失色了三分，令人惋惜不已。

荷香似是看出寧汐在想什麼，輕聲笑道：「公主殿下特地賞賜了上好的藥膏，臉上的疤已經淺得多了。」

按理來說，一個破了相的宮女，是沒資格做蕭月兒的陪嫁宮女的。不過，蕭月兒卻堅持帶了荷香出宮，而且對荷香的器重更甚往昔，荷香心裡自然也是感激的。

蕭月兒每每看到荷香臉上的疤痕，心裡總有一絲濃濃的愧疚之情。此次也不例外。「荷香，妳身子還沒徹底好呢，怎麼又出來了？快些回屋子裡歇著去。」

荷香卻不肯。「奴婢哪有這麼嬌貴。」順便朝寧汐使了個眼色。

寧汐立刻領會了荷香的意思，忙笑著轉移話題。「我還是第一次到這兒來呢，公主殿下不帶我去轉轉嗎？」

蕭月兒果然被轉移了注意力，笑嘻嘻的調侃道：「妳還叫我公主殿下嗎？該叫二嫂了吧！」

寧汐果然無招架之力，連連告饒。

蕭月兒樂得格格直笑，親熱地拉著寧汐的手興致勃勃的在公主府裡轉悠了起來。寧汐好奇地四處打量，笑著讚道：「這裡的景致真好。」

平心而論，這裡比容府著實勝了一籌。

蕭月兒笑吟吟地說道：「這裡好是好，就是太冷清了，所以我和駙馬便沒在這兒長住，只是偶爾過來轉轉。」

寧汐露出會心的笑容。蕭月兒倒是體貼溫柔，一切都隨著容琮的心意。

兩人閒聊了半天，簡直有說不完的話。索性找了假山旁的亭子裡坐了下來，宮女們忙著搬了爐火來煮茶，又上了精緻的糕點。

蕭月兒不知想到了什麼，忽地朝荷香使了個眼色。

荷香立刻會意過來，隨口找了個藉口，便將亭子邊的宮女都支開了。自己也很識趣地站得遠了一些，四周一覽無遺，說些私密的悄悄話倒是更方便了。

蕭月兒問得異常直接。「寧汐，大皇兄最近沒來找過妳吧？」

寧汐搖搖頭。自從年前和容瑾定了親事之後，大皇子在她生活中便銷聲匿跡了，也讓她徹底鬆了口氣。

蕭月兒也跟著鬆了口氣。「這就好。」沈吟片刻，又壓低了聲音說道：「還有四皇兄，妳讓容瑾離他遠一些。」

寧汐一驚。「妳……」這件事十分隱密，就連寧家人也都不知情。蕭月兒是怎麼知道的？該不會是容琮多嘴告訴了她吧！

「不是駙馬說的。」蕭月兒顯然猜到了寧汐的心思。「這事雖然隱密，可也瞞不過有心人的眼睛。」

宮裡耳目眾多，皇子們的一舉一動更是惹人注目。四皇子對容瑾存的那份心思雖然十分隱晦，可還是傳出了一些風聲，在宮中悄悄的口耳相傳。蕭月兒一直暗暗留心，自然也知曉了一些。

寧汐也不知該說些什麼，索性保持沈默。容瑾視此事為奇恥大辱，平日從不願提及。就算在她面前，也極少說起四皇子。這已經成了寧汐心中最深的隱憂了。想想也真可笑，她最大的情敵竟然會是四皇子……

蕭月兒嘆道：「父皇去年還曾為嗜好男風的事情狠狠的責罵過四皇兄，沒想到他這麼快就故態復萌了。」她現在可是容瑾的二嫂，自然得護著容瑾。

寧汐也忍不住嘆息。「既然妳已經知道了，我也不瞞著妳了，容瑾生平最恨別人對他生出這樣的齷齪心思，妳四皇兄是徹底惹怒他了。」最重要的是，四皇子還沒真正死心。不然，這樣的風聲也不會傳到皇宮裡，這才是讓人最頭痛的事情！

蕭月兒也覺得此事棘手，蹙著眉頭，想了半天才說道：「總之，讓容瑾先儘量避開四皇兄再說。」

只要不給四皇子可乘之機，料想他也沒什麼法子。容瑾深受皇上器重，又有容府做靠山，四皇子總不敢做出什麼過分出格的事情來。

暫時也只能如此了。

寧汐順著這個話題試探著問道：「對了，大皇子殿下現在和四皇子殿下關係如何？」明面上看，三皇子是大皇子最有力的競爭對手。可事實上，真正的勁敵卻是這個不顯山不露水的四皇子。

蕭月兒扯了扯唇角，淡淡地說道：「皇家兄弟之間，哪有什麼情意可言。」皇位之爭，歷來充滿了腥風血雨，成者為王敗者為寇，最終的勝利者只能有一個。大皇子和四皇子，注定是明爭暗鬥不休，所謂兄弟情意，只是個笑話罷了！

不過，皇上正值盛年，幾位皇子也不敢鬥得太過明顯，只敢在背地裡時不時地做些小動作罷了。

目前看來，大皇子穩占了上風，四皇子屈居劣勢。至於三皇子，因為有惠貴妃這個大靠山，也是太子之位的熱門人選。

蕭月兒自然是毫不遲疑地站在大皇子這一邊。他們一母同胞，感情親厚，非旁人能及。如果大皇子做了太子，蕭月兒這個明月公主毫無疑問地會榮華逍遙一輩子。若是換成了三皇子或是四皇子，可就未必了……

蕭月兒毫不避諱地將心中所想說了出來。

寧汐聽著聽著，忽地記起一件極其遙遠的事情來，面色頓時凝重起來。前世她從未關注過皇室爭鬥，只偶爾從邵晏的口中聽說過一些隻字片語。若記得沒錯的話，就在不久後的幾個月裡，會發生一件很重要的事情，這件事，和大皇子密切相關……

「怎麼了？」蕭月兒敏感的察覺到寧汐的面色不對勁。

寧汐下意識的張望一眼，然後才壓低了聲音說道：「若是有機會，妳最好提醒大皇子殿下一聲，他身邊的親信裡，怕是有人起了貳心。」

蕭月兒一驚，急急地追問：「妳是不是又作了什麼夢了？」

寧汐很乾脆地點頭承認了，用夢境來解釋自己預知的一切，反而更可信！

蕭月兒果然動容了，目光灼灼。「快些說來給我聽聽。」

寧汐想了想，把自己所知道的一切稍微整理了一下，然後緩緩地說道：「大概是在不久之後，聖上會領著幾位皇子一起去狩獵，然後，會出些意外……」

「是誰出了意外？是不是大皇兄？」蕭月兒一顆心怦怦亂跳，臉色十分蒼白。

寧汐搖頭。「不是妳大皇兄，是妳三皇兄！」

什麼？蕭月兒又是一驚，愣了半天，才吶吶地擠出一句。「三皇兄出了什麼樣的意外？」

寧汐依著模糊的印象說道：「妳大皇兄身邊的親衛，射箭時箭偏了，不巧射中了妳三皇兄的胳膊，雖然傷勢不重，可聖上勃然大怒，認定了是妳大皇兄所為，狠狠地發了一通脾氣，妳大皇兄會因為此事徹底失了聖眷。」

趁著大皇子失寵三皇子受傷之際，四皇子在朝中嶄露頭角，一連完成了幾樁極漂亮的差事，也使得皇上對他漸漸另眼相看。可以說，這件意外中，最大的受益者就是四皇子。

記得邵晏提起此事的時候，唇畔的笑容有些得意。當時的她並未多想，也就沒追問，現在細細想來，這事分明別有蹊蹺。說不定又是四皇子從中做了什麼手腳，至於那個冒失的侍衛，更是大有問題……

蕭月兒呼吸急促不穩，眸光連連閃動。半晌，才稍稍冷靜下來。「謝謝妳提醒。我一定找個時機把這事告訴皇兄，讓他提早防範。」

第三百章　差事

隔了幾日，蕭月兒悄悄去了大皇子的府邸。

兄妹兩人單獨在屋子裡商談了許久，門外的守衛至少站了二、三十步遠，屋內的人又壓低了聲音說話，什麼也聽不見。

「什麼？妳說的可是真的？」大皇子一臉的震驚。

蕭月兒肯定地點頭。「當然是真的。寧汐親口告訴我的，絕不會有假。」

大皇子抿緊了唇角，眼中閃動著冷然的光芒。

三個月之後，確實有一場春獵。這件事還在計劃安排中，別說是一介弱女子，就連朝中大臣們也不知情，寧汐卻說得一字不差。看來，她的夢境倒真是不能小覷……

他自己清楚自己，絕不會做出這種傷敵一百自損一千的蠢事來。那麼，從中搗鬼的，究竟會是誰？

蕭月兒低聲說道：「皇兄，你一定要小心些。」

大皇子深呼吸口氣，面色恢復如常。「妳放心，我既已提前知道，這件事就絕不會再發生。」

蕭月兒這才略略放了心，瞄了大皇子一眼，忽地又冒出一句。「大皇兄，寧汐已經訂親了，這個你知道的。」可別因為寧汐的特異本領又起了什麼心思。

大皇子心底最隱密的心思被說中了，有些惱羞成怒。「妳把我看成什麼人了？奪人妻這種事，我怎麼能做得出來！」一副義正詞嚴的樣子。

最好是這樣。蕭月兒輕哼一聲。「這話可是你親口說的，以後千萬別再反悔才好。」

大皇子眸光一閃，忽地不懷好意地笑了。「我倒是沒什麼，讓容瑾多擔心點四皇弟才對。」四皇子對容瑾的那點子心思，瞞得了別人可瞞不了他。他得知此事的時候，暗爽了好久，一個男人偏偏長得比女人還美，惹來這樣的爛桃花還能怪誰？

蕭月兒嗔怪的白了大皇子一眼。「大皇兄，你別在這兒幸災樂禍了。有機會，你勸勸四皇兄才是，美少年多得是，實在喜歡就去找別人，別總惦記容瑾了。」容瑾現在可是她的小叔，對這樣的事情她可不能坐視不理！

大皇子扯了扯唇角，隨意地點頭應了，其實壓根兒沒朝心底去。容瑾有這樣的麻煩，他看著舒心還來不及，哪有心思替他操這個閒心。

此後的一段日子裡，風平浪靜，朝中一片太平，只有有心人才能稍稍窺出幾位皇子之間微妙的波濤暗湧。

容瑾早從寧汐處得知了將有的異變，也暗暗起了戒備之心。

皇位之爭牽連甚廣，容府早已深陷其中無法自拔。大皇子若是出了意外失了聖眷，容府也會受影響。更重要的是，他絕不會眼睜睜的看著四皇子得勢。

男子漢大丈夫當心胸寬廣，不計小節，只可惜，他從來都是錙銖必較。哪怕四皇子這一陣根本未曾來騷擾過他，他也絕不會忘了當日的恥辱，更不會掉以輕心。只有四皇子徹底垮臺了，這個隱患才算真正解除。

寧汐見他面色陰沈，便知他又想到不愉快的事情了，忙柔聲笑道：「我特意給你做了幾道你愛吃的菜，今天怎麼一口都不肯吃？」

容瑾回過神來，面色頓時一緩，笑著應道：「嗯，我這就吃。」這一陣朝中事務繁忙，難得有閒空到鼎香樓來吃頓午飯。

吃飯當然只是個幌子，最重要的還是乘機和寧汐小聚片刻。

寧汐笑盈盈的坐在旁邊，忙碌地為容瑾挾菜。容瑾自己吃兩口，又挾一口送到寧汐的唇邊。「妳忙了半天，肯定早就餓了，我們一起吃。」

寧汐笑著張口吃了，心裡甜絲絲的。兩人你一口我一口，一頓飯吃得甜甜蜜蜜。

容瑾將煩心事拋到一邊，笑著說道：「對了，有件事還沒來得及告訴妳，妳哥哥的差事有著落了。」

寧汐精神一振，急急地追問：「真的嗎？是什麼差事？」

容瑾笑了笑，娓娓道來。年後，吏部有了不少的空缺，以寧暉的舉人身分，能補上一個縣令之位。這個郫縣縣城雖然不大，可富足太平，又離京城很近，往返不過一、兩日工夫。能謀到這麼一個差事，對寧暉來說也算不錯了。

吏部的正式行文大概過兩日就能下來，最多再有十天半月便能收拾東西準備上任了。

寧汐聽了這個好消息，心花怒放，湊過去用力地親了容瑾一口，「啵」的一下，聲音又響又亮。

看著近在咫尺的如花笑顏，容瑾心裡一蕩，迅速地捉住她的胳膊，狠狠地吻了下去，靈活的舌頭探入她微啟的唇內，用力地吮吸她口中的甘甜。

寧汐面頰潮紅，閉上雙眸，雙手緊緊地摟著他的脖子。她的熱情回應，讓容瑾更加激動，雙臂用力地將她攬入懷中，似要將她揉進身體中一般。

不知過了多久，容瑾終於抬起頭，眼底閃動著跳躍的火焰，聲音有些沙啞。「汐兒，我們成親吧！」自從過了年之後，這是容瑾第五次提起成親一事了。

寧汐將頭深深地埋進他的懷裡，悶悶地應道：「至少也得等大哥成親了再說。」哪有哥哥沒成親妹妹就出嫁的？

容瑾不滿地嘟囔著。「又拿這個理由搪塞我。」

寧汐一點都不心虛地瞪圓了眼睛。「喂喂喂，什麼叫我又拿這個理由搪塞你，這本來就是事實好不好？我哥哥還沒成親，我這個做妹妹的怎麼好搶著出嫁。」

容瑾輕哼一聲。「好好好，我待會兒就去妳家，催著妳哥哥早點成親，看妳到時候還有什麼話說。」

寧汐被逗得格格直樂。

當晚，寧暉便知道了這個好消息，高興極了。

阮氏也是滿臉的歡喜。「太好了，暉兒要做官了。」寧家數代平民，終於出了個做官的。雖然只是七品縣令，可到底是一方父母官呢！

寧暉咧嘴笑道：「娘，您以後就是官夫人了。」

阮氏笑得合不攏嘴，連連點頭，只可惜寧有方不在家中，不然一定會更熱鬧呢！

笑鬧了半晌，阮氏忽地想起一件事來，笑著說道：「暉兒，這樣的好消息，也知會葉家一聲吧！」

寧暉對此卻很淡然，無可無不可地點了點頭。

寧汐促狹地打趣道：「哥哥，你這一走馬上任就得幾年，總得給未來的嫂子一個交代。要不，先成了親再走吧！」

本是玩笑之語，沒想到阮氏卻極為贊成。「汐兒說的對，我明天就託姚媒婆去葉家探個口風，要是同意的話，不如擇個黃道吉日早些成親……」

寧暉大驚失色，連連擺手。「這可不行。」

阮氏不樂意了，繃著臉問道：「怎麼不行？你也老大不小了，早該成親了。葉家小姐也芳齡十七了，哪裡經得起耽擱。再說了，你一個人去郫縣上任，身邊沒個知冷知熱的人照顧也不行。」她得留在家中，不能跟著去。最好就是等寧暉成了親，由他的妻子照顧他的飲食起居。

寧暉還待再說什麼，阮氏逕自下了決定。「就這麼定了，我明天親自去葉家商議婚事。」

寧暉頭皮發麻，暗暗叫苦不迭，連連朝寧汐使眼色。

寧汐在一旁閒閒地看熱鬧，對寧暉求救的眼神視而不見。寧暉又氣又急，眼神嗖嗖的像飛刀似的。*妳見死不救，太不講義氣了！*

寧汐聳聳肩。這可不是我不講義氣，娘的脾氣你又不是不知道，她決定的事情，我勸了也沒用。

那也總該幫我說說情拖延一下吧！寧暉的眼神可憐巴巴的，終於勾起了寧汐一絲惻隱之心，咳嗽一聲說道：「娘，成親是件大事，十天半月的肯定忙不過來，要是操之過急了，葉家那邊肯定會覺得我們家對親事太隨意呢！」

這話說得倒也有幾分道理。阮氏不自覺地點了點頭。

寧暉心裡一喜，朝寧汐眨眨眼。

寧汐心裡暗笑，表面卻一本正經地繼續說道：「要不這樣，明天先託人去葉家報個喜訊，然後探探葉家的口風，要是葉家也有這個意思，那再商議也不遲。」

阮氏笑著點頭。「還是汐兒考慮得周到。好，就這麼辦。」

寧暉稍稍鬆了口氣，待阮氏走了之後，朝寧汐又是抱拳又是作揖。「多謝多謝。」

寧汐又好氣又好笑。「哥哥，躲得了一時躲不了一世，已經訂了親，成親也是遲早的事情，你總這樣可不行啊！」

寧暉苦笑著長嘆一聲，眼底閃過一絲莫名的酸澀。寧汐說的，他何嘗不知道，可一想到要和一個素未謀面的陌生女子共度終生，他就不禁生出了退縮之意……

寧汐還想再說什麼，看看寧暉無精打采的樣子，終於又嚥了回去。

第三百零一章　餞行

第二天，阮氏果然去請了姚媒婆到葉家去報喜。

葉老爺葉夫人得知了這個消息，果然十分振奮。寧暉年紀輕輕便補了實缺，做了郫縣縣令，再有容府提攜，將來在仕途上說不定大有可為。現在看來，這門親事算是結對了。

姚媒婆笑咪咪地說道：「寧家那邊就等著吏部發文，寧家公子就要走馬上任了，這一走至少也得幾年。所以今兒個便讓我來問問你們的意思，看看是不是早些把親事辦了，也免得耽擱了。」

聽了這話，葉老爺葉夫人微微一愣，對視一眼，卻都沒說話。

姚媒婆最擅長察言觀色，見兩人並無不豫之色，頓時心中有數了，又笑著說道：「這十天半月的，實在有些倉促，不如先定下婚期，寧家那邊也可以開始籌備著。」

葉夫人咳嗽一聲笑道：「這事容我們商議商議。」

姚媒婆連連笑著應了。待姚媒婆走了之後，葉夫人便去了女兒葉薇的閨房裡，將姚媒婆之前的一番話說了一遍。「……薇兒，妳的意思如何？」

葉薇紅著臉不吭聲，心裡卻分明是樂意的。

葉夫人又笑又嘆氣，果然是女大不中留啊！也罷，就早點挑個婚期，也能徹底了了這樁心事。

「薇兒，有些話我可得先告訴妳。」葉夫人嘆口氣說道：「寧家是小戶人家，就算現在光景好了一些，不過，和我們家是不能比的。妳嫁過去之後，只怕要受點委屈……」

葉薇抬起頭來，眼波明媚清澈。「娘，我不介意。」

葉夫人愣了一愣，旋即啞然失笑，索性什麼也不說了。

這邊暫且不提，單說寧家這一邊，寧暉接到了吏部正式的行文之後，阮氏便忙著為他收拾行李。寧暉則忙著和師友相聚告別，這份忙碌沖淡了即將離別的感傷，一家子上下倒是都喜氣洋洋的。

阮氏得了葉家的回信之後，十分高興，忙請人算了幾個好日子，遞到了葉家那邊，葉家挑中了六月初四這個日子，算起來，還有四個月左右。寧暉縱然滿心不情願，也找不出任何理由推拒。

寧汐背地裡勸慰了他幾句。「哥哥，已經訂了親，成親也是遲早的事情，你別總是悶悶不樂的，娘見了你這樣子，又要多心了。」

寧暉悶不吭聲，心裡還是不太舒坦。

寧汐想了想，忽地笑道：「這事要是讓容瑾知道了，他一定高興。」

寧暉先是一愣，旋即反應過來，頓時啞然失笑。是啊，要是他一直不肯成親，容瑾也不好催著寧汐成親了。

寧汐見他有了笑容，又笑著說道：「聽說未來嫂子是個出了名的才女，又長得美貌，等過了門，我可要好好見識見識。」

寧暉笑了笑，沈鬱的心情被逗得散開了不少。

容瑾知道寧暉婚期已定的消息之後，果然心情舒暢極了，一連幾日都是唇角含笑滿面春風。周圍熟悉他脾氣的人，自然能猜到讓他心情如此之好的非寧汐莫屬。

四皇子遠遠的看著意氣風發的容瑾，心裡真是又愛又恨。有心走上前和他閒聊幾句，再想起容瑾拒人於千里的冷漠態度，又不免躊躇了半晌，最終還是忍住了這個衝動。不能急，他有得是耐心慢慢等。

容瑾何等敏銳，早就察覺到了四皇子過分熱切的眼神，心裡的火苗蹭蹭地往上湧。

周圍這麼多的人，一個個都是人精，誰能看不出這幾個月來四皇子對他的不同？兩人雖然從沒對面說話，可四皇子看他的眼神和別人卻不一樣。再一聯想到四皇子顯赫的「聲名」，誰還能猜不出其中是怎麼一回事？

礙著四皇子的顏面和容府的分量，沒人敢在他面前多嘴，可背地裡，只怕這件事早成了各人心中心照不宣的笑話了……

容瑾暗暗咬牙，面上卻越發鎮定從容。退朝之後，特地和容琮並肩走在一起，巧妙的避開了四皇子的目光。

容琮早已不動聲色地將這一切盡收眼底。待身邊沒什麼閒雜人等之後，才壓低了聲音說道：「三弟，要不，我讓你二嫂回宮一趟吧！」蕭月兒是聖上最寵愛的女兒，就算在聖上面前給四皇子說上幾句，四皇子也沒法子。

「不用了。」容瑾抿緊了唇角，眼神冰涼陰鷙。要是真的在聖上面前挑破了這一層，四皇子必會被訓斥一頓無疑，可他今後在朝中還怎麼做人？有些事，只要不承認就是沒有。可一旦說開了，他可就徹底成了別人茶餘飯後的笑料了！

容琮何嘗不知道這個道理？這也正是此事最棘手的地方。若是別人敢對容瑾生出這樣的齷齪心思，他早就揍上門了。可對方偏偏是個皇子，打不得罵不得動不得。容瑾又生性高傲，根本受不了這樣的羞辱，別看現在風平浪靜的，可這表面的平和下，早已是波濤暗湧，就不知哪一天會徹底爆發出來……

容琮瞄了容瑾一眼，心裡暗暗嘆氣。

寧暉出發在即，寧有方從宮中得了消息之後，特地告假趕了回來。喊上寧有德一家人，再加上容瑾，一起為寧暉餞行。

寧有德夫婦不是第一次見容瑾，卻是第一次和容瑾同席，都有些不自在。容瑾過人的風度儀表固然令人驚嘆，傲人的家世更是讓人望塵莫及。這麼一個近乎完美的美少年竟然是寧汐的未婚夫婿，讓人有種不真實的感覺……

徐氏瞄了容瑾一眼，壓低了聲音問阮氏道：「暉兒的婚期已經定了，接下來就該輪到汐丫頭了吧！」

阮氏笑道：「我哪捨得汐兒早早出嫁，先等等再說吧！」

容瑾耳尖地聽到了這兩句對話，面色微微一沈。

寧汐忍住笑意，悄聲說道：「喂，這次可不是我說的。」

那俏皮可愛的樣子，惹得容瑾的心癢癢的，忽地生出了促狹的心思來，悄然伸出手，在桌下握住了寧汐的左手。寧汐被嚇了一跳，反射性地往回縮，可容瑾卻越發用力地握住了她的手，她試了幾次均告無效。

快些放開。寧汐瞪了容瑾一眼。

就是不放，看妳能怎麼樣！容瑾挑了挑眉，得意地笑了。

事實上，寧汐確實不敢怎麼樣。飯桌說大不大說小不小，她和容瑾緊緊挨著坐在一起，桌底下這點動靜暫時還沒惹來別人的注目。要是真讓人察覺了，她可就沒臉見人了……

容瑾笑著，眼中的得意清晰可見。寧汐暗暗咬牙切齒，卻也不敢吭聲，只得任由他握著自己的手。漸漸地，忽然有種異樣的感覺湧上心頭。

兩隻手緊緊的交握，他的手溫暖有力，心頭似被一根羽毛輕輕的拂動著，酥酥麻麻的，個中滋味，真是一言難盡。

寧暉見容瑾半天沒動筷子，笑著打趣道：「今天這桌菜可是妹妹親自動手做的，難道還不合你胃口嗎？」

容瑾慢悠悠地應道：「當然合我胃口。」意味深長地瞄了面若桃花的寧汐一眼，這才鬆了手，挾了一口菜送入口中。

寧汐總算鬆了口氣，迅速地將手縮了回來，心底竟然掠過一絲失落。要是寧暉不出聲，容瑾只怕會一直這麼握著她手直到散席那一刻吧……

這一邊，寧有方和寧有德兩人已經喝得醉醺醺的。寧有方嗓門本就不小，喝了酒之後更是響亮得驚人，一桌人都聽到了他的「低語」。「大哥，暉兒中了舉人，如今又要去做官了，我們寧家總算也出個官老爺了。」

寧有德也是滿臉紅光，連連點頭附和。寧暉中了舉人又做了官，這不僅是寧有方的驕傲，更是寧家上下所有人的驕傲啊！

「對了，爹知道這事了嗎？」寧有德忽地問道。

寧有方咧嘴笑道：「我請人替我送信回洛陽了，爹再過兩天就該知道了。」如果寧大山知道了，一定也會十分高興吧！

這一晚，寧家小院也沈浸在濃濃的醉意和歡喜中。

隔日早晨，寧暉便出發去了郫縣。寧有方得趕回宮中，沒來得及送行。阮氏和寧汐一路送了寧暉到了城外。

「娘、妹妹，妳們兩個不用送我了。」寧暉心裡不捨，臉上卻滿是笑意，故作輕鬆坦然。「最多幾個月，我就得回來成親，到時候你們就能見到我了。」

阮氏點點頭，眼圈已經紅了。寧暉忙低聲安撫幾句，心裡也覺得酸酸的。

寧汐挽住阮氏的胳膊。「娘，您別哭，哥哥這是去做官，是好事呢！」話雖這麼說，眼眶也有些濕潤了。這麼多年來，他們兄妹一直生活在一起。如今，寧暉卻要離開京城，獨自一人到陌生的郫縣去，以後想見一面都不容易了。

寧暉見阮氏和寧汐眼眶紅紅的，心裡也沈甸甸的，頗不是個滋味。明明有千言萬語，卻一個字也說不出口。

容瑾站在一旁，既插不上嘴，又不知該從何勸起，陡然生出了自己是個外人的感覺。這種感覺實在不算好。

等了半天，容瑾終於忍不住了，咳嗽一聲說道：「時候不早了，該出發了。」

寧暉強顏歡笑道：「是啊，我這就走了，你們回去吧！」狠狠心上了馬車。

阮氏和寧汐再不捨，也只能眼睜睜的看著寧暉上了馬車走了。馬車漸行漸遠，直至消失不見。阮氏再也忍不住，淚水簌簌的往下落。寧汐還沒勸上兩句，也落了淚。母女兩個哭成一團。

容瑾看著寧汐淚水漣漣的樣子，別提多心疼了。若不是礙著阮氏也在一旁，早就摟在懷裡輕憐密愛一番了。待兩人哭聲漸止，才說道：「鄣縣離京城不遠，坐上馬車半天就到。要是想他了，以後我陪妳們去看他。」

阮氏和寧汐這才擦了眼淚，回了寧家小院。

第三百零二章 勁敵

寧有方不在家中，寧暉又去了鄣縣。寧家小院陡然少了幾分熱鬧，顯得有些冷清。

寧汐每天照常去鼎香樓裡做事。

鼎香樓本就赫赫有名，自從去年廚藝比賽過後，更是蒸蒸日上，食客如雲。孫掌櫃本擔心張展瑜擔當不了主廚這個重任，沒想到一向沈默少言的張展瑜做事極為穩妥，這幾個月來，將廚房眾廚子管理得井井有條，沒出過半點差錯，比起寧有方在的時候也不遑多讓。張展瑜的名氣也一日勝過一日，和寧汐兩人穩穩地撐起了鼎香樓的一片天。

雖然寧汐和張展瑜見面的時間只多不少，可兩人反而漸漸不如往日親密。言談之間再不涉及彼此私事，此事別人不知，他們兩人卻是心知肚明。

寧汐偶爾想及此事，難免生出些許惆悵，卻也知道這才是對彼此最好的做法。她和容瑾已經有了白首之約，和別的男子理應避嫌，張展瑜和上官燕也漸入佳境，兩人也只能愈行愈遠了。

閒暇時，寧汐隨口笑問。「張大哥，你打算什麼時候去提親啊？」

張展瑜笑容頓了頓。「等以後再說吧！」語氣竟十分淡然。

寧汐一怔，敏感的察覺出些許不對勁來，試探著問道：「你和她鬧口角了？」

「這倒沒有。」張展瑜笑了笑。

上官燕熱情直接，性子爽朗，又對他一片癡心，很少使小性子，兩人相處得還算融洽。到這個分上，談婚論嫁也在情理之中。只不過，上官燕雖然千肯萬肯，可她四叔上官遠卻從中阻撓，不肯同意這門親事。

上官燕父親早亡，一直是由上官遠照顧著。在婚姻大事上，上官遠確實有發言權。

寧汐略有些不滿地說道：「你又細心又體貼又沈穩，現在又是我們鼎香樓的主廚，也足夠配上官燕了，他還有什麼不滿意的？」

聽著這些話，張展瑜心裡微微一蕩。旋即將這絲不該有的旖旎情思壓了下來，嘆道：「我無父無母，更沒什麼家世背景，她四叔自然看不上我。算了，不說這些不高興的事情了。對了，妳哥哥來信了嗎？」

提起寧暉，寧汐的臉上頓時有了笑意。「嗯，剛一到郫縣就來信了，說在那邊過得挺好的，讓我們別總惦記他呢！」

從一介文弱書生，忽然變成了一縣父母官，每天要處理繁瑣的公務不說，還得應付打點上下關係，足夠寧暉手忙腳亂的了。幸好容瑾之前為他挑了個極有經驗的師爺，幫著出謀劃策打點瑣事。短短一個多月，寧暉便適應了那邊的生活。

阮氏一心惦記著寧暉，一直想去郫縣看看，只可惜寧有方在宮中忙碌得抽不開身，容瑾也忙於朝務，根本沒什麼閒工夫。

兩人閒聊了幾句，話題又轉到了寧有方的身上。

「師傅好久沒回來了吧！」張展瑜和寧有方師徒幾年，感情深厚，乍然分開這麼久，心裡自然惦記。

寧汐笑道：「他忙得很，哪還有時間回來。」一個月本該有兩天休息，可寧有方一忙起來，就把回家這事拋到了腦後，一個月能回來一次就算不錯了。屈指算算，上一次寧有方回來是為寧暉送行，如今已經過去一個多月了。

張展瑜笑著說道：「忙是好事，說明師傅在御膳房裡受器重。」

這倒也是，寧汐抿唇笑了。

前世，寧有方一進宮便大受聖上青睞，不出一年就成了御膳房裡最受寵的御廚，風光一時無二。這一世雖然進宮的途徑不同，在這一點上倒是殊途同歸。寧有方進宮還不足半年，已經成了御膳房中舉足輕重的御廚了。每次寧有方回來，說起這些便眉飛色舞春風滿面。寧汐也由衷地為寧有方高興。

正說著話，外面忽然陣陣騷動。張展瑜和寧汐對視一眼，不約而同的升起一絲疑惑。現在正是下午時分，廚子們都在休息閒聊。會是誰來了？

熟悉的爽朗笑聲從門外傳來。「展瑜、汐兒，我來了，還不快些出來。」

寧汐驚喜不已。「爹，您怎麼回來了！」說曹操曹操就到，竟然是寧有方回來了。

張展瑜早已激動地迎了出去。

多日不見，寧有方瘦了一些，卻精神奕奕容光煥發，一副春風得意馬蹄疾的架勢。孫掌櫃在一旁笑道：「寧老弟，可好些日子沒見你了。」

寧汐笑著湊趣。「孫掌櫃，別說你了，連我都好久沒見過爹了呢！」

眾人哄笑起來。寧有方不以為意的笑著解釋道：「御膳房裡太忙了，我實在抽不出空來，今天還是特地告了假才回來的。」御膳房裡的御廚少說也有幾十個，當然不是人人都這麼忙碌，只有特別受聖上青睞的御廚，才得隨時留在御膳房裡待命。

這一點，就算寧有方不說眾人也都能想得到，不由得一起用欽佩的眼光看了過去。

寧有方心裡十分得意，面上卻並不顯露出來。在御膳房裡待的這段時間，讓寧有方的性格也發生了不小的轉變，再不像以前那般喜怒形於色了。

張展瑜上下打量寧有方幾眼，由衷地笑道：「師傅，您和以前不一樣了。」

寧有方興致勃勃地追問道：「哪兒不一樣了？說來聽聽。」他自己渾然不覺身上有什麼變化。

張展瑜想了想，笑道：「我也說不好，就是覺得師傅比以前更有精神了。」外貌穿著變化不大，可精神狀態卻有了顯著的改變。以前身分低微，不管見了什麼樣的客人都得陪著笑臉，時間長了，總有些縮手縮腳施展不開的憋屈。可現在的寧有方充滿了自信，舉手投足之間揮灑自如，讓人生出眼前一亮的感覺。

寧汐含笑看著寧有方，心裡被滿滿的喜悅包圍著。此時的寧有方，才是她印象中那個意氣風發的寧御廚啊！看到寧有方對新身分甘之如飴適應飛快，她只覺得慶幸。慶幸自己沒有阻撓寧有方入宮，慶幸寧有方找到了人生的新起點。

總有一天，寧有方會成為御膳房中最最耀眼的那個人，會成為聖上最器重的御廚，會為寧家帶來前所未有的榮耀……

當晚，寧有方特地喊了張展瑜到家裡吃飯。

酒過三巡，師徒兩個都有了幾分酒意，開始聊起了知心話。張展瑜很自然地問道：「師傅，您在御膳房有沒有遇到和您不對盤的人？」

當然會有。御膳房裡御廚眾多，有背景有靠山的大有人在。寧有方入宮僅幾個月就越過眾人，脫穎而出成了聖上眼中的新寵，不知多少人明裡暗裡的羨慕嫉妒恨，那些酸不溜丟的話早聽得耳朵要磨出老繭子來了。

寧有方笑了笑，隨口應道：「放心，我能應付。」吃的暗虧和苦頭就不必說了，免得家人擔心。

張展瑜眸光閃動，欲言又止。

寧有方挑了挑眉頭。「怎麼了？我們師徒之間還有什麼話不能直說的？」

張展瑜這才小心翼翼地問道：「燕兒的四叔也是御廚，不知師傅和他相處得怎麼樣？」

上官遠？寧有方差點嗤之以鼻，待想起張展瑜和上官燕的關係，總算忍住了這個衝動，儘量輕描淡寫地應道：「還算過得去。」

這回答含含糊糊模稜兩可，讓人摸不著頭緒。張展瑜還想再追問，寧有方卻又吆喝著喝酒，很自然地把這個話題岔開了。

寧汐心知其中必然有些蹊蹺，卻也沒急著追問。等張展瑜走了之後，才低聲問道：「爹，您和上官遠是不是鬧得很不愉快？」

寧有方沒有瞞著寧汐，點點頭承認了。「確實不太愉快。」

在寧有方去之前，上官遠堪稱御膳房裡風頭最勁的御廚，很受皇上器重喜愛。寧有方去了之後，迅速地嶄露頭角，大有超越上官遠的架勢，上官遠自然心裡不痛快。再加上那些好事的在他面前挑唆，上官遠越發視寧有方為自己的勁敵，處處和寧有方過不去，明裡暗裡不知使了多少絆子。

寧有方也不是吃暗虧的主兒，和上官遠鬧過幾回不大不小的矛盾，雖然表面上還維持著客氣，可已經隱隱有了對峙的架勢了。

上官遠出身名廚世家，又早入宮幾年，已經有了一定的根基，又刻意拉攏了幾個交好的廚子，不容小覷。寧有方卻是炙手可熱的御膳房新貴，兼之身後有容府這個大靠山，自然有人上趕著巴結奉承，御膳房裡無形中成了兩派，壁壘分明。

寧汐沒料到情況如此嚴重，忍不住蹙起了眉頭。「爹，上官遠那個人心機深沈，您對著他的時候可要小心些。」

寧有方傲然一笑。「他有本事儘管放馬過來，要是怕了他，我就不姓寧！」

寧汐聽得啼笑皆非。「爹，您都一把年紀的人了，還爭這個意氣做什麼。」

寧有方振振有詞地辯解。「不是我要和他爭，現在是他要來踩低我。我要是任人欺負，還算個男人嗎？」

這話倒也有理。人不犯我我不犯人，人若犯我，我怎能饒人？

寧汐想了想，忽地嘆了句。「怪不得張大哥說上官遠不肯同意他和上官燕的親事呢！」

其中，大概也有寧有方的原因在吧！兩人勢成水火，張展瑜偏偏又是寧有方的徒弟，上官遠肯讓上官燕嫁給張展瑜才是怪事。

寧有方皺起了眉頭，頗有些不滿。「這個上官遠，心胸也太狹窄了，我和他之間的事情，怎麼能扯到小一輩的終身大事上。」

牢騷歸牢騷，可到底把此事擱到了心底。再回御膳房之後，寧有方對著上官遠的態度陡然客氣了不少，就算上官遠故意挑釁，寧有方也生生的忍了下來。上官遠以己之心推人之腹，反而以為寧有方必定有什麼後招來對付自己，也謹慎小心了不少，兩人之間暫時出現了短暫的和平假象。

第三百零三章　探望

這一日，寧暉又派人送了信回來。阮氏看了之後，長吁短嘆了許久。

寧汐湊過去，將信展開看了起來。寧暉的家信很簡潔，像記流水帳一般，結尾處照慣例綴上一句「一切俱好勿念」。

這信上什麼也沒說，阮氏怎麼會是這般反應？寧汐想了想，試探著說道：「娘，哥哥已經走了一個多月了，要不，我們去看看他吧！」

阮氏果然立刻有了精神，連連點頭應了。

兩個女子上路不方便，寧有方又不在家，這事自然要和容瑾商議。容瑾思忖片刻，便下了決定。「我明天陪妳們去。」

寧汐遲疑著問道：「可是，你這些日子不是很忙嗎？」

容瑾面不改色地撒謊。「放心，兩天的時間還能抽得出來。」

翰林院的日常工作就是負責處理繁瑣的公文雜務，相當於皇上的秘書兼助手。共十幾位翰林學士，容瑾出類拔萃，最得皇上器重，因此分外的忙碌。別人可以隨時告假，他要想告假卻費些功夫。當然，這些小細節被容瑾很自然地忽略不計了。

阮氏想了想，笑著說道：「其實也不用你親自陪我們去，若是方便的話，找輛馬車送我們到鄣縣就行，我打算在暉兒那邊住個十天半月再回來。」

走開一、兩天倒可以，十天半月顯然不行……

容瑾只得退而求其次。「這樣吧，我親自送妳們過去。等妳們安頓好了，我再回來。」

商定好了具體行程之後，阮氏便忙碌著收拾起了行李。寧汐看著一個又一個的包裹，樂得直笑。「娘，您這次去是打算長住不回來了吧！」帶些衣服也就罷了，居然還帶了這麼多吃的用的東西，讓人看著眼暈。

阮氏呵呵笑了。「難得去一次，當然要多住些日子。」

第二天清晨，容瑾來接阮氏和寧汐的時候，也被這左一個右一個藍花包裹晃了眼，謹慎的問道：「寧大娘，妳該不會是打算著去了就不回來了吧！」她不回來倒也無所謂，可寧汐不會也跟著在郫縣長住吧！

阮氏難得地開了句玩笑。「正有這個打算呢！」

容瑾一愣，反射性地看向寧汐，寧汐忍俊不禁地笑了。

容瑾哪還有不明白的，略有些訕訕地笑了笑。

馬車出了京城之後，一路向北。走的都是寬闊平穩的官道，又快又穩。中午在途中的驛站停下吃飯休息片刻，馬車又走了一個多時辰，總算到了郫縣。

寧汐忍不住撩起車簾往外看，這個郫縣縣城果然頗為熱鬧，街道上人來人往絡繹不絕，叫賣聲吆喝聲貫徹耳中。

容瑾沒著官服，身上穿的是最鍾愛的絳色衣衫，顏色鮮亮，在明亮的陽光下熠熠生輝，俊美的容顏更是無比奪目搶眼，不知惹來了多少驚豔的目光。大姑娘小媳婦甚至老婆婆，都不免要多看兩眼，心中暗暗驚嘆世上怎有這等風流人物。

這些目光倒也罷了，可惱的是有些男子也盯著他看個不停，容瑾的好心情頓時飛走了一半，冷冷地瞪了回去，直到對方訕訕的收回目光才甘休。

寧汐噗哧一聲笑了起來。

容瑾從不是什麼好脾氣，在寧汐面前再竭力克制，卻也時不時的露出一星半點來。一聽到寧汐的笑聲，頓時惱了，繃著俊臉輕哼了一聲。

寧汐可不怕他的壞脾氣，不客氣地取笑道：「要是聽我的一起坐馬車，哪有這麼多的事。」自己長成這副模樣，偏還要穿得鮮亮騎著疾風出來，惹來這麼多目光簡直是自找的。

容瑾又哼了一聲。「馬車是女人坐的，哪有男人坐馬車的。」男兒自當鮮衣怒馬。

寧汐似笑非笑地瞄了他一眼。「那倒也是，堂堂容三少爺怎麼能屈駕坐在馬車裡，還是騎著駿馬讓人看個過癮好了。」

咦？這話聽著似乎有一點點的酸味……容瑾挑眉笑了，心情忽地大好，連帶著那些礙眼的目光也沒那麼惹人厭了。

隨便問了個路人，得知了縣衙的具體位置，馬車拐了幾個彎，終於到了縣衙。那看門的衙役見容瑾衣著氣度不凡，哪裡敢怠慢，忙陪了笑臉迎上前來。「不知公子來這兒找誰？」

容瑾高坐在馬上，淡淡地說道：「我找你們縣太爺。」

那衙役聽得一愣，一句「縣太爺豈是你們想見就見的」差點脫口而出。估摸著對方來頭不小，也不敢怠慢，便笑著應道：「小人這就進去稟報一聲。」至於新上任的縣太爺肯不肯見這些人，他可管不了。

「等一等。」一個清脆悅耳的少女聲音忽進了耳中。

那衙役一愣，待看清馬車上下來的少女模樣之後，眼珠子都快掉下來了。

這個少女年約十五、六歲，眼波如水笑意盈盈，說不出的秀美動人，白皙素淨的俏臉脂粉未施，卻無損那份天然的風姿，明明穿著打扮都很樸素，可難掩天生麗色。

郫縣縣城說大不大，說小也不小，可何曾見過這般標緻的美人兒？

容瑾見那個衙役看得眼都直了，心裡有些不快，聲音又冷了幾分。「還不快些進去稟報？」

「你也不說得清楚點，」寧汐嗔怪地白了他一眼，又笑盈盈的看向衙役。「煩請這位大哥進去稟報縣太爺一聲，就說容瑾和寧汐來了，他一定會出來見我們的。」

那衙役定定神，笑著應了，一路跑著進去稟報。年紀輕輕上任不久卻沈穩持重的縣太爺一聽來人的姓名，頓時喜上眉梢，竟是一路跑了出去。衙役心裡暗暗驚詫，腳下卻是不敢停頓，忙也跟了上去。

隔得老遠，便看到了容瑾和寧汐並肩而立的身影，站在他們身邊的婦人，不是阮氏還有誰？

寧暉激動地迎了上去。「娘、妹妹，你們怎麼忽然來了？也不送個信給我。」

寧汐俏皮地笑道：「我們特地沒送信就過來的。怎麼樣，是不是又激動又高興啊？」

何止如此，簡直高興得不知要說什麼才好了。寧暉呵呵笑著，還沒等說話，阮氏已經拉起他的手問長問短了。「暉兒，這一個多月你都瘦了。在這兒住得慣嗎？吃得還習慣嗎？對了，天還沒怎麼暖和，晚上睡覺可別老踢被子……」

衙役差役們都圍攏了過來看熱鬧，新來的縣太爺既年輕又俊俏，就是愛板著臉裝老成。可縣太爺的娘一來，立刻將他那份刻意裝出的老成轟走了一大半，看著別提多新鮮有趣了。

寧暉咳嗽一聲，不著痕跡地瞪了周圍的人群一眼，衙役們後退幾步繼續看熱鬧，依舊不肯散。寧暉無奈之餘，只得朝寧汐使眼色求救。

兄妹兩人素來有默契，寧汐立刻笑著說道：「娘，這兒人來人往的說話太不方便了，還是進去再說吧！」再在這兒待下去，寧暉這個縣太爺的名聲要丟光啦！

阮氏這才依依不捨地鬆了手。

寧暉鬆了口氣，忙命人將行李搬到縣衙後的院子裡安置。縣衙的大堂如何暫時不知，不過，住處倒是寬敞乾淨。五進的大院子整整齊齊，裡面的空屋子著實不少。

等安頓好了之後，也快臨近傍晚了。

寧汐打聽了廚房的位置，笑著挽起袖子。「我去做幾個好菜，今晚好好喝一杯。」

寧暉的饞蟲都被勾出來了，笑道：「這可太好了，我好久沒吃妳親手做的菜了。」

當下，寧汐去廚房忙碌不提，寧暉和容瑾坐在正廳裡閒聊起來。一直跟在寧暉身邊的師爺總算有了說話的機會，忙上前給容瑾行禮問安。

容瑾淡淡地笑道：「姜師爺免禮。」

這個姜師爺，正是容瑾特地為寧暉找的。此人年近五十，做了近二十年師爺，對縣衙的一應事務十分熟悉，寧暉能如此迅速地適應下來，和他的鼎力相助不無關係。

寧暉笑道：「這些天可多虧姜師爺了。」

姜師爺連道不敢。「寧大人年輕有為，小人最多就是在旁提點罷了，實在沒出過什麼力氣，慚愧慚愧。」

這個姜師爺倒是知情識趣，並不過分表功。

容瑾心裡暗暗點頭，和寧暉閒聊了起來。論年齡，寧暉大了容瑾一歲。可論起官場裡的彎彎繞繞，寧暉拍馬也難及容瑾，索性虛心地請教起來。

第三百零四章　夜探香閨

寧汐在廚房忙碌了半天，整治出了一桌色香味俱全的美味佳餚。寧暉每樣都嚐了一口，嘖嘖讚道：「妹妹，妳的手藝似乎比以前更好了。」

寧汐一點都不客氣地接受了他的讚美，得意的笑道：「那是當然。」

寧暉忍俊不禁地笑了。「妳就不能謙虛一點嗎？」

寧汐嘻嘻笑道：「爹說過的，過分謙虛就是驕傲。我廚藝這麼好，怎麼可以隨便驕傲。」一席話把眾人都逗樂了。

容瑾唇角噙著淡淡的笑意，看著寧汐神采飛揚的俏模樣，心裡似被融化了一般。

當晚，久別重逢的母子自然有說不完的話。寧汐陪在一旁，聽著寧暉說起這一個多月來的生活。「……剛來的時候，什麼都不懂，升堂還曾鬧過一回笑話……」

第一回升堂，他穿著官服一本正經的坐在高堂上，表面鎮靜其實心裡像十五個吊桶打水，七上八下的。

衙役們有心在新來的縣太爺面前表現一番，一個個鼓足了勁喊了聲「威武」。那聲音就如春雷一般乍響，猝不及防的寧暉被嚇了一跳，差點從椅子上跳了起來。

好在姜師爺見機早，不動聲色地扯了扯他的衣襟，他才回過神來，連忙正襟危坐，要不然可就在衙役和圍觀的百姓面前丟人現眼了……

寧汐聽著，笑得直不起腰來，阮氏也忍俊不禁地笑了。容瑾為了給未來的大舅爺留些顏面，將頭扭到了一邊，嘴角拚命往下壓。

寧暉自我解嘲地笑道：「你們想笑就笑，不用憋著了。」

寧汐本已忍住了，被他這麼一說，又噗哧一聲笑了出來。「哥哥，你這麼年輕，縣衙裡的人是不是都不怕你？」

寧暉笑道：「我天天板著臉，很少和他們說笑，他們暫時還摸不清我的脾氣，做事倒是勤快，不敢怠慢。」只可惜，他苦心維持的形象今天已經毀於一旦了。

之前阮氏拉著他的手問長問短的一幕，不知被多少人看進了眼中，現在只怕已經傳得縣衙上下無人不知無人不曉了。

說說笑笑中，時間過得飛快，待聽到更夫打更的聲音，眾人才警覺時間已經不早了，各自回了屋子歇下不提。

寧汐素來有認床的習慣，久久無法入睡，躺在床上睜著眼睛無聊地發呆。

皎潔的月光透過窗櫺，在室中灑下一小片銀白。此時夜已深，萬籟俱靜，只隱隱地聽到窗外草叢中窸窸窣窣的蟲鳴聲。就在此時，一聲輕輕的敲窗聲忽地響起。

「誰？」寧汐被嚇了一跳，霍然坐直了身子，警覺地看了過去。

一聲熟悉的低笑聲傳入她的耳中。「汐兒，是我。」

是啊，膽敢在深夜無人之際來敲她窗子的，除了容瑾還能有誰？寧汐既好氣又好笑，心裡偏又甜意上湧，各種滋味湧上心頭，一時難以一一描述。

寧汐掀了被子，隨意地披了件衣裳，輕手輕腳地走到了窗邊，開了窗子。容瑾慵懶的倚在窗外那棵丁香樹下，深幽的眸子異常的黑亮。

「這麼晚了，你不睡覺跑我這兒來做什麼？」寧汐繃著俏臉數落。

這一幕頓時喚起了容瑾的回憶，勾起唇角笑了。「汐兒，妳還記不記得，我以前也這樣敲過妳的窗戶？」

當然記得。去年的上元節，她還住在容府裡，和容瑾之間只有似有似無的曖昧。容瑾也是在這樣一個月光皎潔的夜晚，敲了她的窗櫺，送了兩本食譜給她。臨走時，又偷親了她一口……

寧汐大眼撲閃撲閃的，抿唇一笑。「堂堂容三少爺，總做這樣的事情不太好吧！」

容瑾挑了挑眉，唇邊揚起一抹笑容。用眼神示意寧汐後退幾步，然後輕巧敏捷地翻窗進來，動作流暢熟練極了。

寧汐忍不住取笑道：「你這樣的身手，不去做採花賊太可惜了。」

採花賊？

容瑾身形微微一頓，然後慢悠悠地笑了。「既然妳有這樣的想法，我也只好配合妳了。」還沒等寧汐反應過來，便一把摟住了她嬌軟的身軀，低頭攫住了她的紅唇，靈活的舌輕車熟路的探入她的唇內，糾纏不休。

熱切的吻似一個火苗，點燃了他心底深藏已久的慾念，呼吸漸漸急促，身體某一處不受控制的變得硬挺灼熱……

兩人身體貼得這麼近，這麼明顯的變化自然瞞不過寧汐。

寧汐被容瑾貪婪的大手摸得渾身又熱又軟，無力地抓著容瑾的手，軟軟地央求道：「容瑾，你別亂來……」要是再這麼廝磨下去，她真不知自己還能不能堅守住「陣地」。

「別怕，我不會傷害妳。」容瑾聲音粗啞。最美妙的滋味，自然要等到洞房花燭的時候。不過，現在先預支一些甜頭總是可以的吧！

不知何時，兩人已經糾纏著到了床邊。容瑾將寧汐的身子壓入被褥中，細細密密的吻輕輕地落在她的耳際，然後慢慢往下移，衣襟不知何時已經被解開了，露出淺粉色的褻衣。容瑾大手輕輕一挑，褻衣被解開，柔嫩白皙的胸前風光頓時出現在眼前。

容瑾呼吸一頓，眼底跳動著慾望的火焰，灼燙得嚇人。

寧汐早羞得閉上了雙眸，白皙光潔的俏臉布滿了紅暈。在容瑾灼熱的目光下，身子敏感又脆弱，根本禁不起撩撥……

灼燙的嘴唇又落了下來，在她的唇上輾轉許久，然後蔓延至胸前，張口含住淺粉色的嬌嫩果實。寧汐身子一顫，星眸半睜半閉，流露出令人難以抵擋的嬌媚。容瑾只覺得渾身的熱氣都往下方湧去，全身燥熱難耐，叫囂著占有身下的可人兒……

這大概是世上最甜蜜的折磨了。容瑾不知花了多少力氣，才停下了動作。

此時，寧汐滿臉潮紅衣衫半褪，柔軟雪白的乳房俏然挺立著。容瑾也沒好到哪裡去，衣衫凌亂不堪，身體依舊緊緊的貼著，一室的春光旖旎。

寧汐等了半晌，也沒見容瑾有下一步的動作，心裡暗暗奇怪。悄悄地睜眼，卻見容瑾眉頭緊鎖，一臉的痛苦之色。

寧汐一驚，也顧不得害羞了，忙低聲問道：「你怎麼了？」

容瑾睜了眼，自嘲地苦笑。「沒什麼。」純屬自作自受。老老實實的在客房裡睡覺多好，偏偏不安分地來了個夜探香閨。現在倒好，全身的慾望緊繃著，又得不到紓解，那滋味真是……不提也罷！

寧汐會意過來，臉上一片滾燙。不知怎麼的，無意識的冒出了一句。「真的很難受嗎？要不要我幫幫你？」待看到容瑾驚詫雀躍的表情之後，才明白自己說了什麼，俏臉一片滾燙。

容瑾心裡一蕩，湊到寧汐的耳邊低語。

「汐兒，把手給我。」

寧汐咬咬牙，閉上了眼睛，顫巍巍地伸出了手。被容瑾的大手握著，探入他的胸膛，掌下肌膚溫暖光滑，似有一股魔力般，吸引著她的手輕輕摩挲撫摸。

再往下，是平坦結實的小腹。再往下……

黑暗中，寧汐羞澀地不敢睜眼，將頭埋入被褥中。纖細微涼的手指碰觸到了一個硬硬的熱熱的柱狀東西，剛一觸碰，容瑾似痛苦又似享受地呻吟了一聲。

寧汐只覺得自己的臉都快燒起來了，鼓足了所有的勇氣，將那個東西握住。一顆心在黑暗中怦怦亂跳，似要蹦出胸膛一般。

容瑾滿足地低吟一聲，大手包裹住寧汐的手，緩緩地上下套弄著。那銷魂的滋味，平生從未領略過。

聽著容瑾急促的呼吸和壓抑的呻吟聲，手中握著灼燙得嚇人的男性，寧汐也覺得口乾舌燥，忍不住朱唇微啟，無意識地逸出一聲似有似無的低吟。容瑾的唇又壓了過來，這個吻，和往日的清淺全然不同，熱切急促，充滿了慾望。

有些事不需教，也能無師自通。

寧汐感受到容瑾的熱切，手下的動作稍稍快了一些，容瑾全身緊繃著，喉嚨裡迸出一聲低喘，一股熱液猛然噴射出來。

容瑾頭腦一片空白，沈浸在劇烈的快感中無法自拔。

不知過了多久，容瑾終於找回了自己的聲音，卻沙啞得不可思議。「汐兒，妳還好嗎？」

寧汐輕輕嗯了一聲，悄然地縮回了手，可那份灼燙的手感，卻在腦海中盤亙，久久揮之不去。

容瑾生性愛潔，稍微休息片刻，便去找了乾淨的布擦拭。不過，黑燈瞎火的，什麼也看不太清楚，也只能胡亂的收拾一下了事。再回頭一看，寧汐已經將散亂的衣服都穿上了身，嫣紅著俏臉坐在床上，水汪汪的大眼柔媚得似能滴出水來。

容瑾無聲地笑了笑，心裡被滿滿的柔情漲滿，上前將寧汐摟在懷中。兩人就這樣靜靜地摟著坐著，兩顆心緊緊的靠在一起，什麼也不做什麼也不說，卻比任何時候都更親近。

過了許久，容瑾才低語著打破寧靜。「汐兒，我有沒有說過，能遇到妳，是我這輩子最大的幸運。」

「不，遇到你才是我最大的幸運。」寧汐抬眸，在暗夜中閃耀著無與倫比的美麗。

如果不是容瑾，或許她這輩子都不敢真正再去愛一個人。

第三百零五章　容瑾的秘密

情人之間的甜言蜜語，說得再多也不嫌膩歪。

容瑾從未想過自己也會有這麼一天，摟著心愛的女孩子，說著甜蜜的情話……不知想到了什麼，容瑾收斂了笑意。

寧汐敏感地察覺出容瑾的情緒有異，悄聲問道：「你怎麼了？」

容瑾幽深的眸子裡，蘊含著太多太多的讓人看不懂的東西。他不說話，就這麼定定的看著寧汐，寧汐忽然有些莫名的驚慌。剛才還親密無間的人，忽然變得有些陌生，明明就在眼前，卻像隔著一層厚厚的看不見的屏障……

寧汐定定神，柔聲問道：「你在想什麼，怎麼一句話也不說？」

容瑾重重地呼出一口氣，像是下了什麼重要的決定一般。「汐兒，我有個秘密要告訴妳。」

寧汐的心怦怦亂跳起來，隱隱猜到了容瑾要說的是什麼。

前世的容瑾是個病殃殃的美少年，很少踏出容府半步。而這一世，他文采風流行事高調處處惹人注目，種種跡象都能表明，容瑾根本就是截然不同的另一個人。只不過，容瑾對這個話題諱莫如深，兩人還曾為了此事嘔氣冷戰許久，雖然後來和好了，這個話題依然是兩人之間心照不宣的禁區。

而現在，容瑾終於肯告訴她了嗎？

容瑾緩緩地張口說道：「汐兒，我確實有個天大的秘密一直瞞著妳……」

「容瑾！」不知為什麼，寧汐竟然出言打斷了容瑾。「這些事以後再慢慢告訴我也不遲，現在別說這些好嗎？」

容瑾啞然，半晌才低低地問道：「汐兒，妳在害怕什麼？」

是啊，她在害怕什麼？

寧汐默然。容瑾要將隱藏得極深的秘密告訴她一個人，代表著對她徹底敞開了心扉。更代表著他對她莫大的信任，可她如何對得起這份沈甸甸的信任……

容瑾也不逼問，就這麼靜靜的看著寧汐低垂的面孔。

朦朧的月色下，那張俏臉散發出令人屏息的美麗。而這份美麗，只有在他的面前，才如花一般悄然綻放。平日的她，穿戴十分樸素隨意，硬是將十分美麗掩蓋去了三分，只露出了七分。就這七分的美麗，也依舊引來了許多覬覦的目光。如果她肯精心的裝扮自己，一定更加惹人注目吧！

妙齡少女都是愛美的，寧汐為什麼和別的女孩子不一樣？

寧汐咬了咬嘴唇，輕輕地說道：「容瑾，我們現在這樣不是挺好嗎？」為什麼一定要將彼此隱藏在心底的秘密都說出來？為什麼一定要靠得那樣近？那樣不顧一切的情愛，太過熾熱，只會傷人傷己……

容瑾笑意微斂，眸子定定地落在寧汐的臉上，語氣深沈。「汐兒，妳真的覺得我們這樣很好嗎？」

自從定情之後，他們來往頻繁，彼此尊重，極少鬧口角，看似親密無間。可只有他們兩人知道，即使在最親密的時刻，彼此心底都有一塊無法觸及的地方……

寧汐抬起頭，臉色有些異常的蒼白，語氣卻很鎮定。「是，我覺得很好。」

容瑾的心直直地往下沈，笑意徹底消失在眼底，聲音低沈中含著隱隱的怒氣。「可我覺得不好。」

他們兩人性格看似迥異，其實相似得驚人。同樣的驕傲，同樣的執拗，同樣的倔強。這樣的兩個人在一起，卻連口角都極少，這說明了什麼？

她並未全心地投入到這份感情中來，她一直對他有所保留！

前一刻還親密的親吻相擁，下一刻卻是如此冰冷的對峙。這似曾相識的情景，讓寧汐無奈地嘆息。「你到底要怎麼樣？」

容瑾抿緊了唇角，眼神決絕。「汐兒，我要把我的秘密告訴妳。」妳不肯走過來，那麼，就讓我走過去。

寧汐長長的眼睫毛動了動，垂下了眼瞼，讓人看不清她眼中的思緒。

容瑾對她明顯的抗拒視而不見，逕自說道：「其實，我根本不是容瑾。」

「你……」縱然對這個秘密心知肚明，可親耳聽到容瑾承認此事，寧汐還是深深的震驚了，霍然抬起頭來。

容瑾的表情高深莫測，讓人捉摸不透他此刻的心情如何。「如果用一個詞來形容，應該是叫穿越。」

穿越？寧汐懵住了。這是從哪兒來的詞彙？

「事實上，這是我們那兒流行的說法。」容瑾聲音平平板板的，沒有起伏。「用你們這兒的說法，應該是叫借屍還魂。」

果然和她猜的一樣！寧汐不知要說什麼，甚至不知該露出什麼樣的表情才合適。

容瑾緊緊地盯著寧汐的眼眸，慢慢地問道：「妳為什麼半點都不驚訝？」她竟然真的早就猜到了這個秘密！這麼隱密的事情，她到底是怎麼知道的？

寧汐不答反問：「你原本姓什麼叫什麼，是哪兒的人？」

容瑾既然開了頭，就沒打算隱瞞，淡淡地說道：「我來自一個不同的世界，那裡和你們這兒完全不同。」

至於他的名字，在那個世界裡，也算是赫赫有名了吧！

出生在頂級豪門，智商高達一百八，十八歲就在國外知名的大學裡修完了生物博士學位。歸國後沒有接掌家業，卻進了國家研究所，研發了一系列高科技產品。會彈鋼琴，書法自成一派，擁有過人的味覺，是頂尖的美食家。再加上英俊的容貌冷傲的氣質，趙非凡這個名字，不管在什麼樣的社交場合中提起，都會引發少女們的憧憬和嬌羞。

家人以他為傲，朋友以認識他為榮，可沒人知道他的生活是何等的荒蕪和空虛。他在眾人羨慕追捧的目光中，越來越冷傲孤僻。

在一個風雨交加的夜晚，他駕車外出，卻在閃避橫越馬路的摩托車時撞上了另一輛卡車，鮮血噴湧意識模糊之際，他竟然沒多少遺憾和不甘。

這樣的人生，活著其實也沒多少樂趣。

人死後會去什麼地方？人人都在心中想過這樣的問題，他也不例外。意識飄忽之際，正無聊地猜想著自己會先見到牛頭馬面抑或是黑白無常，結果一睜眼看到的卻讓一向冷靜自若的他也傻了眼。

眼前晃動著一張張陌生面孔，口中喊著的是從沒聽過的名字。周圍陳設佈置古色古香，全然一副拍古裝劇的架勢。再低頭看看陌生的瘦弱男孩身體，他終於明白過來。

原來，他竟然穿越了，而且穿越到了一個從未聽說過的陌生朝代。以往學過的一切，在這裡全無用處。他成了一個手不能挑、肩不能扛、走一步都會氣喘吁吁的病弱男童！

如果換了別人遇到這樣荒謬的一切，只怕會嚇得歇斯底里的大喊大叫，或是做點別的出格的事情來，可他卻很平靜的接受了新身分。以前的日子過得了無樂趣，換個活法也未嘗不可。

他記憶力過人，學什麼都極快。很快，他就嶄露出了讀書的天分。容將軍驚喜之餘，特地將他送到了國子監裡讀書。十三歲那年中了解元之後，他名噪京城，成了京城風頭最勁的貴公子。

過往的一切，在歲月的流逝中似乎越來越淡，時間久了，他幾乎以為自己已經忘記了自己曾是另一個世界的人……

「……事情就是這樣。」容瑾的聲音戛然而止。他平時不愛多話，剛才說了這麼一大篇，早已破了他生平記錄了。

寧汐秀眉微蹙。「照你這麼說，你不是大燕王朝的人嗎？」雖然他提起自己的身世只是寥寥數語，可她卻聽到了許多陌生又奇怪的詞彙。那裡到底會是一個什麼樣的地方？

容瑾淡淡地說道：「不是。」

想了半晌，終究想不出什麼合適的詞語來形容自己原本的世界，只得含糊地解釋道：「我那個世界裡，有很多事情和這兒都不一樣。舉個例子來說，我們那兒是沒有皇帝的，治理國家的人幾年就會換一個。還有，男人只能娶一個老婆，不可以三妻四妾。再有錢的人，家裡也沒有丫鬟小廝，都是花錢雇來的人……」

寧汐不自覺地睜圓了眼睛，嘴巴忘了合上。

看著寧汐震驚的樣子，容瑾忽地笑了。「算了，這個一時半會兒也說不清楚。等以後成親了，有的是時間慢慢告訴妳。」然後，親暱的在她額頭上印下一記輕吻。

這親暱的接觸，頓時把神遊天外的寧汐又拉了回來。

今晚聽到的這一切，實在太不可思議了！她雖然早已猜到容瑾來歷神秘，可怎麼也沒想到事情的真相會是這樣。容瑾描述的那個世界，超乎了她的認知，怎麼也想不出會是什麼樣子。不過……

「你原來的名字真好聽。」寧汐無意識地讚了一句。趙非凡，這個名字響亮又好聽！

容瑾挑眉一笑，傲然應道：「那是當然。」旋即瞇起雙眸。「等等，妳說這話是什麼意思？難道我現在的名字不好聽嗎？」

寧汐咳了咳，一本正經地誇讚。「當然好聽。」

某人心胸狹窄斤斤計較可是出了名的，她才不會說容瑾這個名字軟趴趴的，沒什麼男子漢氣概呢！

第三百零六章　暴風雨前奏

隔日清晨，興奮得一夜都沒睡好的寧暉，見了眼下隱隱泛黑的寧汐，不由得笑道：「是不是又認床了？」

寧汐笑了笑，算是默認，總算將寧暉敷衍了過去。

事實上，她昨夜根本就沒怎麼睡。

容瑾半夜摸進她的屋子裡，又摟又抱又親，除了未曾進行到最後一步，占盡了所有便宜。再有後來的一番促膝長談，兩人哪裡還有睡意，索性相擁躺在床上說些言不及義的閒話。直到天邊微露曙光，容瑾才偷偷溜回了自己的屋子。

容瑾說出自己心中的秘密之後，倒沒有追問寧汐什麼，這也讓寧汐悄悄鬆了口氣。或許有一天，她會毫無芥蒂的將自己深藏的秘密說出來，可是，絕不是現在……

正想著，容瑾邁步走了出來。同樣熬了一夜，可容瑾卻精神煥發神清氣爽，愣是看不出半點熬夜的痕跡，寧汐不無嫉妒地瞪了他一眼。

容瑾勾起唇角，無聲地笑了笑。四目對視間，一股無人能懂的默契悄然滋生。

自昨夜後，兩人的感情，極大的向前邁了一步。

「喂喂喂，你們兩個含蓄點好不好？」寧暉翻了個白眼。「一大早就在這兒眉來眼去的，稍稍顧及一點我的感受好吧！」

寧汐紅著臉啐了寧暉一口，寧暉樂得哈哈大笑。

容瑾也笑了，深藏多年的秘密說出之後，整個人陡然輕鬆了許多，心情異常的平和愉快。

吃了早飯之後，容瑾便該騎馬回京城了。

寧暉和阮氏識趣地沒有打擾小倆口的依依惜別，只送出了縣衙便回去了。寧汐又往前送了一段，兩人也不說話，就這麼並肩前行。偶爾對視一眼，心裡各自湧上甜意。

街道兩旁的行人越來越多，先還是悄悄的張望，後來索性正大光明的看了過來。這麼一雙風采逼人的少男少女，真是生平前所未見啊！

容瑾對這些目光視若無睹，寧汐一開始有些不自在，後來也坦然了，笑著對容瑾說道：「我陪娘在這兒住上十天半月的，你別急著來接我。」

容瑾瞄了笑意盈然的寧汐一眼，心裡忽地有些不痛快，不自覺地就繃了臉嗯了一聲。

寧汐哪能看不出他那點小心思，心裡又是好氣又是好笑又是甜蜜，柔聲低語道：「也別接得太遲了，不然我天天想你怎麼辦。」

容瑾眉頭一舒，唇邊有了笑意，又嗯了一聲。不過，這一聲卻溫柔得多了。

目送著容瑾騎上駿馬遠去，寧汐在原地立著，許久才輕嘆口氣，回了縣衙。

人與人之間的緣分最是奇妙，誰能想到，一開始互不對盤的兩個人竟成了傾心相戀的有情人？

從這一日起，寧汐和阮氏便在郫縣住了下來，過起了衣食起居皆有人伺候的悠閒生活。

寧暉雖然公務繁忙，卻千方百計的擠出時間陪她們。郪縣稍微有些顏面的富戶商賈女眷，聽說縣太爺的家眷來了，爭搶著上門結交。這個請去賞花，那個請去看戲，阮氏一開始還頗不適應，幾天下來，倒也覺得熱鬧有趣。

容貌出眾的寧汐自然也是眾人關注的焦點，待聽說名花已經有主了，那些別有用心的婦人們才不得不打消了念頭。

對寧汐來說，這是她重生之後過得最悠閒的時光了。不用早起貪黑的做事，整日無所事事遊玩取樂。閒來睡睡懶覺，偶爾想想容瑾，這樣的日子過得很自在，讓人簡直樂不思蜀。

短短十幾天工夫，她竟然胖了一圈，面色紅潤又好看。

寧暉笑道：「娘，您和妹妹乾脆別回去了，就在這兒住著。」

阮氏略一猶豫，京城那邊其實也沒什麼親朋好友，整天一個人守著空落落的院子也怪寂寞的……

寧汐卻不肯留下來。「我這十幾天都不在，鼎香樓不知忙成了什麼樣子呢！」

寧暉揶揄地笑了。「京城那邊何止是鼎香樓盼著妳回去。」更重要的是，還有容瑾在等著她回去呢！

寧汐俏臉微紅，卻也不反駁。

阮氏想了想說道：「我們還是先回去，暉兒，再有兩個月就是你成親的大喜日子，我得回去籌備喜事。等你成了親，我再跟著兒媳一起過來享福也不遲。」

一提到成親，寧暉的笑容便淡了，隨意地點點頭，便不再多說。

等行李收拾得差不多了，容府的馬車正好來了。奇怪的是，來接她們的竟是小安子，不見容瑾的蹤影。

小安子陪笑著解釋道：「寧姑娘，少爺本是打算親自過來的，可今天一大早就被二少爺叫走了，說是一起到大皇子殿下府上去商議要事，只能由小的過來接妳了。」

寧汐不動聲色地點點頭，心裡卻咯噔一動。

算算日子，春獵就在這幾日，大皇子特地喊了容琮和容瑾過去，所謂的「要事」可想而知……

這一路上，寧汐一直琢磨著這事，便有些心不在焉的。阮氏見她神情恍惚，以為她犯了小女兒的相思病，付之一笑，倒也沒打擾她的思緒。

回到寧家小院的時候，已經夜幕低垂了。

小安子不肯留在寧家吃晚飯，匆匆地回去覆命。說來也巧，剛走到巷子口，便遇到了行色如風的容瑾。兩人打個照面，俱是一愣。

不待容瑾追問，小安子便搶著稟報道：「少爺，寧姑娘母女已經安然到家了。」

「嗯，你先回去吧！」容瑾淡淡地吩咐，頭也不回的進了巷子。小安子暗暗覺得奇怪，少爺行色匆匆，一副心事重重的樣子，該不是出了什麼事了吧？

容瑾站定在寧家小院面前，深呼吸幾口氣，然後輕輕敲了門。

果然，門很快就開了。

容瑾深邃的眸子緊緊盯著寧汐的俏臉，半個月沒見，她倒是面色紅潤白胖了一圈，一副好吃好喝好睡的樣子。這讓他心裡頗不是個滋味，話語隱含酸意。「看來，妳在郫縣過得挺好。」

寧汐差點沒笑出聲來，俏皮地上下打量容瑾幾眼，笑咪咪的說道：「你倒是瘦了一些，臉色也不太好看。怎麼，我不在這半個月裡，你天天吃不香睡不好嗎？」

那副巧笑倩兮美目流盼的俏模樣，讓人恨不得將她揉進懷裡……

容瑾的眼眸深幽起來，聲音略有些沙啞。「汐兒，妳是在挑釁我嗎？」男人可是最禁不起挑釁的。

寧汐被他眼底似陌生又似熟悉的火苗嚇了一跳，結結巴巴的提醒。「你、你別亂來，我娘還在屋裡呢！」那一天夜裡，他便是用這種吃人一般的眼光看她，看得她心跳加速呼吸紊亂全身發軟頭腦發熱……

容瑾低低地笑了，狹長的眼眸含著一絲挑逗。「這兒是大門口，妳以為我會做什麼。」壓低了聲音，曖昧地靠近一些。「還是，妳想我做些什麼……」

寧汐霞飛雙頰，臉似火燒，狠狠地瞪了容瑾一眼，便迅速地扭頭走了。

容瑾悶笑一聲，沈鬱了幾天的心情陡然輕鬆了許多，施施然跟在後面進了屋子。見了阮氏，立刻換了一副道貌岸然的君子模樣，彬彬有禮的打了招呼，又問及在郫縣的生活瑣事。

阮氏揀了有趣的說了一些。「……每天都有人上門來作客，要嘛就被請出去遊玩，倒是挺有意思的……」

容瑾微笑傾聽，眼角餘光一直瞄著寧汐的一舉一動。

寧汐先是低著頭，過了片刻，約莫是臉上的熱度退了，才一副若無其事的樣子抬起頭來。又趁著阮氏沒留意的時候，狠狠地丟了一個白眼過來。

容瑾唇角微微勾起，心情好極了。

這些天忙忙碌碌的，並沒什麼餘暇供他胡思亂想，可心底總有一處空空蕩蕩的，似乎少了什麼。直至見到寧汐的那一刻，他才驚覺自己是那麼的思念她。

平生不會相思，才會相思，便害相思！以後，他再也不要和她分開這麼久了……

阮氏絮絮叨叨地說著，過了半天也沒聽到容瑾回應，心裡暗暗奇怪。再一留意容瑾的神情，頓時樂了。

容瑾看似專注的聽她說話，實則注意力早已飛到一旁的寧汐身上去了。情竇初開的少年男女，果然最是情熱……

阮氏忍住笑意，咳了咳。「我去廚房那邊收拾收拾，汐兒，妳陪容瑾說說話。」然後便速速起身走了，屋子裡便只剩下容瑾和寧汐兩人了。

容瑾非常欣賞未來岳母的知情識趣，笑著湊到寧汐身邊。「怎麼半天都沒說話，該不是生我氣了吧？」

寧汐輕哼一聲，故意不正眼看他。

容瑾也不急著哄她，反而好整以暇的在一旁椅子上坐了下來，自言自語地說道：「唉，我本來還想告訴妳一件重要事情的……」

寧汐果然繃不住了，立刻急急的追問道：「是不是跟春獵有關？」待看到容瑾含笑的眉眼，才驚覺自己上了當，想再繃著臉卻是繃不住了，嬌嗔地擰了容瑾一把了事。

容瑾被擰得渾身舒暢，忍不住再一次懷疑自己是不是天生的賤骨頭或是被虐狂。

難道前後兩輩子加起來都沒沾過女色的自己，其實喜歡的是這種調調？

第三百零七章　將計就計

寧汐懷疑地看了他一眼。「你在想什麼，怎麼笑得這麼奇怪？」甚至有一點點的猥瑣，這和一向注重儀表風度氣質的容三少爺太不搭調了。

容瑾當然不會回答這個問題，迅速地扯開話題。「今天一大早，大皇子就派人叫我和大哥、二哥一起過去。」

寧汐面色凝重起來，豎起耳朵聽了下去。

為了不打草驚蛇，大皇子這幾個月一直按兵未動表面如常，可心裡卻暗暗提高了警惕，將懷疑的目光落在自己身邊最親近的幾個侍衛身上。這幾個侍衛，都是他最得力的親信，跟著他至少也有六年之久。春獵這樣隆重的場合，按著慣例，他也只會帶上這幾個侍衛。

也就是說，內鬼就出在這幾個侍衛身上。

想到這個，大皇子便覺得不寒而慄。要是沒有寧汐提前示警，那個內鬼真的趁著春獵混亂的場合射三皇子一箭的話，他可就真的百口莫辯了！

這個內鬼，到底會是誰？

大皇子思慮良久，決定將計就計，揪出這個內鬼，更重要的是，一定要將背後的指使者一併找出來。這麼一來，必然不能驚動身邊的人。想來想去，最佳的辦法莫過於找容氏兄弟幫忙了。

容瑾說到這兒，頓了一頓。

寧汐下意識地追問道：「你們今天商議出了法子嗎？」

容瑾笑而不答，一副高深莫測的樣子。寧汐追問幾句，容瑾卻顧左右而言他。「等春獵結束之後，妳自然就知道了。好了不說這個了，天不早了，我先回去。這幾天我都會很忙，大概沒什麼時間來找妳。」

寧汐見他不肯細說，只得點點頭，送他出了門。

接下來兩天，容瑾果然一直沒露面。

蕭月兒回宮小住，容琮也跟著進了宮。大皇子和三皇子照例面和心不和，倒是和四皇子親密和睦。

一年一度的皇家春獵終於正式開始了。

當今聖上領著最寵愛的惠貴妃，還有幾位新進得寵的妃嬪，再加上幾位皇子及其家眷，隨駕的還有明月公主及駙馬，另有一些皇室宗親。

容玨身負護駕眾人之責，和容瑾一起隨駕同行。豪華的車輦浩浩蕩蕩見首不見尾，緩緩駛向皇家莊園。

按著慣例，每次春獵約莫五、六日。從第二天開始，幾位皇子和皇室宗親中的青年男子入林狩獵。到了一天狩獵結束的時候，獵物最多的會獲得聖上嘉許，象徵性的賞賜一些東西。

賞賜的東西是否貴重倒無所謂，可誰也不願意在人前落了顏面。因此，每到春獵之時，幾位皇子和皇室宗親都卯足了勁表現一番。

大皇子身手矯捷，三皇子卻膽大英勇，往年的優勝者大多是他們其中的一個，四皇子卻並不惹眼。

今年，三皇子早已雄心勃勃的要在春獵上壓大皇子一頭了。平日在背地裡明爭暗鬥不休，可在人前總不能撕破臉，還得裝著一副兄友弟恭的樣子。難得有這樣的機會可以明刀明槍的比拚一回，他當然不能錯過。

三皇子這麼想著，只覺得熱血沸騰，眼中抑制不住的射出興奮的光芒。

相較之下，大皇子卻有些漫不經心，目光看似隨意的落在不遠處的樹林處。唇角勾起一抹笑意，眼底卻閃過一絲寒意。

大皇子身後的六個侍衛，也都騎著馬跟在大皇子身後。一個個神采奕奕目不斜視，光這麼看著，怎麼也看不出誰會是那個內鬼。

容琮朝容瑾使了個眼色，那一眼的涵義，自然只有他們兩個才知曉。

容瑾抿緊了嘴唇，強行將心底的厭惡壓了下來，策馬往四皇子那邊靠了靠。

四皇子萬萬沒料到容瑾會有這樣的舉動，又是驚詫又是激動又是興奮，早把心底那一絲疑雲拋到了九霄雲外，笑著和容瑾打了個招呼。

容瑾似笑非笑地說了句。「下官不擅騎射，還請殿下多多照應。」

四皇子咳了咳，以免太過忘形，不假思索地應道：「那是當然，今天你就一直跟在我身邊吧！」

容瑾淡淡地一笑，那笑容極清淺，不過是禮貌性的敷衍，可四皇子卻是心神一蕩。

這幾個月來，容瑾避他如虎狼，像今天這般有說有笑的光景，已經是很久很久以前的事情了。哪怕容瑾什麼也不說，就這麼靜靜的在他身邊待著，也足夠他快慰的了。

容瑾維持著禮貌的淡笑，和四皇子有一搭沒一搭地閒聊了幾句，說的不過是「今天天氣真不錯」、「是個打獵的好天氣」之類無關痛癢的話。

策馬尾隨在四皇子身後的邵晏，暗暗擰起了眉頭。容瑾和四皇子之間的糾葛，沒人比他更清楚，容瑾之前的憤怒和疏離絕非作偽，今天突然示好，又是怎麼回事？

邵晏不知想到了什麼，眼眸陡然一冷。有心提醒四皇子兩句，可四皇子滿心思都放在容瑾身上，哪裡還有閒心回頭看邵晏一眼。

容瑾倒是察覺了什麼似的，迅速地回頭瞄了邵晏一眼，意味難明地笑了笑，便若無其事地轉過頭去了。

邵晏心裡一沈，總有些不妙的預感，忍不住瞄了大皇子身邊的眾侍衛一眼，唯恐落入有心人眼中，又迅速地收回了視線。

皇上攬著惠貴妃坐在臨時搭建的帳篷裡，顯然興致高昂。先是笑著瞄了準備入林狩獵的眾人一眼，然後朗聲宣佈道：「我大燕王朝素來尚武，今天爾等一起入林狩獵，誰是第一，朕就把最心愛的汗血寶馬賞給他。」

此言一出，眾人頓時一陣興奮的譁然。

良將易得，寶馬難求。尤其是汗血寶馬，更是萬中無一。皇宮中僅有一匹，堪稱皇上最心愛之物。要是能在此次春獵中得了汗血寶馬，那可真是大大出了風頭了。在皇儲未定的情況下，這何嘗不是向眾大臣展示己方的實力？這樣難得的好機會，誰也不願錯過！

三皇子瞄了大皇子一眼，忽地笑道：「皇兄武藝高強，這匹汗血寶馬非皇兄莫屬了。」

大皇子皮笑肉不笑地應道：「哪裡哪裡，皇弟去年就在春獵中奪魁，今年肯定也不例外。」

兩人四目對視片刻，火花四濺，旋即迅速地各自移開。

皇上親口宣佈春獵開始之後，眾人各自策馬奔向樹林。

這一片樹林十分茂密，進了林中之後，馬匹卻反而成了累贅，只能慢速前行。三皇子有心一顯身手，並未放慢速度，片刻之間，就超過了大皇子許多。這裡都是一些山雞、野兔之類的小獵物，到林中深處，卻有馴鹿、山羊和野豬這一類的大獵物。三皇子故意搶先一步，擺明是想先到林中深處，也有早一步搶走獵物之意。

面對這樣的挑釁，大皇子眸光一閃，並不追趕。

一直默不出聲的高風，忽地低聲說道：「殿下，再不追上去，可就追不上了。」

大皇子心裡一動，定定地看著自己一直視為左右手的高風。高風被看得心裡直發毛，面上卻鎮定如常。「殿下，聖上許諾的汗血寶馬，難道您不想要嗎？」

當然想要！大皇子忽地笑了，眼中閃過一絲野心勃勃的光芒。「好，我們追上去。」

高風見大皇子採納了自己的意見，心裡暗暗一喜，忙策馬跟了上去。

於此同時，四皇子一行人也尾隨眾人入了林中。四皇子顯然對打獵興趣不大，進了林中之後，速度並不快。

容瑾維持著比四皇子慢一些的速度，不疾不徐地往前行，在四皇子含笑回頭時，忽地回了個笑容。「殿下不想得到那匹舉世罕見的汗血寶馬嗎？」

四皇子挑了挑眉，漫不經心地笑道：「本王對馬可沒什麼興趣。」

那你對什麼有興趣？這句話衝到了嘴邊，又被容瑾生生地忍了回來，心中第一百次暗暗咬牙切齒的罵人。

罵的是誰？

當然是出這個餿主意的大皇子。

當時幾人在屋中商議法子，所有細節都商議得差不多了，大皇子又說道：「一定要近距離監視四皇弟，以便查探他是否為幕後主使。不過，這個人選可是重中之重。得和四皇弟有些交情，又不會惹起他的疑心。」目光頻頻瞟向容瑾，言外之意顯而易見。

容瑾裝聾作啞，只當不知道大皇子是什麼意思。

可他卻低估了對方的臉皮厚度，大皇子誠懇至極地看著他，姿態放得極低。「這事確實難為你了，可除了你之外，本王實在找不到更好的人選，請你委屈這一回了。」

為了不讓容琮夾在中間左右為難，容瑾只得咬牙答應了這件事。

美人計什麼的，他當然懂，可要他充當主角就太過分了！也因此，他在寧汐面前含含糊糊地不肯明說。可現在，他真的後悔了。

為什麼他要答應這種莫名其妙的要求？為什麼他要敷衍一個對自己不懷好意的男人？就

連虛與委蛇的對話，他都覺得噁心。

想想看，要是他問了句「那你對什麼有興趣」，結果對方深情款款地回了個「你」，他還怎麼忍得下去？

第三百零八章　內鬼！

到了林中深處，大皇子身邊的幾個侍衛都散開了一些，各自尋找獵物，搭弓射箭。他們射中的獵物，到最後都算大皇子的，其餘的皇子侍衛也是如此。

為了自己的主子，侍衛們自然都分外的盡心，各自施展本領，在不知不覺中，大皇子身邊的侍衛都散得遠了。只有高風，一直守在他身邊，警惕地看著周圍的一切，稍微有個風吹草動，他都會警覺地看過去。

大皇子不動聲色地瞄了身邊的高風一眼，心裡暗暗寬慰自己，這個內鬼絕不會是高風。最親近的幾個侍衛中，高風跟著他最久，也最是忠心，別的侍衛都是從親衛中選拔而來，唯有高風來歷最特別。

當年，他還只是個十幾歲的少年，在一次微服出宮時遇上了山匪搶劫一隊商旅，護鏢的鏢師死的死傷的傷，只有一個十四、五歲的少年苦苦抵擋。他命人出手救了那個少年。那個少年只受了輕傷，卻感念他的恩德，懇請留在他身邊。他一時興起，便留下了那個少年。

那個少年，就是高風。

後來，高風得知了他的尊貴身分，更是忠心耿耿死心塌地。幾年之後，便成了他身邊最得力的親信，幾乎隨身不離左右。如果高風真的有了貳心，想動手腳的機會著實不少，何必忍到今天？

這個內鬼不可能是高風！可越是這麼安慰自己，心底那一絲懷疑的陰影就越重。

這幾天，他暗暗安排了人監視自己身邊的侍衛，只有兩個人曾出過府。其中一個姓潘，另一個就是高風。只可惜潘侍衛和高風兩人身手高超警覺性也極高，出府不久就將跟蹤未遂的人甩掉了。之後究竟見了誰做了什麼，誰也不知道。

也就是說，內鬼很有可能就是這兩人中的一個。

為了找出幕後主使，不能過早的驚動他們兩人。他一直裝著若無其事，將他們六人都帶了出來，卻暗地裡安排了人手，悄悄地跟蹤觀察。

潘侍衛年齡較大，閒時又好賭幾把，愛財的人最易被金銀打動，應該是最可疑的人選。可今天進了林中之後，潘侍衛一直和另一個侍衛在一起，不停的尋找獵物，表現十分賣力，怎麼也看不出有半點異常。反倒是高風，之前的那兩句話著實有些可疑……

大皇子心裡不停地閃過各種念頭，可面上卻絲毫不露，裝著興致勃勃地指道：「那邊有些動靜，走，我們過去瞧瞧熱鬧。」

所指的方向不偏不巧的正是三皇子一行人的方向。

高風眼裡迅速地閃過一絲莫名的情緒，旋即隱沒在眼底，低聲應了。正待策馬跟過去，就聽大皇子漫不經心地吩咐道：「去把潘侍衛叫過來。」

高風不疑有他，迅速策馬去叫了潘侍衛，兩人一左一右護著大皇子往密林中奔了過去。

潘侍衛年約三十，正值盛年，目光炯炯。高風年輕一些，英氣勃勃。兩人都是騎射高手，各自將右手搭在箭囊上，警覺的注視四面八方。

大皇子目光微閃，不緊不慢地騎著馬。

遠遠地，三皇子一行人隱約可見。雖然看不清楚面容，可三皇子穿著明晃晃的紫色勁裝卻是清晰不已。

大皇子策馬停了，忽地搭弓射箭，瞄準了上空的一隻飛鳥。

潘侍衛和高風不約而同的一起從箭囊中摸出了一枝箭。說時遲那時快，三枝箭幾乎同時飛了出去。

只不過，其中兩枝高高飛向了半空，另一枝卻斜斜的飛入林中。

說時遲那時快，只聽得一聲淒厲的鳥鳴並一聲慘叫，同時響起。

飛鳥直直地摔落下來，駿馬上的紫色身影也直直的掉落馬下，眾人都被這個意外驚住了，一陣慌亂和驚呼。「殿下……」

大皇子面色一變，霍然看向高風，眼中怒意滔天。

竟然真的是他！

高風面色慘白，慌亂無措地解釋。「殿下，我、我不是故意的……」

大皇子眼中閃過一絲戾色，不怒反笑。「好，好你個高風，本王平日待你不薄，你竟起了這等歹毒心思。」

高風駭然下馬請罪。「殿下明鑑，小人真不是故意的。剛才射箭時一不小心射偏了，沒想到會射中三皇子殿下，還求殿下饒命！」

潘侍衛早被這個變故嚇呆了，其餘的四個侍衛也被驚住了，速速地策馬圍攏了過來。見高風跪在地上一臉蒼白驚恐，還有人不知道是怎麼回事，正想為他求情，就聽大皇子厲聲罵道：「幾個侍衛中數你箭術最高明，怎麼可能射隻鳥都射不中，竟然射傷了三皇弟，陷我於不仁不義之地！今日三皇弟有個三長兩短，我絕饒不了你！」

一聽此言，眾侍衛都噤若寒蟬，無人再敢多言。在大皇子冰冷的怒斥中，俐落地將高風捆得嚴嚴實實的，一路押到了帳篷前。

高風低著頭，跪在帳前，身子微微顫抖著，無人能看清他的表情。

此時，受了傷的三皇子也被人抬進了另一頂帳篷中，隨行的兩個太醫匆匆忙忙地進了帳篷裡為三皇子醫治。惠貴妃滿臉淚水，哭哭啼啼地進了帳裡。蕭月兒和容琮夫妻二人，也滿臉憂色的進去了。

過了片刻，皇上一臉震怒的出來了，冷冷的目光在跪著的身影上掃過，聲音裡透著絲絲冷意。「明遠，你隨我進來。」

大皇子低低地應了一聲，隨著皇上進了帳中。

一旁的四皇子嘴角微微勾起，和身邊的邵晏迅速地交換了一個眼色，旋即面容一整，低聲對容瑾說道：「你在這兒等著，我先進去看看。」

容瑾眸光一閃，應了一聲。待四皇子進了帳中，便將目光落在了高風身上，目光深沈。

邵晏也在看高風，眸色同樣深沈難懂。

時間一點一點的流過，三皇子那邊不停地傳來呻吟聲，這邊帳中卻隱隱傳來皇上的怒罵，數次提到大皇子的名字。「……你怎能下得了這個狠手，那可是你的親兄弟……」

大皇子卻不肯低頭認罪，倔強地辯解道：「父皇，兒臣可以對天發誓，絕沒有做過此事。」

四皇子倒沒有看熱鬧，竟也站出來為大皇子辯解。

「父皇，雖然射箭傷人的是皇兄身邊的親信，可兒臣相信，皇兄絕不會做出這種傷害手足的事情來。」

皇上冷冷一笑。「他身邊的親信，自然是出自他的授意，不然怎麼會做出這種大逆不道的事情來。好在明峰命大，只傷了胳膊，要是再偏上幾寸射中了胸膛，這條命可就沒了。」

四皇子還待再說什麼，皇上卻一揮手。「不用再說了，此事朕自有計較。」說著，揚聲吩咐道：「將那個叫高風的帶進來。」

當下，自有人出去拖了高風進來。

容瑾未經傳召，也大著膽子跟進了帳中，跪下請罪道：「臣斗膽冒昧，想為聖上分憂，還望聖上不要怪罪臣冒失之罪。」

皇上此刻哪有心情計較這些，隨意地擺擺手，示意容瑾起身。容瑾謝恩之後，起身站到了一邊，不知是無意還是巧合，他正巧站到了大皇子身後，一抬頭便能清楚的看到四皇子的臉。

皇上的目光冷冷地落在了高風的身上。「你就是高風？」

高風的身子瑟縮了一下，連頭都不敢抬，低低的應了一聲。「小人正是高風。」

「抬起頭來！」一聲令下，高風只得抬起頭，只覺得兩道冷颼颼猶如實質的目光在他的臉上掃過，後背頓時一陣寒意。

「朕現在問你，你必須老老實實作答。若敢有半字虛假，朕必然不放過你。」皇上緩緩的說道，並未刻意揚高音量，卻讓人打從心底生出一陣徹骨的冰涼。

天子之怒，誰能承擔得起？高風不由自主的打了個寒顫，面色越發慘白。「小人一定如實回答，不敢有半點隱瞞。」

皇上盯著高風，一字一字地問道：「你今天射傷我皇兒，到底是有心還是無意？」

帳中所有人的目光一起看向高風。大皇子一臉的急切不安，四皇子也分外的焦灼。只有容瑾，目光定定的落在四皇子的臉上。

四皇子看似緊張著急，可細細留意，就會發現他的眼底隱隱約約的有些得意。只是他極善於偽裝，將這絲得意隱藏得極好。若不是自己一直留意著他的神色變化，只怕也會被矇混了過去……

高風在皇上冷凝的目光逼視下，額際冷汗涔涔，身子不受控制地顫抖起來，嘴巴張了張，卻吐不出半個字來。

「說，到底是有心還是無意！」皇上走近了兩步，居高臨下的俯視高風。

大皇子的一顆心提到了嗓子眼，緊緊地盯著高風。

就在這一刻，高風終於張口了。「是、是大皇子殿下授意小人所為。」說完，看也不敢再看皇上和大皇子一眼，便低下了頭。

帳中一片死寂。

大皇子握緊了拳頭，心底的痛楚和憤怒幾乎要溢出胸膛。

皇上沒有出聲，眼中閃著無邊的怒意，霍地轉身看向大皇子。「你還有什麼話說？」

第三百零九章　誰算計了誰？

大皇子撲通一聲跪下，卻挺直了身子，朗聲應道：「父皇，兒臣絕不會做這樣的事。高風分明是受人指使，才會誣陷我。」

皇上不出聲，只冷冷地看著滿口喊冤的大皇子。

四皇子咳嗽一聲，試著打圓場。「父皇，此事很有蹊蹺，不能早早做定論。雖說這個高風是皇兄身邊最得力的親信，一直對皇兄忠心耿耿，被人收買的可能極小。不過，也不能排除這個可能。」

這哪裡是勸說，分明是變相的火上澆油！果然，就聽皇上冷哼一聲。「天天跟在他身邊的親信，哪有機會被別人收買陷害，分明是狡辯！」

四皇子張張嘴，無奈又歉疚地看了大皇子一眼，眼中傳遞出濃濃的歉意。演技之佳，令人嘆為觀止。

容瑾心裡一凜。他一直不敢小覷這個心計深沈的四皇子，可現在看來，他還是輕敵了。明知背後的主使者十有八、九是四皇子，可在有心的觀察之下，竟是找不到任何蛛絲馬跡。從這也能看出，四皇子心計城府之深……

「兒臣的心性為人，難道父皇還不清楚嗎？」大皇子百口莫辯，憤慨地紅了眼，聲音哽咽。「這麼多年來，兒臣和三弟、四弟都相處融洽，偶有口角，也從不記在心上，怎麼可能做出傷害三弟的事情來？退一萬步說，就算兒臣有這個心，也斷然不會愚蠢到讓身邊的親信動手，這事必然是有人暗中設局來陷害兒臣，請父皇為兒臣作主！」語畢，深深的一跪到底。

這一番話情真意切，有理有據。皇上顯然有些動容了，憤怒的表情稍稍平息，沈吟了半晌，忽地看向容瑾。「容愛卿，此事你怎麼看？」

容瑾不敢怠慢，忙應道：「此事事關重大，不能只聽信高風的一面之詞。以臣之見，先將高風嚴刑拷問，問清楚事情的來龍去脈再作決定。」

皇上不自覺地點了點頭，來回踱步，終於有了決定。看向四皇子。「明崢，此事就交給你，務必要讓這個大逆不道的混帳東西吐露實情。」

這個出人意料的決定，讓所有人都是一愣。

四皇子心裡更是咯噔一下，面上卻不敢怠慢，忙義正辭嚴地點頭應了。

此事涉及大皇子和三皇子，按理來說，父皇應該親自審問才對。他大可以在一旁閒閒地看熱鬧，不管審出什麼樣的結果，都於他無損。可現在父皇為什麼忽然將這個棘手的事情甩給了他？這其中到底有什麼不對勁的地方……

皇上瞄了大皇子一眼，淡淡地吩咐他起身，然後隨口吩咐一句。「朕去看看明峰，容愛卿，你隨朕一起來。」卻並未喊上大皇子和四皇子。

容瑾忙應了一聲，尾隨皇上一起走了出去。親衛們走了一大半，帳中只剩下寥寥幾人。

大皇子對四皇子嘆道：「四弟，高風就交給你審問了，你可一定要還我一個清白！」

四皇子只得笑著應了，只是唇角的笑容有一絲僵硬。

大皇子目光一掃，定定地落在高風的身上，然後緩緩走近，沈聲說道：「高風，你抬起頭。」

高風身子一顫，不由自主地抬頭，對上那雙陰鷙怒意的眼眸，心底忽地一陣寒意。在幾位皇子中，大皇子素以溫和親切著稱，極少發怒。可越是這樣的人，憤怒的時候就越可怕……

大皇子扯了扯唇角，眼底卻毫無笑意，聲音更是冰冷得可怕。「是誰指使你這麼做的？」

高風張張嘴，卻什麼也沒說，臉上毫無血色。

大皇子冷笑出聲，眼底滿是自嘲的譏諷。「我真是瞎了眼，這麼多年竟把你引為心腹信賴有加，原來，我養的是一隻背主棄義的白眼狼。」一字一字，像是一把把尖銳的刀，直直的插入高風的胸口。

高風身軀不停的顫抖著，腦中一片空白，一連串的畫面在眼前閃動。

那一年，那個敦厚俊朗的少年微笑著救了他。然後，又留了他在身邊做侍衛……後來的朝夕相處，他日漸博得大皇子歡心……再後來，他成了大皇子最器重的貼身侍衛……主僕之間一直親密熟稔，大皇子待他也一直是很好的。他本該一直忠心耿耿，可是……

大皇子俯身，眼神狠戾冰冷。

「說，到底是誰讓你這麼做的？只要你說出幕後主使，我就饒你一命。不然，你就等著被千刀萬剮凌遲處死！」

高風臉色灰敗，眼神掙扎矛盾，張著嘴似要說話。

四皇子的聲音慢悠悠地傳了過來。「皇兄，這種人天生的賤骨頭，不用刑怎麼會說實話。就交給我來審問，一定讓他老老實實的把幕後主使交代出來。」

再看高風，已經閉上嘴低了頭。

大皇子心裡暗暗冷笑，面上卻是怒火交加的表情，狠狠地瞪了高風一眼才甘休。

四皇子沈聲吩咐。「來人，將高風押下去。」頓時有兩個高大的兵士走上前來，將高風拖了出去。

「還請皇兄在此暫且等候。」四皇子歉意的笑道：「這兒是父皇的帳篷，不方便審訊，我將這個高風帶到莊子上再審。」

大皇子眸光一閃，點點頭應了。

待四皇子離開之後，大皇子才收斂了臉上的憤怒，長長地鬆了口氣。寧汐說的一切果然都已成真，好在他之前有所防備，不然，現在一定是措不及防方寸大亂了！

這一場計中計，到底誰才是最後的贏家，很快就能知道了……

兩個時辰過後，天色暗了下來。三皇子受了箭傷，失血過多昏迷不醒，被送到了皇莊裡休養療傷，浩浩蕩蕩的一行人也都盡數回了皇莊。

皇上派人召了四皇子過來詢問審訊詳情，四皇子不敢怠慢，匆匆地跑來覆命。

廳中燈火通明，大皇子面色陰鬱，皇上面色冷凝。蕭月兒和容琮夫婦陪伴在皇上身邊，容玨、容瑾赫然也在。除此之外，還有幾位皇室宗親，滿屋子的人，卻無人說話。

在這片令人窒息沈悶的安靜中，四皇子走了進來。

皇上淡淡地問道：「明崢，問得怎麼樣了？」

四皇子猶豫片刻，欲言又止。

皇上微微瞇起雙眼，沈聲說道：「到底怎麼回事，如實說來。」

四皇子嘆口氣，一臉的為難，先看了大皇子一眼，才吞吞吐吐的說道：「這個……確實有些內情……」

「在朕面前，還有什麼不能直說的？」皇上略有些不悅地瞪了四皇子一眼。

四皇子這才下定了決心，低聲稟報道：「兒臣剛才嚴刑拷問了高風，可這個高風一直都未改口，說是大皇兄暗中命令他這麼做的。還說，大皇兄之前曾暗示過他，讓他說暗中指使者另有其人。這樣，既傷了三皇兄，又能置身事外。」

頓了頓，又嘆道：「兒臣本也不敢相信這個事實，可那個高風已經奄奄一息，一條命去了半條，卻還是這番話，兒臣也不得不信了。」

這一番證詞實在犀利毒辣，將大皇子能辯駁的理由堵了回去，更坐實了大皇子的險惡用心。以皇上的脾氣，只怕立刻就要發作大皇子一頓。今後，大皇子也會徹底失了聖眷了……

奇怪的是，半晌，皇上都沒說話。

四皇子心裡暗暗驚詫，抬頭一看，卻見皇上正看著他。那眼神很奇怪，讓人打從心底生出不安來。大皇子的反應更是奇怪，竟然一點都不緊張更不生氣，眼底竟然還有一抹奇怪的笑意。

四皇子心裡突突亂跳，隱隱的覺得不對勁，似乎有什麼事情，被他遺漏了……

「明崢，」皇上緩緩的張了口。「朕再問你一次，高風真的是這麼說的嗎？」

四皇子定定神應道：「確實是這麼說的。」

皇上眼底流露出一絲濃濃的失望，然後嘆了口氣。看也不看言之鑿鑿的四皇子一眼，淡淡地說道：「明峰，你出來吧！」

一個紫色的身影應聲而入，赫然正是受了箭傷昏迷不醒的三皇子蕭明峰。他神采奕奕中氣十足，哪有半點受過傷的樣子？

饒是四皇子心計深沈善於應變，也頓時僵住了。

這是怎麼回事？

大皇子慢悠悠地走了出來，伸手搭在三皇子的肩膀上。「三皇弟，這次辛苦你了。」

三皇子笑著應道：「幸好有皇兄提前示警，不然，受傷的可就真是我了。」

這個局當然是早就設好的，入了林中之後，三皇子便和身邊的侍衛換了衣服。高風當時所看到的紫色身影，根本不是三皇子。可一來離得遠，二來兩人身形十分相近，根本分辨不出來，高風從頭至尾都深信不疑自己射中的是三皇子。

就連惠貴妃，也是在進了帳中之後才知道實情，之前的震驚和淚水絕非作偽。

在這之前，蕭月兒入宮，悄悄向皇上稟報了一切。三皇子那邊，則由容琮前往，商定好了具體的計策。

皇上雖然半信半疑，卻也不敢等閒視之，只得任由大皇子和三皇子聯手設了這一計中計。本還在心中暗暗期盼著這一切都是大皇子多心之舉，怎麼也沒想到竟然真的發生了！

第三百一十章　急轉直下

好毒辣的一石二鳥之計！

既傷了三皇子，又嫁禍到了大皇子的身上，兩敗俱傷，自己卻坐收漁人之利。如果不是大皇子提前有了防備，這次真是被算計得無翻身之地了。

「四皇弟，你還有什麼話說？」大皇子似笑非笑，斜睨著四皇子。

四皇子目光連連閃動，忽地笑了。「皇兄，你說這話是什麼意思？」

大皇子好整以暇地一笑。「皇弟，事實擺在眼前，你還有什麼可狡辯的？若沒人指使，高風豈敢做出這等大逆不道的事情。」

三皇子冷笑一聲。「真沒想到，你的手腕如此厲害，竟連皇兄身邊的侍衛都能買通。」

四皇子卻是一臉的無辜。「兩位皇兄此話從何而來？我奉父皇之命去審訊高風，高風也確實是這麼說的，我只是如實的稟報父皇罷了。」然後上下打量三皇子兩眼，語氣輕快地笑道：「好在三皇兄什麼事也沒有，我現在可真放心了，之前可真是把我嚇得夠嗆。兩位皇兄也真是的，設了這樣的局，偏偏把我一個人蒙在鼓裡，害得我一個人著急上火。」

再又自責的長嘆一聲說道：「我也真是沒用，竟然被那個高風蒙蔽住了，差點冤枉了大皇兄，真是該死！」

大皇子冷笑著看他聲色俱佳的表演。「四皇弟，到底是怎麼回事，在場的人都心知肚明，你就不用惺惺作態了。我倒是奇怪，你是怎麼買通我身邊的貼身侍衛的？」

四皇子驚愕不已地應道：「皇兄此話從何而來？我對此事根本毫不知情！」沒等眾人反應過來，竟撲通一聲跪倒在皇上面前，哽咽著說道：「父皇，請您為兒臣作主，兒臣從未起過這等大逆不道的心思啊！」

皇上定定地看著最小的兒子，並未因他的垂淚而動容，一字一頓地說道：「不是你還能有誰？」

四皇子身子一震，咬牙抹了眼淚，信誓旦旦地發誓。「皇天在上，兒臣敢發誓，絕沒有做過此事。如有半字虛假，就讓兒臣被天打雷劈死無葬身之地！」一臉的悲憤和決絕。誓言更是慷慨激昂，飽含被冤枉的不甘和委屈。

眾人都是微微一怔。

容瑾心裡暗道不妙。古人都重誓言，這樣的毒誓一出，只怕皇上定會信了幾分……

果然，皇上表情緩和了一些，沈吟了片刻問道：「明崢，此事真的與你無關嗎？」

四皇子大義凜然的跪直了身子，沈聲應道：「兒臣絕沒做過此事，若是父皇不信，大可以親自審問高風。如果高風指認兒臣，兒臣甘願認罪。」

「父皇，您不能聽信他一面之詞。」大皇子見勢不妙，立刻說道：「高風是他一手指使，怎麼肯指認他？這分明是他的狡辯之詞。」

四皇子眸光一閃，冷笑著反駁。「皇兄何必如此緊張，莫非是怕高風說出真正的內情嗎？」

「你……」

不待大皇子反擊，四皇子又朗聲說道：「父皇，這件事明顯是衝著兒臣來的。兒臣倒是覺得奇怪了，大皇兄怎麼會這麼清楚地知道身邊有內鬼，而且對今天發生的事情瞭若指掌。該不會是設的計中計，故意指使高風射傷三皇兄，然後嫁禍於我吧！」竟來了個倒打一耙，偏偏歪打正著，正說中了此事的要害之處。

皇上果然皺起了眉頭。就連三皇子的神情也開始微妙起來，目光飄移不定的在大皇子和四皇子之間流連，彷彿在判斷到底誰說的是真話誰說的是假話。

大皇子氣得臉都黑了，怒罵道：「蕭明崢，你血口噴人！」

「血口噴人的只怕不是我吧！」相形之下，四皇子倒是鎮靜得多，句句刺人。「既然不怕對質，為何不敢讓父皇親自審問高風？」

論口舌犀利，大皇子實在遜色了一籌，至此，已經完全落了下風。

蕭月兒見情勢不妙，哪裡還能忍得住，立刻挺身而出。「父皇，此事我可以為大皇兄作證，大皇兄絕沒說謊。」

皇上一向疼愛這個女兒，見她一臉的焦灼，心裡軟了一軟，輕聲安撫道：「月兒別怕，此事朕一定查個水落石出，絕不會冤枉了誰。」言語雖然柔和，卻是不偏不向，之前對大皇子有利的情勢已經被四皇子的巧舌如簧扳平了。

蕭月兒紅了眼圈，哽咽著說道：「父皇，這事是我告訴皇兄的，皇兄真的沒說謊……」

「五妹，」四皇兄似笑非笑地插嘴。「妳這麼一說，我就更奇怪了，這樣的事情，妳怎麼可能知道？別說我沒做過這樣的事，就算我真的要設計陷害誰，也會做得很隱密，不可能傳到妳的耳朵裡吧！妳和大皇兄一母同胞感情深厚，一心向著他，這也就罷了，可也不能胡亂往我身上潑髒水。」竟是句句若有所指，將蕭月兒也拉下了水。

蕭月兒又急又氣，脫口而出道：「我才沒偏袒大皇兄，我可是親耳聽寧汐……」

「公主殿下，」一個聲音突兀的響起，打斷了蕭月兒的口不擇言，赫然是一直沈默立在一旁的容瑾。他眼底閃過一絲怒意，聲音卻很平靜。「恕臣無禮，斗膽諫言。這些留待日後慢慢查證也不遲，現在最重要的，應該是審問高風才對。」

蕭月兒從容瑾的眼神中會意到自己的失言，不由得後悔萬分。

這樣的場合裡，怎麼可以提到寧汐！要是皇上追問起來，寧汐擁有特殊異能的事情，就再也瞞不住了，這無疑是將寧汐推到了風頭浪尖啊……

要不是容瑾大著膽子打斷她的話，只怕她已經一股腦兒的將事情都說出來了。

只可惜，現在後悔已經遲了。在場所有的人都聽到了寧汐的名字，尤其是四皇子，眼眸中閃過一絲徹骨的寒意和危險光芒。

皇上顯然也聽見了，卻並未立時追問，沈聲吩咐道：「來人，將高風帶上來。」

事情到底是什麼樣子，還得從高風身上入手查問。

「明崢，你先起身。」皇上淡淡地吩咐了一聲。

四皇子應聲而起，和大皇子並肩而立。和睦的假面具既已撕下，兩人也懶得再惺惺作態，彼此對視一眼，眸中俱閃過一抹冷然的光芒，旋即各自移開了視線。

容瑾暗暗握緊了拳頭，深呼吸幾口氣，終於將心頭的那股火氣壓了下去。蕭月兒也是一時情急才會失言，他不該怪她，現在要想的，應該是如何善後才對。不管今天此事怎麼了結，寧汐日後都會面臨一堆麻煩……

高風是被抬進來的。他面色蒼白半昏半醒，身上血跡斑斑，幾乎沒有一塊完整的皮肉，顯然已經被用過大刑。

剛一放下，一股重重的血腥味便瀰漫開來，令人作嘔。

蕭月兒面色一白，只覺得胃中不斷的翻騰，看都不敢再看高風一眼。容琮心生憐惜，忙將蕭月兒拉到了身後。

容瑾也沒好到哪兒去。他本就有些潔癖，最厭惡血腥氣味，若是換了平時，只怕早就避開了。可現在，卻是避無可避，非看不可，也只能壓抑住心頭的厭惡，凝神看了過去。

大皇子見了高風這副淒慘樣子，眼中掠過一絲不忍，雖然恨高風背叛自己，可畢竟相處多年，主僕情義總是有的。

四皇子卻視若無睹，淡淡地瞄了高風一眼，便移開了視線。

三皇子上前兩步，沈聲問道：「睜開眼。」

高風勉力睜開了眼，然後瞳孔忽然睜大。他不是射中了三皇子嗎？可眼前這個完好無損的三皇子是怎麼回事？一種不妙的預感忽地湧上心頭……

眼角餘光忽地瞄到了面色深沈的四皇子，高風心裡陡然一緊，好在他現在滿臉鮮血模糊，誰也看不出他的神情有異。

三皇子俯下身子，冷冷地逼問。「到底是誰指使你射傷我的？」

高風不帶情感地擠出幾個字。「大皇子殿下……」

大皇子心底的那一絲惻隱之心頓時不翼而飛，暗暗咬牙切齒。

四皇子的唇角逸出一絲得意的笑容，旋即隱沒不見。

皇上緩步走上前來，沈聲問道：「高風，到底是誰指使你的，你老實招來，朕可以饒你不死。」

高風拒不改口，依舊困難地張口。「是殿下命令小人做的。」

大皇子再也忍不住了，陰沈著臉說道：「高風，到了這刻，你竟然還妄圖誣陷我！我告訴你，我早就知道你有了貳心，這次特地設局，就是為了揪出你的幕後主使。你之前射中的根本不是三皇弟，只是一個身形和三皇弟相近的普通侍衛罷了。」頓了頓，又冷笑道：「其實，就算你不說，我也能猜到是誰指使你這麼做的。是四弟對不對？」

高風身軀一顫，卻閉上了眼睛，拒絕回答這個問題。

四皇子慷慨激昂的聲音傳入了耳中。「皇兄，事情還沒查探清楚，你怎麼能隨意的栽贓於我。」

然後是大皇子咄咄逼人的冷笑聲。「到底是不是栽贓，你心裡最清楚。」

就在兩人激烈不休的爭吵之際，異變突生。

第三百一十一章 心狠手辣

容瑾一直在盯著高風的一舉一動，忽地察覺高風有異動，心裡掠過一抹強烈的不安，猛然衝了過去蹲下身子，想卸掉高風的下巴。

可已經遲了！

高風竟猛然用力，咬掉了自己的舌頭，鮮血從唇角邊源源不斷地流了出來。在劇烈的痛楚下，高風的臉呈現出可怕的扭曲，可眼中竟然浮起一絲笑意，彷彿是在得意著自己想出了辦法避開審問。

好個心狠手辣的男人！

對別人狠容易，可對自己能下得了這般狠手的，實在平生前所未見。

容瑾心裡一涼，知道今天這事是不容易善了了。高風咬斷了自己的舌頭，接下來就算再用刑，他也不可能說出實情。大皇子這一計中計，算是功虧一簣了……

皇上見了這一幕，臉都青了。

幾位皇子更是面色各異。大皇子固然氣血翻湧，三皇子也被嚇了一跳。只有四皇子，眼底閃過一絲得意的笑，面上卻是一副惋惜不已的樣子。「這個高風倒是嘴硬得很。真是可惜了，現在就算是再嚴刑逼問，對他也沒用了。」

大皇子恨得咬牙切齒，明知這一切都是四皇子搗的鬼，可也想不出任何辦法解開眼前這個僵局。

「父皇，此人心懷叵測，兼心狠手辣，實在不宜久留。」三皇子第一個打破沈默。「既然什麼也問不出，乾脆拖出去五馬分屍。」

四皇子竟也點頭贊成。「三皇兄言之有理，此人不殺不足以平怒。」

大皇子眸光連連閃動，出言反對。「不行，高風不能殺！」

四皇子似笑非笑地挑釁。「怎麼，大皇兄捨不得殺他嗎？」

大皇子這次可算捉住四皇子的語病了，犀利的反擊道：「高風賤命不足惜，死了倒也乾淨。可他要是真的死了，幕後主謀就再也查不出來，所以，高風的賤命暫時得留著，日後總有法子讓他指認真正的主謀。四皇弟這麼急著要取他的命，該不是想殺人滅口吧？」

四皇子語塞，旋即淡笑道：「皇兄這麼說，可真是冤枉我了。既然皇兄膽敢留著這麼一個後患，我更沒什麼意見了。」

大皇子冷哼一聲，正待再說什麼，卻聽皇上沈聲說道：「好了，都別再吵了。高風性命暫且留著，等明天回宮再審。」

大皇子和四皇子齊聲應了，對視一眼，便各自悻悻地轉過頭去。

出了這等事情，各人都無心再多說話，各自散去。

蕭月兒和容氏三兄弟，一起去了大皇子的寢室。大皇子陰沈著臉，束手立在窗前，背影僵直，蕭月兒上前低聲安撫大皇子。

容瑾站在一旁，心裡暗暗嘆息。本以為十拿九穩的事情，誰能想到竟然會弄到這步田地。四皇子的陰險狡猾，竟比想像中更厲害！

接下來，該怎麼辦？

「高風不能死。」大皇子從怒火中清醒過來，淡淡地說道：「一旦他死了，此事就死無對證。」四皇子反咬他一口，現在真是有嘴也說不清。要是高風再死了，此事可就真的成了無頭公案了！

容玨點頭附和。「高風這條命確實得留著。」

「可是，他已經咬斷了自己的舌頭，以後就算再審問也問不出什麼了。」容琮沈聲說道：「此人如此狠絕，只怕早已存了死志，對這種人，用刑也起不了什麼作用。」

回想起之前血腥的一幕，眾人不由得默然。

容瑾眸光一閃，忽地說道：「他什麼都不說也不要緊，只要他還活著一天，幕後主使就會提心弔膽一天。」頓了頓，又意味深長地說道：「所以，高風這個人不能死。」

只要高風不死，四皇子就要擔心事情的真相敗露。人一旦有了弱點，說不定哪一天就會做出傻事來……

大皇子顯然聽懂了容瑾的言外之意，不由得點了點頭。

幾人低聲商議片刻，商定好了之後的應對之策，才各自散去。蕭月兒卻在半途叫住了容瑾。「三弟，等一等。」

容瑾停住了腳步，淡淡地應道：「二嫂叫我有什麼事？」俊美的臉龐沒什麼表情，顯然還在生蕭月兒的氣。

蕭月兒對著這樣一張冷肅的面孔，不由得瑟縮了一下，吶吶地說道：「對不起，我剛才不該提到寧汐的名字……」

容瑾扯了扯唇角，眼底毫無笑意。「二嫂這話從何說起？在那樣的情況下，換了誰也得先護著自己的親哥哥。寧汐只是個無關緊要的外人，今後有沒有性命之憂都無所謂。」

蕭月兒何曾領教過這般辛辣刻薄的譏諷，又是委屈又是難過，眼圈頓時紅了，哽咽著說道：「對不起，剛才是我一時情急，我真不是成心要拖寧汐入這趟渾水的……」

容瑾一肚子怒氣，哪裡還顧及眼前這個女子是大燕王朝最尊貴的明月公主是自己的二嫂，冷笑著說道：「若是將來皇上問及此事詳情，二嫂大可以將寧汐身懷異能的事情原原本本的說出來，說不定皇上一個高興，還會召見寧汐。寧汐若是得了皇上的青睞，可都要感謝二嫂的舉薦了。」

「你……」一直在蕭月兒眼眶中打轉的淚水簌簌地落了下來。

容瑾可沒心情憐香惜玉，還待再說什麼，眼角餘光已經瞄到了容琮疾步而來的身影，總算把接下來的難聽話都嚥了回去。

容琮大步走上前來，見蕭月兒哭得梨花帶雨的可憐樣子，心裡頗不是滋味，伸手將蕭月兒攬入懷中，低聲哄了幾句。

蕭月兒滿腹的委屈，被他這麼一哄，反而撲到他懷裡哭得更起勁。

容琮心疼之餘，不免抬頭瞪了容瑾一眼，略有些不滿地說道：「你二嫂又不是有意那麼說的，你衝她發那麼大火做什麼？」

容瑾可不是什麼好脾氣，不冷不熱的回了句。「二哥，在你心裡自然是二嫂最重要，可我最在乎的，是寧汐的安危。四皇子現在知道了此事和寧汐有關，你說，他會不會放過寧汐？」

容琮無言以對。

四皇子此次功敗垂成，心裡不知是怎樣的懊惱憤怒。雖暫時不敢輕舉妄動，可誰能料到他日後會做出什麼事情？

容瑾性情孤傲冷淡，對什麼都不放在心上，可寧汐卻是他的心頭寶，要是真的有個三長兩短，容瑾殺人的心都有，也怪不得會生蕭月兒的氣了……

想到這兒，容琮也嘆了口氣，放低了姿態。「三弟，我代月兒向你陪個不是。她和寧汐像親姊妹一般，絕不是有意那麼說的。你就原諒她這一回，等明天回去，我一定想出法子，絕不讓任何人傷到寧汐。」

蕭月兒也抬起頭來，雙眼哭得通紅，可憐兮兮地說道：「父皇那邊，由我親自去解釋。你放心，寧汐絕不會有事的。」

容瑾重重地吐出一口氣，像是要把心裡的不快都揮開一般。「算了，不說這些。天色不早了，二哥二嫂回去休息吧！」然後，直直地離開。

容琮摟著嬌妻，忍不住嘆了句。「這個混帳小子，脾氣越來越大。」連他這個二哥的帳也不買。

蕭月兒自責又內疚地低語。「不能怪三弟，都怪我不好，一著急，就什麼也顧不上。要不是他及時阻止我，只怕我當時就把一切都說出來了。」

容琮愛憐的為她抹去眼邊的淚水，低聲哄了幾句，蕭月兒總算是不哭了，心裡卻暗下決心，一定要護住寧汐，絕不讓四皇子傷害她分毫！

這一個夜晚，對所有人來說都是個難熬的不眠之夜。

四皇子鐵青著臉，眼中怒意滔天，雙手緊握成拳，狠狠地砸了桌子一下。那硬實的桌面，頓時發出一聲悶響。

邵晏在一旁看得心驚肉跳，忍不住上前一步，低聲勸道：「殿下，事情已經到了這個地步，再生氣也是無濟於事，還是想想怎麼善後才是。」

四皇子冷哼一聲，眼神陰鷙。「剛才若不是本王機靈，只怕現在已經被關押到天牢去了。」

邵晏默然。雖然沒親眼見到當時的場面，可光聽四皇子寥寥數語，也能想像到當時是何等的凶險。好在四皇子反應機敏，倒打一耙到大皇子身上，在沒有真憑實據的情況下，皇上不好偏信誰。

高風又咬斷自己的舌頭，現在，就算用再重的刑，高風也說不出半個字了。

可危險，並沒真正過去。

「此事做得十分隱密，只有你我知情，」四皇子目光深沈，定定的看著邵晏。「可大皇兄卻知道得一清二楚，這到底是怎麼回事？」

邵晏呼吸一頓，不假思索地跪了下來。「殿下，我絕對沒和任何人提及半個字。」沒人比他更清楚四皇子的多疑，問及這些，顯然是在懷疑他了。

四皇子冷冷的看著跪在地上的邵晏，不知想到了什麼，目光忽地柔和了起來。「行了，我只是隨口說說，並沒真的疑心你，你起來吧！」

是啊，就算他疑心身邊所有人，也不該疑心邵晏。邵晏怎麼可能背叛他？

邵晏起身，已是一身的冷汗。

第三百一十二章　後續

屋子裡安靜極了。四皇子皺眉思索許久，才緩緩地說道：「五妹剛才說了一句話，提到了一個名字。」

邵晏定定神問道：「公主提到了誰？」

四皇子淡淡地吐出一個名字。「寧汐。」

邵晏心裡一跳，面上卻十分鎮定。「公主為什麼會突然提到寧汐？」這事怎麼可能跟寧汐扯上關係？

四皇子眸光一閃，神色莫測。「聽五妹的語氣，似乎是寧汐提前知道了此事，然後告訴了她。」

「不可能！寧汐只是個普通少女，怎麼可能事前知道這些？」邵晏脫口而出。待看到四皇子似笑非笑的面龐，才察覺到自己的唐突，訕訕地住了嘴。

「是啊，我也覺得此事很有蹊蹺，一個普通少女，怎麼可能窺破我的計謀。」四皇子似自言自語，語氣輕柔，眼神卻恰好相反，陰冷而狠戾。

邵晏心裡一緊，卻不敢再為寧汐辯白。朝夕相處十幾年，沒人比他更清楚四皇子多疑善變陰晴不定的脾氣，越是這樣，越表明動了真火，就連他也不敢在四皇子的氣頭上勸說什麼……

「以父皇的脾氣，只怕接下來一段時間，我都會被留在宮裡。」四皇子淡淡地說道：「邵晏，我要你替我查清楚這件事。」

邵晏立刻應了，還沒等鬆口氣，就聽四皇子陰冷的說道：「要是真的和寧汐那個丫頭有關，我絕不會放過她！」

邵晏一驚，正想說什麼，就見四皇子冷冷地看了過來。「邵晏，我知道你喜歡那個丫頭，可欲成大事，絕不能心慈手軟。若是她對我有威脅，你還求著我留她這條命嗎？在你心裡，難道她比我還重要嗎？」

又是一片令人窒息的沈悶。

邵晏臉色有些蒼白，咬咬牙應道：「你放心，如果查明她和此事有關，我會親自動手。」

四皇子這才滿意了，嘴角微微上揚。「好了，我只是試試你的忠心罷了，你不用這麼緊張，現在正是風頭浪尖，不能輕舉妄動。就算要動寧汐，也得等過一陣子再說。你查探此事的時候，一定要小心，不能讓任何人察覺。」

邵晏低頭領命。

第二天，一行人都回了皇宮。

正如四皇子所料，皇上果然下令讓幾位皇子都留在宮中，美其名曰是陪伴聖駕，其實就是變相的軟禁。

高風被關押進了守衛森嚴的天牢裡，由皇上最信任的大內總管羅公公親自審問。具體如何審問，別人自然不得而知。就連容瑾，也沒打聽到任何有用的消息。

「你說什麼？內鬼是高風？」寧汐聽了容瑾的一席話，驚得幾乎跳了起來。「怎麼可能是他？」他可是大皇子最器重的親信啊！

容瑾肯定的點頭。「千真萬確，就是高風。」

寧汐愣了半天，一時不知該說些什麼，腦中忽地回想起和高風寥寥的幾次接觸。高風對她一直有些莫名的敵意，當時她不知道是因為什麼，現在想來，大概是高風對她生出了戒心。

做奸細的，大抵都有些直覺，事實證明，高風果然是間接地毀在了她的手上……

容瑾淡淡地說道：「現在，高風已經被關押在天牢裡，幾位皇子也都在宮裡，不能隨意出宮，整體的情勢來說，對大皇子還是很有利的。」

只要高風不死，四皇子就一天不能安穩，總有一天會露出馬腳來。再者，出了這件事之後，皇上對四皇子一定有了嫌隙，就算四皇子再竭力表現，也不容易博得聖上信賴了。從這點來說，這次的行動也頗有收穫。

寧汐點點頭。「朝廷爭鬥我不太懂，總之，你自己小心些。」忽地想起什麼，忍住笑意追問道：「對了，你真的對四皇子用了美男計嗎？」

容瑾輕哼一聲，拒絕回答這個有辱男性尊嚴的問題。

寧汐笑咪咪的扯著他的胳膊撒嬌。「我就是隨口問問，你別生氣嘛！快些說給我聽聽，他沒對你言語騷擾吧……」

容瑾忍無可忍，一把攫住了寧汐的身子，狠狠地吻了一通，將她的疑問都堵了回去。

寧汐被吻得四肢酸軟滿臉潮紅，容瑾才抬起頭，眼裡滿是危險的火苗。「以後再敢問這個問題，我就將妳『就地正法』。」

什麼什麼「就地正法」啊！

寧汐俏臉酡紅，狠狠地擰了容瑾一把。容瑾也不喊疼，低頭狂吻了一通，寧汐的嘴唇被啃得又紅又腫又麻。這一次，寧汐可不敢再擰他了，又羞又惱地瞪了他一眼罷了。

容瑾心情總算好了些，又殷殷叮囑道：「妳這幾日出入小心些。」

寧汐見他神情嚴肅，心裡暗暗奇怪，忙追問原因。

容瑾本不想說，可一想到此事和寧汐的安危密切相關，只得說了實話。「……當時情況危急，二嫂脫口而出說了妳的名字，在場的人都聽到了，只怕四皇子會暗地派人對妳不利，妳這些天最好不要亂跑，我會派人暗中保護妳。」

寧汐雖然不喜有人跟著自己，可事關性命安全，也只得應了。

容瑾深深地凝視寧汐一眼，忽地長嘆口氣，將寧汐緊緊地摟在懷裡。他的胳膊很用力，似要將寧汐揉進自己的身體裡一般。

寧汐正要抗議，就聽喃喃的低語在耳邊響起。「汐兒，我絕不會讓任何人傷害妳。」頓了頓，聲音更低了。「我寧願他們衝著我來。」

寧汐心裡一顫，鼻子酸酸的，伸出胳膊緊緊的摟住容瑾的腰。容瑾從不愛說甜言蜜語，這大概是他說過的最貼心的話了。

過了片刻，寧汐才找回了自己的聲音。「容瑾，你別生公主的氣，她一定不是有意那麼說的。」她實在太瞭解容瑾的脾氣了，之後沒衝蕭月兒發火才是怪事。

容瑾輕哼一聲，聲音裡依舊有許多不滿。「就算不是故意，她也說了。」

寧汐軟軟地靠在他的胸膛，柔聲勸道：「四皇子現在自顧不暇，哪有時間來對付我，你也別總為了這事和她鬧彆扭。她總歸是你二嫂，你要是嘔氣，不是讓你二哥左右為難了嗎？」

容瑾不吭聲。

寧汐也拿他的壞脾氣沒辦法，只得幽幽嘆口氣，將他又摟得緊了些。

第二天起，寧汐的身邊果然多了幾個武功高強的護衛。好在這幾個護衛都是在暗中保護，並未正大光明的跟在她身邊，除了寧汐知曉外，身邊的人都懵懂不知。

宮裡的動靜一點一點的從容瑾的口中傳到了她的耳中。

聽說，高風被秘密用刑審問，卻硬是什麼也不承認，咬斷了舌頭不能說話也就罷了，連點頭搖頭都不肯，就連羅公公也忍不住在皇上面前嘆了句。「這個高風真是塊硬骨頭。」能扛得住這麼多重刑酷刑，可真是條硬漢子。

皇上不自覺地擰起了眉頭。

大皇子和四皇子各執一詞，高風又死不張口，此事已經陷入僵局，總不能將兩位皇子也拉去用刑審問。難道就這麼不了了之？

看來，也只能換個方向再查探了……

皇上親自召了蕭月兒入宮，屏退了所有宮女太監，密談了半天。出來的時候，蕭月兒的眼睛紅紅的，滿臉的無可奈何和自責。

等在外面的容琮心驚肉跳，忽地有了不妙的預感。

果然，上了馬車之後，就聽蕭月兒低低地說道：「父皇要見寧汐。」

什麼？容琮頓時大驚失色。好端端的，皇上為什麼要召見寧汐？難道是為了追查此事的起因？

蕭月兒紅著眼睛說道：「父皇追問我為什麼會提前知道這件事，我敷衍不過去，只好把寧汐有異能的事情說了出來。為了讓父皇相信，我還將去年西山遇險一事告訴了他。後來，父皇倒是有些信了，卻說一定要親自見一見寧汐。我怎麼央求，他都不肯理。」

身為一朝天子，對擁有這樣神奇異能的人才，自然不肯輕易放過，只是不知道寧汐入宮到底是好事還是禍事。要是皇上見了一面就放寧汐出宮也就罷了，可萬一中間出了什麼差錯，只怕是進宮容易出宮難啊……

容琮也開始覺得此事棘手了，皺著眉頭半晌沒有說話。

蕭月兒說著說著又開始落淚。「都怪我，要不是我提起，父皇也不會知道此事，就不會召見寧汐了……」

容琮只得安撫道：「妳先別哭了，這個時候哭也沒用，還是想想怎麼幫寧汐過了這一關再說。」

蕭月兒抹了眼淚，點點頭。

這事當然得先告訴容瑾。

容瑾剛聽到了幾句，臉便黑了，待聽到最後一句，眼神冰涼得讓人發慌。

蕭月兒幾乎無地自容，低著頭不敢看容瑾。良久，才聽到容瑾從牙縫中擠出幾個字。

「皇上有沒有說什麼時候見寧汐？」

蕭月兒怯生生的應道：「父皇讓我明天早上就帶寧汐入宮。」

容瑾深呼吸，生怕自己一個控制不住會對蕭月兒大發雷霆。「好，明天我陪寧汐一起入宮面聖。」

蕭月兒聲音極小，不凝神聽簡直聽不出來她在說什麼。「可是，父皇說要單獨召見寧汐，連我都不准在一旁。」

容瑾的身子一僵。

第三百一十三章　面聖

不管容瑾是何等不情願，寧汐入宮一事已勢在必行。

當天晚上，蕭月兒親自到了寧家小院，一臉的愧疚自責，吶吶地說了此事。

寧汐的反應竟出乎意料的平靜，點點頭低低地說道：「嗯，知道了。」

容瑾見寧汐這副淡然的樣子，一股無以名狀的怒火蹭地冒了出來。皇上點名要親自見寧汐，不准任何人陪在一旁，就連蕭月兒也得退避三舍，這到底意味著什麼？要是寧汐一個應對不好，只怕連活著出宮都不可能……

想及此，容瑾的臉色越發難看，那種憂急交加卻又無可奈何的心情化成了無名的怒火，在心頭來回的激蕩。再也無法維持平日的冷靜，硬邦邦地擠出了一句。「汐兒，妳到底知不知道進宮的危險？」

容瑾的臉色越難看，蕭月兒便越是內疚不安，淚花在眼中直打轉。

寧汐嘆口氣，輕聲安撫蕭月兒。「妳先別哭，現在情況還不明朗，說不定皇上只是對我好奇，想見我一面罷了。」

被她這麼一說，蕭月兒心裡總算好受了一些。容瑾依舊陰沈著臉，一句話也不肯說。

寧汐看向容瑾，柔聲說道：「容瑾，我知道你擔心我的安危。不過，皇上是個明君，絕不會故意刁難我的。你放心，我一定會平平安安地從宮中回來。」

為了你，我一定會好好保重自己！

容瑾看懂了寧汐眼神中的承諾，一直紊亂不定的心情也漸漸平息下來，默然片刻說道：「明天早上，我陪妳一起入宮。」就讓他一起陪她面對即將到來的暴風驟雨！

寧汐眼眶有些濕潤。「可是，皇上指名說了只見我一人……」

容瑾第一次當著眾人的面，牢牢地握緊了寧汐的手，語氣輕柔又堅決。「如果皇上怪罪，就來治我的罪好了。」

寧汐的眼淚唰地湧出了眼眶，心頭湧動著灼熱滾燙的情潮，猛地撲入容瑾的懷中。容瑾緊緊的摟著懷中溫軟的嬌軀，眼圈竟也隱隱地紅了。

那一刻，所有的人都動容了。

阮氏別過臉去，悄悄地抹了眼淚。蕭月兒也哭了，這一次的眼淚，卻是由衷地為寧汐高興和慶幸。

易求無價寶難得有情郎！有容瑾這般有情有義有擔當的男子相伴，前路縱有坎坷，又有何懼？

第二天清晨，容瑾和寧汐坐上馬車，一起去了皇宮，蕭月兒和容琮自然一同前往。一路上，眾人都在低聲商議著對策。

「寧汐，父皇一定會問及妳身懷異能的事情。」蕭月兒低聲叮囑道。「妳應對時一定要謹慎些。」在堂堂天子面前，一言一行都要十分小心才行。

寧汐應了一聲。

容琮自從知道寧汐身懷異能之後，看寧汐的眼光和以前截然不同，說話也多了三分敬重客氣。「月兒說的對，父皇未必有什麼惡意，大概是覺得不敢置信，才想親自見見妳。」

寧汐笑了笑，眼神清澈。「我自小就知道自己和別人不一樣，可這麼多年，我從沒利用這個做過半點虧心事。就算皇上問起，我也不怕。」

話是這麼說，可天威難測，誰也不知道皇上對寧汐到底懷了什麼心思。

容瑾面容很平靜，昨天的激動早已不見蹤影，什麼也沒說，只緊緊的握著寧汐的手，像是要將身上所有的力量都借著雙手的交握傳遞給寧汐。

進了皇宮之後，蕭月兒領著一行人直接去了皇上的寢宮。

雖然沿途處處景致絕佳，可寧汐哪還有心情東張西望，一直垂著頭默然不語。

自從知道皇上要見她之後，她便一直表現得十分冷靜，可只有她最清楚，其實她遠遠不如外表顯示得那麼鎮定。

她很害怕！害怕身上隱藏的真正秘密會暴露，害怕皇上不肯輕易放過她，害怕眼前的幸福只是水中月鏡中花……

不，她不可以軟弱，更不可以慌亂，她一定要安然度過這個難關，不僅是為了自己，更是為了容瑾。

寧汐深深地呼出一口氣，定定神，和容瑾一起進了正殿，穩穩地跪下磕頭。容瑾清朗的聲音在正殿裡響起。「臣容瑾攜未婚妻寧汐見過聖上。」

皇上淡淡地瞄了容瑾一眼。「朕要見的是寧汐，你怎麼也跟著來了？」語氣淡然，聽不出是高興還是不高興。

容瑾縱然膽大，可對著天威難測的皇上，也不由得謹慎小心了許多。「寧汐只是個弱質女子，從未見過天顏，臣唯恐她觸犯天威，這才斗膽一起來面聖，還請聖上見諒。」

皇上似笑非笑地看了容瑾一眼，慢悠悠地說道：「容愛卿倒是惜香憐玉。」倒也並未動怒。

容瑾心裡微微一鬆，陪笑著應道：「聖上見笑了。」

皇上將目光落到了寧汐的身上。

今日進宮面聖，寧汐自然不敢穿戴得太寒酸，特意穿了身新衣，淺淺的黃色衫子配著長長的淺綠色裙子，將窈窕的身姿襯托得無比動人，如同新春枝頭的一抹新綠，清新自然賞心悅目。雖然還沒看清面容長得如何，可絕對是個少見的美人兒。

皇上淡淡地說道：「抬起頭來。」語氣中充滿威嚴。

寧汐緩緩地抬起了頭，一雙水盈盈如秋波的美麗雙眸頓時映入眼簾。翹挺的鼻，紅潤小巧的唇，尖尖的下巴，這張臉美得清新美得自然美得令人舒心。

饒是皇上閱美無數，也不禁生出一絲驚豔來。

寧汐踏入殿內之後，第一次看清楚了皇上的模樣。幾位皇子都是人中之龍，蕭月兒也生得清秀可愛，皇上自然差不到哪兒去。雖然已經年過五旬，可卻保養得極好，看上去如四旬左右的中年人。相貌俊逸儒雅，身姿挺拔，在貴氣的龍袍下更顯得無比的威嚴。

此時，那雙深邃莫測的眼眸正定定地落在她的身上。

就算寧汐膽子再大，也絕不敢和皇上對視，只看了一眼，便垂下了眼瞼。可就算低著頭，也能感到有兩道銳利猶若實質的目光在她的身上游移。

過了半晌，皇上終於淡淡地吩咐。「起來說話吧！」

容瑾起身之後，特意扶了寧汐一把。一對相貌出眾的少男少女並肩而立，俱是風采逼人，宛如一對金童玉女。

皇上似是窺破了容瑾的那點見不得人的小心思，無聲地扯了扯唇角，沈聲說道：「容瑾，朕有話單獨問寧汐，你暫且退下。」

容瑾一驚，正待張口求情，卻見皇上目光冷然的看了過來。「朕乃一朝天子，難道會對一個弱質女子不利嗎？」

寧汐聽得心驚肉跳，唯恐容瑾惹禍，連連朝容瑾使眼色——別胡鬧了，快聽皇上的吩咐退下，這兒我一個人能應付的。

容瑾暗暗咬牙，無奈地領命退下，和蕭月兒及容琮一起在外等候。

正殿內，寧汐垂手而立，動也不敢亂動。

皇上緩緩地走近幾步。「寧汐，朕現在問妳，妳必須老老實實的回答，若有半字虛假，朕第一個就先治妳爹和妳哥哥的罪！」短短兩句話，便切中了寧汐心底最軟弱的一處。

寧汐心裡一緊，低低地應道：「聖上放心，民女絕不敢有半點隱瞞。」

皇上自然不會被這兩句輕飄飄的話就應付過去，沈聲問道：「妳到底是怎麼提前知道春獵時會發生箭矢傷人一事的？」

寧汐並不慌亂，將早就準備好的答案說了出來。「啟稟聖上，民女自幼身懷異能，會在夢中預知即將發生的危險，所以，才會提前知道此事。民女唯恐大皇子殿下蒙受不白之冤，便悄悄地告訴了公主殿下。至於之後的事情，民女卻是一概不知了。」

這個說辭，倒是和蕭月兒的一般無二。皇上忽地冷笑一聲，聲音異常的冷厲。「大膽民女，竟然敢在朕面前肆意扯謊，什麼夢中示警，根本就是一派胡言！」

寧汐撲通一聲跪了下來，俏臉滿是堅定。「民女句句屬實，還請皇上明鑑。」

皇上冷冷地看著寧汐，目光銳利。「朕活了五十年，從沒聽說過誰有這樣的異能。妳一個弱女子，何德何能竟有這樣的本事？」

寧汐深知此時絕不能露半點心虛，挺直了身子應道：「恕民女斗膽唐突，這世上奇人異事數不勝數，皇上沒聽說過，不代表民女就是在撒謊。」

好大的膽子！皇上不怒反笑。「照妳這麼說，倒是朕冤枉妳了。」

寧汐垂下眼瞼，低低的應道：「民女不敢這麼說。」

不敢這麼說，可還是說了。皇上身為九五之尊，從無人敢當面忤逆他，一應文臣武將在他面前都是低眉順眼，幾個皇子也都是小心翼翼，大概只有蕭月兒敢撒撒嬌淘氣幾句。怎麼也沒料到這麼一個看似纖弱的少女竟有膽量這麼和他說話……

皇上不由得重新打量起跪在地上的少女，不知想到了什麼，眼神又冷了下來。「寧汐，朕再問妳最後一次，妳說的話都是真的嗎？」

寧汐毫不遲疑地說道：「千真萬確。」

「好，那妳現在起個毒誓。」皇上緩緩地說道，直直的盯著寧汐的眼睛，一字一頓。

「如果妳有半字虛假，此生妳和容瑾都無緣一起。」

第三百一十四章　過關

皇上這番話，一句一句似尖刀戳進了寧汐的心裡。

可寧汐不敢有絲毫猶豫，立刻朗聲發誓。「民女句句都是實話，若有半字虛假，就讓老天罰民女此生孤獨終老，再也不能和容瑾在一起。」

誓言鏗鏘有力，可寧汐的心裡卻在不停的祈禱——老天爺，您一定會體諒我不得已撒謊的苦衷，千萬別把我的誓言當真。我和容瑾心心相印，此生再也離不開彼此。您就成全我們吧……

皇上見她神情決絕語氣堅定，總算信了幾分，沈吟片刻，又問道：「月兒和我說過，去年西山遇險，也是妳提前示警，是也不是？」

寧汐不敢怠慢，老老實實地應了聲「是」。

皇上眼眸微瞇，目光裡充滿了深思探究。「妳……真的自小就有異常人嗎？」

寧汐抬起眼瞼，靜靜地應道：「是。民女自小就與人不同，曾作過幾次這樣的夢境，都一一應驗了。我怕家人知道了害怕，所以一直沒告訴任何人。去年年初若不是為了公主殿下的安危，民女也不敢將此事說出來。」

話雖說得含蓄，可話裡之意卻很明顯——我可救了您的寶貝愛女一命，您老不賞賜我也就算了，現在一副嚴刑逼問的架勢又算怎麼回事？

皇上果然不是常人，眉毛都未動一下，又問道：「妳的夢境，真的能預示不久之後發生的事情嗎？」

寧汐斂容應是。

皇上反覆追問這一點，自然是不確定春獵場上發生的那一幕到底是大皇子還是四皇子搗的鬼。如今她已經站到了大皇子的陣營，無論如何也得全力替大皇子開脫。

想及此，寧汐又說道：「民女再怎麼膽大妄為，也絕不敢欺瞞皇上。之前我確實作了個噩夢，夢見大皇子殿下身邊的侍衛受人指使，射傷了三皇子殿下。大皇子殿下受了冤屈，百口莫辯。皇上一時不慎，被幕後主使所迷惑，便相信了是大皇子殿下所為，大皇子殿下因此事徹底失了聖心。民女作了這個噩夢之後，忐忑不安了好幾日，才下定決心將此事告訴了公主殿下。民女這麼做，對自己其實沒有半分好處，只是不願大皇子殿下遭受這樣的不白之冤。還請皇上明察！」

她語氣真摯，句句發自肺腑，感染力極強。

皇上微微動容。就聽寧汐嘆道：「這件事從頭至尾和民女並無直接關係，民女何必冒著性命之憂撒彌天之謊？」

皇上默然良久，終於淡淡地說道：「妳起來回話吧！」

寧汐心裡一喜，穩穩地站直了身子。看來，皇上已經開始相信她了。這可太好了！

要想扳倒四皇子，這可是個絕佳的好機會。只要皇上相信了她的話，自然也就相信了大皇子，幕後主使自然非四皇子無疑……

皇上緊緊的盯著寧汐的眼，沈聲問道：「照妳這麼說，這個幕後主使就是朕的四皇兒對嗎？」

寧汐恭敬地應道：「民女夢境裡確實是如此，真實情況如何，民女不敢妄言。」若是一味的指認四皇子，反而會惹來皇上的疑心，倒不如委婉含蓄一些，反而更可信。

果然，皇上的臉立刻沈了下來，皺著眉頭踱步，半晌沒有說話。寧汐不敢再多嘴，就這麼老老實實的站在一旁。

良久，皇上像想通了什麼似的，緊皺的眉頭緩緩地舒展開來，淡淡地說道：「好了，妳暫且退下，日後朕若傳召妳，便讓月兒帶妳入宮。」

寧汐忙磕頭謝恩，然後小心地退出了殿外。

待踏出殿門的一剎那，一直高高提起的心陡然放了下來，後背早已冒出了一身的冷汗，心頭卻湧起劫後餘生的喜悅。總算是有驚無險安然過關了！

容瑾步履匆匆地迎了上來，焦灼的眼神在她的臉上身上來回的打量，待確定寧汐安然無恙才鬆了口氣。

蕭月兒也急急的迎了上來，緊緊的攥著寧汐冰涼的手。「怎麼樣，父皇沒為難妳吧！」

寧汐軟弱無力地笑了笑。「回去再說吧！」她可是一刻都不想在皇宮裡多待了。

回程的馬車上，寧汐並沒說話，只是軟軟的靠在容瑾身邊。容瑾伸手攬住她的肩膀，又是憐惜又是心疼，種種滋味交集，真是一言難盡。

一路無話，很快就到了容府。容瑾絲毫不避諱下人目光，就這麼堂而皇之的拉著寧汐的手回了自己的院子。

蕭月兒、容琮一起跟了過來，一直在府中等候的容玨和李氏也匆忙趕了過來。

寧汐打起精神，將事情細細地敘述了。她記性極好，將皇上說過的話一字不漏的說了一遍，甚至連當時的神情如何都記得一清二楚。

容玨沈吟片刻，下了結論。「看來，皇上已經信了五成了。」要不然，也不會問出最後那句了。

蕭月兒迅速地接道：「大哥說得有理。父皇生性仁厚，生平最厭惡不忠不孝之人，只要證實了四皇兒是幕後主使，父皇絕不會饒過他。」

光憑寧汐一面之詞，皇上不見得全信，可已經種下了懷疑的種子。他們要做的，就是要讓這顆種子快速地發芽。

容瑾眸光一閃，低低地問道：「高風現在怎麼樣了？」

容玨嘆道：「我也不清楚，只聽說是被關押在天牢裡，由羅公公親自審問。」

羅公乃大內侍衛總管，自十幾歲起就伺候皇上，到現在已經有三十多年，是皇上最心腹的親信。別看這個羅公公外表和善整天笑咪咪的，可卻心思縝密心狠手辣，口風更是緊得很，誰也休想從他的口中打聽到什麼有用的消息，也難怪皇上會將這樣重要的事情交給他了。

蕭月兒想了想說道：「過兩日我回宮中一趟，探探羅公公的口風。」

容氏兄弟不約而同的點頭。蕭月兒身分尊貴，極受皇上寵愛，羅公公總得給幾分薄面，由她出面打探消息，再合適不過了。

容瑾溫和地說道：「有勞二嫂了。」

這些天，容瑾幾乎沒給過蕭月兒好臉色。這難得的一絲溫和，簡直讓蕭月兒受寵若驚了，忙笑道：「三弟放心，我一定會打探到有用的消息。」

寧汐悄然握住蕭月兒的手，殷殷叮囑。「公主凡事都要小心。」

蕭月兒心裡一暖，反手握住寧汐的手，輕笑道：「放心，父皇捨不得生我氣的。」頓了頓，又眨眨眼補了一句。「要是他真的生氣了，我最多哭幾聲掉幾滴眼淚，父皇立刻就會心軟了。」

寧汐被逗樂了，一直緊繃著的俏臉總算有了笑意。

容瑾瞄了寧汐一眼，忽地咳嗽一聲。「時候也不早了，我先送寧汐回去，免得她娘擔心。」

容玨嗤笑一聲，毫不客氣的揭穿了他的那點小心思。「得了，嫌我們礙事就直說，我們這就走總行了吧！」

李氏夫唱婦隨地跟著附和。「說得是，我們就不叨擾三弟和寧姑娘說知心話了。」

容瑾何許人也，這種程度的揶揄簡直不痛不癢，臉都不紅一下。可寧汐畢竟是沒出閣的黃花閨女，被這麼一說，頓時霞飛雙頰，羞得不肯抬頭。

蕭月兒忍住笑，扯著容琮走了。容玨和李氏也對視一笑，一起走了。

屋子裡便只剩下寧汐和容瑾兩個人。

容瑾長臂一舒，將寧汐摟入懷中，俯下頭，溫熱地覆住了她的紅唇，用舌細細的描繪她的唇形。寧汐紅唇微啟，怯生生地伸出舌頭，和他的舌密密的糾纏。

這個吻溫柔細膩纏綿，過了許久，容瑾才稍稍抬起頭，兩人額頭相抵，四目相對。這一刻，他的眼中只有她，她的眼中只有他！

容瑾忍不住又湊過去吻了吻寧汐的臉，寧汐紅著臉躲進他的懷裡。兩人靜靜依偎許久，此時無聲勝有聲。

容瑾忽地嘆口氣，聲音裡滿是自責。「汐兒，我真恨自己，居然連自己心愛的女人也保護不了。」她在殿內獨自應對皇上，他卻只能在外等候，那種無能為力無可奈何的沮喪，簡直要將他淹沒。好在她應對得體，平平安安地過了關。

「容瑾，你別自責了。我不是好好的站在這裡嗎？」寧汐輕笑著安撫容瑾。「再說了，塞翁失馬焉知非福，今天皇上召見我，也不是壞事。至少，皇上對四皇子的疑心越來越大了。」

前世，四皇子能奪得皇位，固然是因為心機深沈善於偽裝，可大皇子和三皇子的輕敵也是一個重要因素。正所謂鷸蚌相爭漁翁得利，大皇子和三皇子爭鬥不休，最後得利的自然是四皇子。

可現在，四皇子的勃勃野心已經纖毫畢現，大皇子和三皇子都有了戒備之心，就連皇上也開始起了疑心。就算此事扳不倒他，今後他再想坐收漁翁之利卻是絕不可能了。想到這些，寧汐心裡痛快極了。

容瑾想了想，也有了笑意。是啊，四皇子如今岌岌可危，離太子之位越來越遠。這對野心勃勃的四皇子來說，是何等的痛苦和煎熬。

只要再推波助瀾一把，四皇子就再也沒有翻身的機會了……

第三百一十五章　推波助瀾

蕭月兒是個沈不住氣的急性子，心裡擱不下半點心事，隔了兩天就又回宮去了。
皇上在前朝處理事務，羅公公也不見了蹤影。蕭月兒想了想，便去了惠貴妃的寢宮。
惠貴妃一直寵冠後宮，可卻從不敢開罪蕭月兒。誰不知道蕭月兒是皇上心頭寶貝？那才真正是個要風得風要雨得雨的主兒，還是好言哄著最好。
這麼想著，惠貴妃的笑容便越發的熱情了，又是佈置茶點又是拉手談心。
蕭月兒平日和惠貴妃打過不少交道，自然清楚她護短的性子。閒扯幾句之後，故意將話題扯到了春獵場的事情。「……幸好三皇兄安然無恙，不然，可就親者痛仇者快了。」
惠貴妃顯然心有餘悸，眼中閃過一絲陰霾。
雖然沒有確鑿的證據，可明眼人都能看出是四皇子從中搗的鬼，只恨那個叫高風的骨頭太硬，到現在依舊不肯招認。不然……哼！
蕭月兒瞄了臉色難看的惠貴妃一眼，心裡暗暗竊喜，又乘機補上幾句。「四皇兄這回做得也太過分了，要是真的傷了三皇兄，別說父皇和貴妃娘娘饒不了他，我和大皇兄也不會放過他。」
惠貴妃卻不肯接茬兒了，淡笑著說道：「這事還沒查清楚，可不能早早做定論，要是平白冤枉了妳皇兄可不好。」

蕭月兒乖乖地點頭稱是，心裡卻暗暗偷樂，別看惠貴妃嘴上說得大方，心裡不定氣成了什麼樣子，背地裡肯定會在父皇面前告狀。哪怕沒有實質的作用，可給四皇子添添堵也是好事啊！

出了惠貴妃的寢宮之後，總算見到了羅公公。

羅公公一把年紀卻極有精神，滿臉堆笑的給蕭月兒行了禮。蕭月兒有求於人，臉上的笑容要多親切有多親切，竟紆尊降貴的扶了羅公公一把。

羅公公哪裡敢當，連道不敢，笑容滿面的站了起來。在宮中混了這麼多年，羅公公早已老而成精，不等蕭月兒張口詢問，便低聲說道：「公主殿下請見諒，聖上吩咐過，有關審訊高風的事，絕不能透露半個字，還請公主殿下別讓奴才為難。」

好一個人精，不等她張口，就將她所有的話都堵了回來！

蕭月兒自然也有法子應付，笑咪咪地說道：「羅公公放心，本宮絕不會讓你為難。你一個字也不用說，只要點頭搖頭就行了。」

羅公公哭笑不得，還想再說什麼，卻聽蕭月兒輕飄飄地問道：「高風沒死吧？」

這個問題倒不算太過分。羅公公想了想，便搖搖頭。

沒死就好，蕭月兒鬆口氣，立刻又接著問了句。「他是不是還是什麼都不肯說？」

羅公公先是搖頭，旋即又點點頭。

蕭月兒被弄糊塗了，皺起了秀眉。「到底是招還是沒招，你怎麼又搖頭又點頭的。」

羅公公卻不肯說實話了，只陪笑道：「奴才還有些瑣事沒辦，就不多陪公主殿下閒聊了。」然後便腳底抹油溜了。

蕭月兒跺跺腳，卻也拿狡猾的羅公公沒法子。

皇上下了朝見到蕭月兒，倒是一點都不意外，只淡淡地挑眉笑道：「妳最近回宮倒是勤快，怎麼，在容府過得不好嗎？」

蕭月兒只當作沒聽出皇上的揶揄之意，嬌嗔地扯著皇上的袖子搖了搖。「人家實在是想念父皇，所以才厚著臉皮常常回來。父皇要是不想總見著我，我以後半年再回來一次總行了吧！」

皇上被兩句馬屁拍得身心舒暢，唇角上揚，卻故意繃起面孔數落了蕭月兒幾句。「看看妳，都嫁了人了，也不知道穩重端莊點……」一邊訓人，一邊卻吩咐御膳房做些公主愛吃的菜餚送上來。

蕭月兒表現得異常乖巧，不停的為皇上挾菜布菜，邊讚道：「御膳房的菜可真是越做越好了。」御膳房裡的御廚手藝，她自然熟悉。今天呈送上來的菜餚，卻和往日有些不同。賣相精緻不必細說，味道更是出奇的好。

皇上顯然對飯菜也很滿意，笑道：「這是新入宮的寧御廚做的，妳喜歡就多吃點。」一提到寧有方，不免又想起了寧汐。皇上眸光一閃，漫不經心地問道：「月兒，妳和寧汐那個小丫頭相識的經過，再說來給我聽聽。」

蕭月兒雖然不清楚皇上的用意，卻竭力地為寧汐說好話，將與寧汐相識的經過一五一十的道來。「……父皇，寧汐真的對我很好，若不是她拐彎抹角的提醒我，只怕我在去年就沒命了……」

「不要胡說！」皇上皺著眉頭打斷蕭月兒。「什麼有命沒命的，太不吉利了。」他可不敢想像蕭月兒真的出事會是什麼樣子。就衝著這一點，不管寧汐犯了什麼錯，他也會饒過寧汐一回。

蕭月兒對他的神情變化再熟悉不過，忙乘機央求道：「父皇，寧汐絕沒有說半句謊話，您就信她這一回吧！」

皇上目光深沈。「月兒，如果是別的事，朕早就信了。可這事關係到妳的幾個皇兒，更關係著江山社稷，朕不能不謹慎。」

如果寧汐說的是真話，幕後主使者必然是四皇子。可如果寧汐說的是假話，那居心叵測的人就是大皇子。正所謂手心手背都是肉，他是一朝天子，可同時也是個父親。遇到這樣的事，焉能不心痛？也因此，他並未大張旗鼓的調查此事……

看著皇上眼角眉梢的落寞和痛心，蕭月兒的眼眶有些濕潤了。「父皇，對不起，都是我不好，惹得父皇心裡難過了。」

「傻丫頭，」皇上回過神，憐惜的看了女兒一眼。「這事跟妳有什麼關係。妳和明遠一母同胞，感情自然更深厚，向著他也是理所當然的。」頓了頓，又嘆道：「我此次實在優柔寡斷了，放心吧，最多半個月，我就會給妳大皇兄一個清白和交代。」

蕭月兒細細品味這幾句話，眼睛漸漸亮了。

父皇說得清清楚楚，要給大皇兄一個清白和交代。這是不是說明，父皇在心底其實早已相信了寧汐的話，只是沒捨得狠下心來處置四皇兄？

蕭月兒按捺住心裡的激動，將話題扯了開去，臨近傍晚才回了容府。

容瑾早已焦急不安地等候了許久，見了蕭月兒，立刻迎了上來，急切的問道：「二嫂，妳這次回宮，打探到什麼消息了沒有？」

蕭月兒容光煥發，唇角含笑，輕輕點頭。這些天容瑾一直生她的氣，已經很久沒這麼親熱的喊她二嫂了。

容瑾精神一振，正待追問，容琮的聲音從背後傳了過來。「有話進屋再說吧！」容瑾也太心急了，哪有站在院門口就說這些的。

容瑾略有些訕訕地笑了。

剛一進屋內，蕭月兒便迫不及待的將此行經過一一說了出來。容瑾凝神聽著，唯恐聽漏了一個字，待聽到皇上許諾的那句話，兄弟兩人對視一眼，俱都看到彼此眼中的興奮。

太好了！皇上雖然說得含蓄委婉，可言下之意卻很明朗，四皇子這次定是跑不掉了！

容瑾心裡還有一絲顧慮。「要是高風不肯指認四皇子怎麼辦？」四皇子陰險狡猾，沒有確切的證據，絕不可能承認自己就是幕後主謀。

蕭月兒笑道：「父皇既然說了半個月，那我們就等上半個月好了。我相信，父皇一定會有法子讓四皇兄承認的。」

也只能暫且這麼想了。容瑾點點頭。

第二天一大早，容瑾便去找寧汐說了這個好消息。寧汐聽了之後，精神陡然一振。「皇上真的這麼說了嗎？」也就是說，皇上已經相信她說的話了？

容瑾笑著應道：「二嫂親口說的，肯定不會有假。」

寧汐長長地鬆了口氣，一直懸在半空的心總算落了下來。天威難測，這兩天她心裡一直七上八下忐忑不安的，唯恐皇上隨時再召見她。

身邊親近的人都對她的話深信不疑，可只有她自己最清楚，她撒了一個彌天大謊，現在就算想改口也不行了。欺君之罪，誰也承受不起啊！

容瑾憐惜地看了寧汐略顯憔悴消瘦的臉頰一眼，嘆道：「妳最近又瘦了。」之前在鄲縣時養得白白胖胖，可回來還不足一個月，又打回了原形。

寧汐自嘲地笑了笑。「放心，我以後一定大吃大喝，總得把掉的幾兩肉都長回來再說。」心裡藏著這麼大的心事，能吃得好睡得香才是怪事。

不只是她，就連容瑾也好多日子沒好好睡過一覺了，素來注重儀表風度氣質的翩翩美少年，眼圈下隱隱發黑，氣色比往日差得何止一星半點。

寧汐心疼地看了容瑾一眼。「中午到鼎香樓來，我做頓好吃的給你補補身子。」

容瑾點點頭，忽地靠近低語。「也別太補了，陽火過盛滋味可不好受。」那雙狹長的鳳眼裡滿是氤氳的笑意，十分曖昧，別提多勾人了。

寧汐紅著臉瞪了容瑾一眼，想想不解氣，又狠狠地擰了容瑾一把。

容瑾照慣例擠眉弄眼的呼痛，心裡卻是美滋滋的。

第三百一十六章　請君入甕

高風這個硬骨頭，也著實讓人頭痛。

羅公公使出渾身解數，不知用了多少刑，把高風折騰得奄奄一息只剩一口氣。可不管問什麼，高風既不點頭也不搖頭，逼問得急了，甚至還露出嘲弄的笑容。他口中只有半截舌頭，滿臉的血污，笑起來面容扭曲，讓人看了不由得心底倒抽口涼氣。

皇上聽羅公公這般回報，也皺起了眉頭。

羅公公斟酌半晌，才斗膽諫言。「聖上，奴才覺得，嚴刑逼問對這個高風不起作用，不如換個法子如何？」貼身伺候皇上多年，就算皇上什麼也不說，可羅公公也能揣摩出皇上的幾分心意。要想讓四皇子承認，必須得有確鑿的證據才行。

皇上眸光一閃，淡淡的說道：「你想到了什麼法子，說來聽聽。」

羅公公上前兩步，低聲耳語幾句。

皇上默然片刻，終於長嘆一聲，點了點頭。此事總得有個了斷，事到如今，不能不狠下心腸了！

大皇子和四皇子這些天一直住在宮裡，雖然吃喝穿用一如既往，卻不能隨意出宮，等於變相的被軟禁了。想打探高風的消息，可羅公公辦事滴水不漏，根本不露半點風聲。

大皇子固然暗暗心急，四皇子更是日夜忐忑不安，偏偏面上還得做出若無其事異常坦然的樣子來，在背地裡卻動用宮中所有的眼線，鍥而不捨地打探消息。

功夫不負有心人，終於打聽到了一些動靜。

什麼？高風竟然招認了？四皇子聽了這個消息之後，臉色陡然變了。站在他面前的，是一個十幾歲的小太監，如果羅公公在，一定會驚訝得眼珠子都瞪出來。因為這個眉清目秀的小太監，正是貼身伺候他的小貴子。

小貴子急急地低語道：「殿下，這事您可得提前有些心理準備，羅公公已經命人去稟報聖上了，好在聖上正在上書房和諸位大臣商議要事，一時半會兒抽不開身。得趁著聖上還沒來的工夫，先想出對策來才好。」

饒是四皇子狡詐多謀，也有些慌了手腳，愣了片刻，定定神，低聲耳語了幾句。

那小貴子聽了幾句，臉色就白了，身子晃了晃。「殿下，這可是要掉腦袋的事情，奴才、奴才……」

四皇子沈了臉，冷笑一聲。「小貴子，要是本王垮了臺，你以為你就能保得住你的小命嗎？」旋即又放軟了語氣。「只要你依著我的吩咐去做，手腳麻利點，絕不會有事的。高風就剩一口氣，就算嚥了氣也不會惹起別人疑心。只要這事辦成了，本王日後絕不會虧待你。等本王做了太子，你就是本王身邊的人，將來大內總管的位置，也是你的。」

這一番軟硬兼施威逼利誘，小貴子哪裡還能招架得住，只得點頭應了，悄悄地從偏門出了四皇子的寢宮，一路跑回了羅公公的住處。

這個皇宮裡最可怕的地方絕不是天牢，而是羅公公的居所。表面看似平平常常的幾間屋子，內裡卻別有乾坤。從最裡面的一間走進去，有一個暗門機關。進了暗門一直往下走，約莫走幾十個臺階，便是一間刑室。這間刑室的牆壁裡夾著鐵板，十分結實。

牆上地上擺滿了各式各樣令人膽寒的刑具，刑室裡的血腥氣揮之不去，高風便被關押在這兒，每天有專人看守，普通人絕難接近一步。

小貴子早已暗中探聽了暗門的位置，趁人不注意，便偷偷溜了過去。看守這間屋子的小太監和小貴子關係不錯，見小貴子湊過來問長問短的，只以為他是好奇，不以為意的笑道：「羅公公剛走不久，聽說那個叫高風的已經招了，接下來可有一場熱鬧瞧了。」事關兩位皇子，動靜絕不會小到哪兒去。

小貴子笑著應對了幾句，便故作好奇地問起了暗門的位置。

那小太監和他相熟，聞言笑道：「得，我今天就讓你開開眼界。」領著小貴子進了屋裡，不知從哪兒撥弄了一下，牆悄無聲息地動了，露出向下的一列石階。

小貴子一臉的驚嘆，探頭張望幾眼，趁著那小太監沒留意，悄悄地拔開了袖中小瓶子的木塞，一股似有似無的味道慢慢的瀰漫開來。

小太監的笑容頓住了，表情有些呆滯。

小貴子試探地推了推那小太監，見他沒什麼反應，心裡一喜，忙閃進暗門。適才四皇子給了兩個小瓷瓶，這一瓶能讓人神志暫時昏迷，另一瓶卻能在瞬息之間要了人的命。他事先服過了解藥，自然不畏懼這些。

刑室裡有兩人看守，剛一聽到腳步聲，立刻警覺地回頭，卻什麼也沒看見，只嗅到一個奇怪的味道，便像外面的小太監一般呆若木雞。

小貴子鬆口氣，閃了進來。目光一掃，就見一個滿身血污的青年男子閉目躺在木板上。那青年男子遍體鱗傷，奄奄一息，讓人目不忍睹，看來就是高風了。

小貴子此時也顧不得害怕，忙搶上前去，將一直小心翼翼藏著的另一個瓷瓶拿了出來，剛拔開瓷瓶上的木塞，還沒來得及將瓶中的藥粉倒入那男子的口中，就聽一個熟悉的聲音忽地在背後響起。「小貴子！」

小貴子一個哆嗦，手裡一個不穩，瓷瓶便落到了地上，瓶子摔得粉碎，白色的粉末一覽無遺。

羅公公慢悠悠的問道：「小貴子，你不在屋子裡好好待著，跑到這兒來做什麼？」他的溫和笑容此時看來分外恐怖，身後幾個侍衛一臉的虎視眈眈，凶神惡煞一般的盯著小貴子。

小貴子也不是蠢人，瞬間便會意過來，這事從頭至尾根本就是個圈套！怪不得之前一切都那麼順利，根本就是請君入甕啊！

小貴子膝蓋一軟，跪到了地上，痛哭流涕地求饒。「公公饒命，公公饒命，奴才也是一時糊塗，受人指使。求公公開恩，饒奴才一命……」

羅公公設下這個局，本就是為了逼四皇子自亂陣腳出手滅口，現在逮著了小貴子，心裡別提多暢快了。可一想到自己身邊竟也出了內鬼，一股怒氣便在心頭到處亂竄，沈聲怒斥。「到底是誰指使你的，如實招來！」

小貴子抬頭，正要說什麼，忽覺得喉嚨發緊呼吸急促，全身的血液都往頭部湧去，胃中翻騰不息，眼神渙散，一臉灰濛濛的死氣。

羅公公察覺出不對勁，頓時變了臉色。「來人，快去請太醫。」

可已經遲了！說時遲那時快，小貴子口中眼中耳中都溢出了血，身子一軟癱倒在地上，已經斷了氣，只是一雙眼猶自不甘的睜著，大概是臨死都弄不明白這是怎麼回事。

羅公公卻很快明白過來。

四皇子命小貴子來動手滅口時，就在小貴子身上動了手腳，顯然一早就打著將小貴子滅口的主意。這樣一來，不管事情成功與否，都是死無對證。

好毒辣的手腕！羅公公眸中閃過一絲冷意，吩咐將小貴子的屍體拖出去悄悄埋了，別驚動任何人。

半個時辰後，皇上親自傳召了大皇子和四皇子。

大皇子和四皇子撕破了臉皮之後，見面再無笑容，對視一眼，便各自冷笑著移開了視線。仔細分辨的話，四皇子的眼神遠不如往日冷靜，湧動著莫名的暗流。

皇上也不拐彎抹角，沈著臉怒斥道：「明崢，給朕跪下！」

四皇子心裡一緊，面上倒還算鎮靜，緩緩地跪下。「父皇，不知兒臣做錯了什麼事，為何要兒臣下跪！」

皇上冷哼一聲，語氣中滿是震怒。「高風已經全部招認，幕後主使就是你，你還有什麼可狡辯的？」

此言一出，大皇子長長地鬆口氣，眉眼舒展開來。

四皇子卻梗著脖子喊冤。「冤枉啊，父皇，兒臣根本沒做過陷害大皇兄的事情，高風一定是被屈打成招，兒臣真的冤枉……」

大皇子不乘機落井下石才是怪事，冷笑著插嘴道：「四弟，高風已經招認了，你還有何狡辯？」

四皇子冷笑著回擊。「皇兄真是好本事，竟能讓高風改口誣陷我。」

大皇子穩穩地占了上風，並不和他做口舌之爭，索性住了嘴。

四皇子沒了對手，又看向皇上。「父皇，高風已經咬斷了舌頭，根本不能說話。不知他是怎麼指認兒臣的？」

皇上目光冰冷。「不能說話，總還有手能寫字。你想要證據，朕現在就給你證據。」羅公公上前一步，將早已準備好的一張紙放到了四皇子的面前。

大皇子瞄了一眼，神色一動，正要說什麼，卻見皇上意味深長地看了過來。

大皇子將到了嘴邊的話又嚥了回去。

四皇子心裡早已慌亂不堪，只不過面上勉強維持著鎮靜罷了。現在這麼一張明晃晃的白紙黑字擺在眼前，他竟有些頭暈目眩。半晌，才定了定心神看了過去。

這一看，四皇子立刻察覺出不對勁來，脫口而出道：「不對，這根本不是高風的字！」

第三百一十七章 發落

話一出口，四皇子便知不妙。可說出口的話就是潑出去的水，想收回也來不及了。

「你怎麼知道這不是高風的字？」皇上一字一頓，目光冷凝得似要將人凍結一般。高風是大皇子的貼身侍衛，大皇子認識他的筆跡理所當然，可四皇子為什麼能認出這不是高風的字？

四皇子縱然舌粲蓮花，卻也無法解釋，臉上終於露出了一絲慌亂。高風的字跡他當然認識。可在皇上面前，怎麼能說得出口？

「朕再問你最後一次，到底是不是你指使高風射傷明峰？」

四皇子啞然。

皇上目光冰冷，滿臉的寒意。「還有，小貴子也是你的人吧！你倒是算無遺策，竟在小貴子身上也下了毒。好在小貴子沒來得及動手就被捉住了，不然，高風也被你滅了口。」

四皇子面色隱隱發白，似想通了什麼一般，忽地自嘲地冷笑起來。「父皇好計謀，兒臣甘拜下風！」到了這一刻，還有什麼不明白的。所謂的高風招供，只是個誘他上當的圈套罷了。料定了他沈不住氣，必然有所行動，佈置好了一切來個甕中捉鱉。

就算他沈得住氣也沒用。高風這張證詞就是對付他的最大利器。他認出了不是高風的筆跡，說明他和高風私下勾結。他若是裝著懵懂不知，這樣的證詞對他也是大大不利。好一個計中計！

皇上怒哼一聲，臉色隱隱發青。「你到底還是承認了。好，很好！」

「不管兒臣承認不承認，父皇心中不是早就有定論了嗎？」四皇子的眼裡竟流露出一絲悲愴。「這麼多年來，在父皇的心中，只有大皇兄和三皇兄，我本就可有可無。現在又犯下這等大錯，父皇只管發落，就算要處死兒臣，兒臣也絕無二話。」

四皇子依舊直直地跪著，高高地昂著頭，往日漫不經心的嬉笑神情換做了故作堅強的決絕，眼圈卻隱隱的泛紅。

皇上滿腔的怒意，不知怎麼的竟沒迸發出來，就這麼定定地看著這個最小的兒子。

是啊，這麼多年來，他器重大皇子，偏愛三皇子，對年齡最小又生性浪蕩懶散的小兒子卻關注最少。演變到這步田地，又何止是四皇子一個人的錯……

室內一片沈寂。

大皇子聰明的沒有吭聲，四皇子已經認了罪，父皇再心軟也不可能不處罰。處罰的輕重都不重要，重要的是，經過此事之後，四皇子已經徹底沒了爭奪太子之位的希望。與其咄咄逼人落井下石，倒不如表現得大度一些，博父皇歡心……

想及此，大皇子上前一步，一臉的真摯懇求。「父皇，兒臣相信四弟只是一時糊塗，請父皇從輕發落。」

皇上喟然嘆息，雖然什麼也沒說，可看向大皇子的目光卻透露出讚許。

大皇子贏了面子又有了裡子，心裡別提多得意了，面上卻是一臉的自責。「說起來，此事兒臣也有錯。既是提前知道了此事，就該在事情發生之前警告四弟一聲，也就不會有這一連串的事情了。」

「好了，你也別自責了。」皇上終於張口說話了。「這事怎麼能怪你，要怪也只能怪明崢不顧兄弟情義，竟想出了如此毒辣的計策。好在沒得逞，不然，你就要蒙受不白之冤了。」

大皇子聽了這番話十分感動，哽咽著說道：「多謝父皇體恤兒臣。」

四皇子心中恨極了大皇子的裝模作樣，強自忍住出口譏諷的衝動，不能衝動，一定要沈住氣。這局他已經輸了，現在最重要的不是計較為什麼會輸，而是輸到哪一步。

所謂留得青山在不愁沒柴燒，父皇再狠心也不會就此要了他的性命吧……

就在此刻，惠貴妃忽地闖了進來，紅著眼圈說道：「皇上，您可千萬不能心軟，若不是提前有了防備，明峰這次可就難逃一劫了。皇上……」說著說著，便哭了起來。

惠貴妃自然不算年輕了，可容貌身材都保養得極好，這麼一哭，那眼淚珠兒一滴一滴的從眼角滑落，真是惹人愛憐。

皇上素來寵愛她，見她這麼哭哭啼啼的，心裡也不是個滋味，低聲安撫了幾句。惠貴妃順勢軟軟的靠在皇上的胸口，邊哭邊道：「皇上，您可一定要給臣妾一個公道。」依著她的心意，巴不得四皇子被發落得越重越好。

惠貴妃這麼一鬧騰，皇上也覺得左右為難，一時難以決斷。想了想說道：「來人，先將四皇子關在寢宮裡，不准任何人接近。」至於到底要怎麼發落，他要好好想一想才行……

不出半天，四皇子被囚禁在宮中的消息便傳了開來，頓時轟動了朝野。

雖然皇上早已嚴令春獵場上的事情不能隨意透露，可這樣的動靜又怎能瞞得過朝中大臣。一個個不敢明著談論，背地裡可沒少議論過此事，少不得暗中猜測幕後主使者到底是誰。

現在終於水落石出了！接下來，就要看皇上如何發落四皇子了。

皇家家事也是國家大事，更何況此事關乎到幾位皇子，更關係到將來的太子之位。因此，眾位大臣對此事都是異常的關注。剛一知道這個消息，當朝太師和丞相便都入了宮。不知是要勸皇上從輕發落，抑或是一振朝綱絕不手軟。

這些暫且不必細說。

容瑾一直密切關注著此事進展，幾乎第一時間就得了消息。先是長長的鬆了口氣，然後便急急的處理了手中的瑣事，迅速地騎馬去了鼎香樓。

此時，寧汐正在廚房裡忙碌著準備晚上的宴席。

待聽到門外響起急促的腳步聲，寧汐訝然的抬了頭。這腳步聲實在太熟悉了，她就算閉著眼睛也能猜到來人是誰，可容瑾一向極重翩翩公子的風度，哪怕火燒眉毛了也得不疾不徐的去找水。今天怎麼會如此失態？

更失態的事情還在後面。

容瑾剛一進廚房，也顧不得還有兩個打雜的在一旁，猛地張開雙臂摟住了寧汐，然後抱著寧汐轉了兩圈。

寧汐又是好氣又是好笑又是羞窘，連連捶了容瑾的肩膀幾下，示意他收斂些。可容瑾卻還不饜足，竟又低頭親了親寧汐紅撲撲的俏臉蛋。

那兩個打雜的婦人年紀都不小了，卻也從沒見過這樣絲毫不避諱的親暱，嘴巴都合不攏了。

真是沒半點眼色，竟然還不走！容瑾略有些不滿地瞪了兩個婦人一眼，那兩個婦人總算反應過來，急急地退了出去，順便把門關好。

寧汐紅著臉瞪了容瑾一眼。「你今天是發的哪門子瘋？」當著外人竟然對她又摟又抱又親的，她以後真是沒臉再見人了！

容瑾挑了挑眉，俊美的臉龐浮出暢快的笑意。「汐兒，要是妳知道我為了什麼才這樣高興，妳一定比我還要激動。」

寧汐的心突突亂跳起來，幾乎屏住了呼吸，水靈靈的雙眸睜得圓圓的。

容瑾愛極了她這副俏模樣，忍不住又俯身親了她一口，然後才徐徐笑著宣佈。「現在證據確鑿，四皇子就是幕後主使，皇上已經將他囚禁起來了。」

雖然已經猜到了，可容瑾說出口這一剎那，寧汐依舊激動得無法自持。「真的嗎？你有沒有親眼看見？會不會是誤傳？」

容瑾啞然失笑，親暱地捏了捏寧汐的鼻子。「傻丫頭，這樣的大事我怎麼會騙妳。千真萬確，四皇子已經認罪了！」

寧汐的反應有些奇怪，先是笑，後來不知想到了什麼，竟然又紅了眼圈，然後眼淚便不斷地滑落下來。容瑾被她這一連串的奇怪反應弄得有些發懵，手忙腳亂摟著她哄道：「這麼好的消息，妳怎麼還哭了……」

寧汐充耳不聞，一個勁兒地埋頭哭。

這個世上，她最恨的人莫過於陰狠毒辣的四皇子。

若不是他，前世寧家也不會落到家破人亡的地步；若不是他，寧有方不會受盡凌遲的痛苦而死；若不是他，她不會絕望的在刑場上自盡身亡！

她對四皇子又懼又怕又恨，可卻從不敢想著報仇。身分天差地別，她根本沒有報仇的能力和機會，就算再恨這個人，她也只能默默地將這份恨意嚥下。因為她很清楚的知道，不遠的將來，四皇子會成為大燕王朝最尊貴的天子。她不能因為一時的意氣衝動重蹈前世覆轍。

沒想到會有這麼一天，她竟然真的做到了。借著容府的聲勢，借著大皇子的野心和力量，借著蕭月兒對皇上的影響力，她終於逆轉了前世的軌跡。

從今以後，四皇子再也不可能有問鼎皇位的機會，這對野心勃勃的四皇子來說，大概是僅次於死亡來臨的痛苦吧……

容瑾輕撫著寧汐的後背，無意識地低聲安撫著，不自覺地擰起了眉頭。

寧汐的反應實在有些奇怪，就算喜極而泣，也不至於哭得這麼厲害。再聯想起平日的蛛絲馬跡，容瑾心底那個小小的謎團越來越大。

寧汐……是不是還有秘密在瞞著他？

第三百一十八章　驅逐

四皇子被囚禁在宮中，最著急的，莫過於他的生母梅妃和宮外的邵晏了。

梅妃哭著去找皇上求情，邵晏則連夜趕往和四皇子交好的幾位大臣，送上重禮，央求著他們在皇上面前為四皇子說情。可這種時刻，各人明哲保身還來不及，哪裡還肯蹚這趟渾水，紛紛委婉地推辭了事。

邵晏奔波勞碌收效甚微不說，白白聽了冷言冷語，又是懊惱又是焦急。卻又沒機會面見四皇子，只能空自著急。

三天後，皇上在朝中頒布了一道聖旨。封四皇子為梁王，並賞賜了兩個郡縣為封地，即日起前往封地，不經傳召，不得隨意入京。

這一旨意，既出人意料，又在情理之中。

表面看來又是封王又是賞地，可明眼人一看就知道這是對四皇子的懲罰。只能待在封地裡，不能隨意入京，和驅逐出京城又有何區別？更何況，那兩個郡縣地處偏遠，想回京一趟，坐馬車得六、七日，比起京城的繁華富庶有天壤之別，嬌生慣養的四皇子哪裡吃得了這個苦。

梅妃聽到這個消息之後，頓時暈厥了過去，醒來之後，哭了一個昏天暗地。想找皇上求情，卻連皇上的人都見不到，皇上已經帶了惠貴妃去行宮小住幾日散心去了。

給四皇子頒布旨意的，是羅公公。

羅公公宣讀了旨意之後，便滿臉陪笑的說道：「皇上吩咐，請殿下即日啟程。奴才已經讓人送信到您的府上，讓那些下人收拾衣物行李了，到了下午便能啟程。還有這小半日的工夫，殿下要不要去和梅妃娘娘道個別？」

四皇子被關了幾天，又聽到自己被發配這等噩耗，雖然竭力不露出喪家之犬的神色，可臉部早已僵硬，擠不出一絲笑容，聞言木木的點了點頭，一言未發。

這一次，他是徹底的輸了！輸得窩囊、輸得憋屈、輸得莫名其妙！

佈置這麼多年，本是一條絕頂妙計，卻沒想到功虧一簣，非但沒扳倒大皇子、三皇子，反而將自己賠了進去。沒想到父皇竟然如此狠心，就這麼將他驅逐出京城。那兩個聞所未聞的郡縣，和京城相隔千里，不知是什麼樣的荒涼之地……

四皇子的眼中閃過不甘憎恨怨懟，英俊的臉隱隱的有些扭曲。

羅公公精明圓滑，倒也沒乘機奚落四皇子。世事無常，誰也料不准四皇子日後會不會東山再起，還是彼此留些情面最好。

想及此，羅公公的笑容倒是更謙卑了。「殿下，時間不多，不如現在就去梅妃娘娘的寢宮如何？」

只可惜，羅公公的謙卑恭敬，只換來四皇子冷冷的一瞥。

審訊高風的人是羅公公，想出計謀讓他露出馬腳的，必然也有羅公公的「功勞」。現在這般惺惺作態，看了更讓人氣血翻騰、怒火中燒。

羅公公臉皮既老且厚，只當作沒察覺四皇子的騰騰怒意，兀自殷勤在前領路。這一路上，不知有多少異樣的目光和竊竊私語，四皇子面無表情，身子僵硬，可愣是沒露出半分頹喪。

羅公公在心中忍不住暗暗驚嘆。

四皇子平日裡嬉笑怒罵喜形於色，儼然一個不成氣候的浪蕩皇子，一直不為皇上所喜，大皇子和三皇子幾乎從不把他放在心上。可現在看來，四皇子才是幾位皇子中最深藏不露的那一個啊！別的不說，單是這份隱忍，就足夠人心驚膽戰刮目相看了。

如果不是有寧汐提前示警，懵懂不知的大皇子，此次定要栽個大跟頭了……

梅妃的寢宮到了之後，羅公公很識趣地在外等候。寢宮裡不停地傳出梅妃哀哀切切的哭泣聲，四皇子的聲音反倒模糊不清，也不知道四皇子到底說了什麼，梅妃的哭泣聲漸漸停了。

羅公公豎長了耳朵，卻是什麼也沒聽到。

等四皇子出來的時候，梅妃依依不捨的相送，攥著四皇子的手，怎麼都捨不得鬆開。四皇子反而顯得異常鎮靜，低聲安撫了梅妃幾句，便狠狠心走了。身後，梅妃又哭成了一團淚人兒。

四皇子強自按下心中的翻騰不息，步履反而快了起來。

「四弟！」一個聲音忽地在身後響起。

四皇子腳步一頓，面無表情的回頭。「不知皇兄有何吩咐。」站在對面的，不是大皇子還有誰？

侍衛宮女太監們早已識趣地退得遠遠的，大皇子似笑非笑地走了過來，慢悠悠地說道：「四弟即將遠行，我這個做哥哥的，總得來和你道個別。」

呸！是想來痛打落水狗的吧！四皇子心裡冷哼一聲，皮笑肉不笑地應道：「多謝皇兄關心。」

大皇子挑了挑眉，假惺惺地安慰道：「父皇還在氣頭上，對你處罰不免重了些。你放心，等過個一年半載的，父皇的氣自然就消了。到時候，我再替你求求情，說不定父皇一個心軟，就會讓你回京城了。」

求情？四皇子譏諷地笑了笑。「那可要多謝皇兄了。」哼，大皇子巴不得他被發配得遠遠的，永遠也回不了京城才是吧！

大皇子眸光一閃，忽地問了句。「你到底是怎麼買通高風的？」這已經成了大皇子心中的一根刺。

倚為左右手的貼身侍衛，竟然被四皇子買通暗箭傷人，而且一口反咬自己才是主謀。就算嚴刑逼問，也未曾改過口。每每想及此事，大皇子便覺得一口氣堵在胸口，上不來下不去，別提多憋屈難受了。

四皇子顯然不準備回答這個問題，扯了扯唇角，什麼也沒說，眼裡卻閃過一絲得意，分明是無言的挑釁。

大皇子忍住怒氣說道：「高風跟了我近十年，當年是我救了他一命，他感念我的恩情才一直追隨我。我也查過了他的來歷，清清白白毫無問題，你到底是什麼時候下手買通了他？」他的身邊，除了高風之外，會不會還有別的內鬼？

四皇子似是看出大皇子心裡在想什麼，好整以暇地笑道：「皇兄這麼精明，看人又準，這樣的小事當然瞞不過你。你不妨慢慢查探，總會查出真相的。」

「你……」大皇子氣得臉都黑了一半，不知想起了什麼，總算將脾氣按捺了下來，輕描淡寫地說道：「四弟言之有理，等你走了之後，我有得是時間。等查出真相了，我一定會派人去送信給你。」

這下，可戳中四皇子的心坎了，忍不住怒目瞪了回去。兩人大眼瞪小眼對視片刻，各自冷哼一聲，別過了頭去。

羅公公雖在遠處等候，卻一直留意著這邊的動靜，見情勢不妙，連忙走上前來打圓場。「時候不早了，四皇子殿下也該出宮了。」

四皇子冷冷地哼了一聲，便轉身離開了。

大皇子盯著四皇子的背影，忽地揚聲說道：「四弟，我沒閒空送你，讓容瑾代我送你一程如何？」

聽到容瑾的名字，四皇子的身影陡然僵直。

春獵場上，容瑾突然地轉變了態度，竟主動地接近他。他一時被衝昏頭腦，任由容瑾跟在自己身邊，到後來自然明白過來，容瑾當時只是想就近監視他罷了。之後的這麼多天裡，容瑾從未來看過他一眼，更不用說關心他的處境了。

大皇子故意在此時提起容瑾，簡直就是一把利刃狠狠地插進了他的胸口，外面雖無傷痕，心裡卻痛不可當……

大皇子見他這般反應，總算是稍稍出了口氣，嘴角扯出一抹冷笑。

他倒是沒騙四皇子，剛一得到消息，他便派人送信給了容瑾，並暗示容瑾去送四皇子一程。容瑾的反應也很奇怪，竟毫不猶豫地點頭應了此事。

想也知道，容瑾絕沒有打算依依不捨的送別。以容瑾的高傲，被一個男人惦記上了這回事，早已視為生平奇恥大辱。只要有機會，一定會毫不客氣地給四皇子一記狠絕的打擊。到時候，四皇子又會是什麼樣的反應？

大皇子光是想想那副場面，都覺得十分愉快，嘴角不自覺的揚了起來。

四皇子僵直了片刻，淡淡地應了句。「皇兄想得很周到，多謝了。」大皇子當然是不懷好意，容瑾也絕不會擺什麼好臉色給他看。可離開京城前，能夠見見那個朝思暮想的人，總是好的……

不待大皇子有什麼回應，四皇子便頭也不回地走了。

大皇子站在原地，看著四皇子的身影越走越遠，直至消失不見，心底終於釋然的鬆了口氣。過了今天，被驅逐出京城的四皇子再也不會威脅到他了！

而此時，容瑾正騎著心愛的駿馬疾風準備出府，小安子騎了一匹黑色的馬緊隨其後。主僕兩人行色匆匆，還沒出容府大門，就被聞訊匆匆趕來的容玨、容琮攔住了。

容玨沈聲問道：「三弟，你這是要到哪兒去？」

容瑾淡淡地說道：「我去送送四皇子。」

這個不出意料的回答，使得容玨、容琮兩人的眉頭都皺了起來，不約而同的反對。「不行，你不能去！」

第三百一十九章　送行

容玨一臉的嚴肅，容琮也板起了臉，顯然都不贊成容瑾的行為。

容瑾無奈地解釋道：「大哥、二哥，你們兩個不用擔心，我去去就來。」

容玨瞪了容瑾一眼，拿出做大哥的威嚴來。「下馬再說。」

容瑾不太情願地下了馬。

容玨苦口婆心地勸道：「三弟，四皇子是什麼樣的人你還不清楚嗎？他此次功敗垂成，被驅逐出京城，只怕早把你和寧汐連著大皇子一起記恨上了。這樣的人，我們躲還來不及，何必上趕著去送行。」

容琮也難得地出言附和。「大哥說的對，還是別去了。」

見容瑾沒吱聲，容玨暗暗心喜，又接著說道：「三弟，你聽我的，哪兒也別去，就在府裡待著。等四皇子走了你愛去哪兒，沒人管你……」

容瑾沈默片刻，忽地抬起頭。「你們別說了，我非去不可。」

容玨被氣得快要吐血了，你了半天也不知道要說什麼好，容家三兄弟各有各的脾氣，可論起任性來，誰也不及容瑾。看這架勢，只怕是誰也攔不住他了。

容琮擰著眉頭問道：「三弟，你堅持要去送四皇子，到底是為什麼？要是怕大皇子怪罪，我這就讓月兒替你去說一聲……」

「二哥，」容瑾心平氣和地打斷了容琮。「我自有非去不可的理由。」頓了頓，難得的解釋了一句。「這些天，一直有人在暗中跟蹤汐兒。」

好在他提前派了侍衛守在寧汐身邊，總算將這些不懷好意的人都打發了，不用想也知道，這些人一定是四皇子的手下。

只要一想到寧汐可能會受到傷害，他就一刻都無法安心。根源都在四皇子身上，他必須要將這個隱患徹底解決掉才能放心。

容玨和容琮對視一眼，一起沈默。

容瑾對寧汐是何等上心，他們都一一看在眼底。只要事情關係到寧汐，容瑾就像變了個人似的，什麼理智冷靜通通就都沒了，再勸也沒用……

果然，容瑾又上了馬。「我很快就回來，你們不用為我擔心。」

兄弟兩人眼睜睜的看著容瑾策馬而去，不約而同地長嘆一口氣。

不擔心？怎麼可能嘛！

容琮略有些不滿。「三弟也不多帶幾個侍衛。」容瑾自小身子就弱，後來雖然調養得不錯了，可卻不能習武，隨隨便便來個侍衛也能將他擒住。就這麼跑到四皇子面前，簡直就是羊入虎口……呃，這個形容詞不太好，千萬不能讓壞脾氣的容瑾知道他心裡這麼想，不然肯定翻臉不可。

容琮想了想，迅速的有了決定。「我們兩人遠遠的跟過去，別讓三弟察覺。」這樣也能有個照應。

容玨深以為然，立刻點頭應了。

兩人急著出發，隨意的在馬廄裡挑了馬，一起策馬出了容府，一路向城門疾馳。約莫半個時辰過後，城門口到了。遠遠的，兩人將馬拴到樹林邊，然後一路悄悄摸了過去。

浩浩蕩蕩的馬車，首尾相接將官道塞得滿滿的，前來給四皇子送行的人著實不少。可細細一看，卻沒什麼分量重的，大多是某某尚書的兒子，或是某某大人的公子，又或是某某丞相身邊的管事一類人物。

四皇子沒心情應酬這些人，一切交由邵晏去應對。邵晏不卑不亢的應酬各類人物，臉上掛著笑容，心裡卻很不忿。

這些朝中大臣們，一個比一個油滑。以前和四皇子交好的，一看四皇子失勢頓時就換了副嘴臉，一個個迫不及待的要和四皇子劃清界線。就連送行都不親自到場，只派些身邊的人來應付了事，真是太可惡了……

又送走了一撥來送行的人，邵晏又是疲倦又是惱火，終於忍不住在四皇子面前抱怨了一句。「一個比一個勢利。」

四皇子陰冷地一笑。「錦上添花的人多得是，雪中送炭的能有幾個。算了，計較這些還有什麼意思。」一直強撐著不露出沮喪失意，現在終於有些熬不住了，在眼角眉梢顯露無遺。

邵晏心裡一痛，想安慰幾句，又不知從何說起，只化作一聲黯然的嘆息。

四皇子沈著臉，怔怔地看了城門片刻，忽地看向邵晏。「讓你查的事情查得怎麼樣了？」

邵晏不敢裝傻，連忙應道：「我派人查了，可一直有人暗中保護寧汐，想靠近一步都不容易。」

也就是說，什麼都沒查出來？

四皇子不快地哼了一聲，聲音冷然。「邵晏，你現在連幾個侍衛也對付不了嗎？」

要是真的想查清楚，法子多得是。最簡單最有效的，就是派人綁了寧汐，秘密的帶到府中的刑室裡，保證什麼都問得清清楚楚。邵晏跟著他這麼多年，這種事情沒少做過，現在對著寧汐卻束手無策，分明是狠不下心腸。

邵晏不敢辯解，低著頭不吭聲。

四皇子所料不錯，他對這件差事並不上心，只不痛不癢地派了幾個人去跟蹤寧汐，遇到那幾個侍衛，便不聲不響地撤了回來，全然沒有平時的狠辣幹練。他也曾暗恨自己的心軟，可只要一想到寧汐那雙平靜淡漠的明眸，他就莫名地生出了退縮之意……

四皇子見邵晏這副低頭認錯的樣子，心裡越發動怒，似要將這些日子的不順遂都發洩出來一般，怒罵道：「為了一個女人，你竟然對本王陽奉陰違。現在本王被驅逐出京城，你何必再跟著，現在就給我滾，滾得越遠越好……」

所有的下人都離得遠遠地，不敢靠近一步，更無人敢替邵晏說情。四皇子一直苦苦隱忍著的怒氣，鋪天蓋地地向邵晏湧來。

邵晏垂著頭，一動也不動，既不反駁也不惱火，任由四皇子發洩怒火。待四皇子罵得口乾舌燥了，才抬起頭。「殿下的心情好些了嗎？」

看著那雙平靜無波的雙眸，四皇子陡然沈默了。對視片刻，咬牙切齒的說道：「你還跟著我嗎？」

邵晏笑了笑，眼中浮起一絲莫名的惆悵，語氣卻很堅定。「就算殿下趕我走，我也絕不會走。」

四皇子很明顯地鬆了口氣，語氣卻不肯放軟。「哼，你倒是吃定本王了。」明知道自己絕不可能趕他走。

邵晏也暗暗鬆口氣，淡淡地笑道：「殿下對我有知遇之恩，我這輩子都會對殿下忠心耿耿，絕不會有貳心。」頓了頓，壓低了聲音央求道：「我從沒求過你任何事，就這一件。你就答應我吧！不管寧汐做過什麼，你都放過她這一回。」

「你……」四皇子怒瞪邵晏一眼，氣得臉都青了。「你說什麼？再說一遍。」

邵晏在他面前一直是百依百順，從不忤逆他的心意，可這一次卻異常的堅持。「殿下，算我求您了，您就放過寧汐吧！」

四皇子面色變了又變，眼神陰厲又危險。邵晏跟隨他多年，自然知道這是他動真怒的先兆，心裡一顫，低低地懇求。「殿下，我跟隨你這麼多年，沒有功勞也有苦勞，我從不曾求過你什麼事情，這是我第一次張口，也是最後一次，你……就成全了我這一回吧！」

哪怕寧汐從不曾正眼看他，哪怕寧汐從未接受過他的愛意，哪怕此生他都和寧汐無緣，他也希望寧汐平平安安地活下去。

看著那雙熟悉的眼眸中流露出的懇求和痛苦，四皇子從震怒中稍稍清醒過來。暴戾的眼神慢慢平息，終於恢復了冷靜，正想說什麼，一陣急促的馬蹄聲隱隱傳來。

四皇子心裡一動，猛然抬頭看去。

一匹神氣的駿馬飛馳而來，馬上的俊美少年英姿颯爽，踏著溫暖的春光翩然而來。狹長的鳳眸似笑非笑，流光溢彩，令人不敢直視。

明明已經認識了許久，明明已經見過了許多次，明明這個人的音容笑貌已經深深的鐫刻在心裡。可這一刻，他的心依舊狠狠地顫慄了一下。

容瑾，你終於來了！你知不知道，我一直在等你……

四皇子略有些忘形地盯著容瑾，眼神熾熱極了。

身為男人，容瑾對這樣蘊含著慾望的眼神再熟悉不過，可他從沒想過自己會在另一個男人的眼中看到這種眼神，只覺得噁心極了。那種不舒服的感覺，就像是一條毒蛇蜿蜒伏在自己的面前，隨時會咬自己一口。

容瑾冷冷地回視，四皇子的眼神有多灼熱，他的眼神就有多冰冷。兩人無言地對視著，周圍的溫度都跟著降了下來，讓人莫名地感到一陣涼意。

邵晏瞄了死死盯著容瑾的四皇子一眼，忍不住暗嘆口氣。

容瑾一來，只怕四皇子再也沒心思考慮別的事情了。也罷，日後山高水遠，想回京城都很難。又有容瑾在寧汐身邊，四皇子想傷害寧汐，也不是容易的事情……

邵晏默默地退得遠了些，用眼神暗示一旁探頭張望的下人各自避開。眾人雖想看熱鬧，可一想到四皇子的心狠手辣無情，便都生出了怯意，各自躲回了車上。

這一切，四皇子都沒留意，他只定定地看著容瑾，緩緩地說道：「你是來為我送行的嗎？」

第三百二十章　衝動傷人

容瑾扯了扯唇角，眼底滿是譏諷的笑意。「這一別，山高水遠，以後怕是沒有再見面的機會，我自然要來送殿下一程。」

若是換了個人說出這樣的話，四皇子毫無疑問地會當場翻臉，可對著容瑾嘛……

「這話本王可不愛聽。」四皇子竟一點都沒生氣，淡淡地笑道：「以後我們總還有再見面的機會。」

容瑾挑眉一笑，言語刻薄極了。「哦？莫非殿下還打算捲土重來？我奉勸殿下一句，日後還是老實安分一點的好。免得皇上一怒之下，再也不召殿下回京。」尖酸的話語像一把鋒利的刀，直直的戳中四皇子心底的痛處。

好個容瑾！四皇子不怒反笑，深深地看了容瑾一眼。「你放心，本王總有一天會回來的。」這裡有他最惦記的人和事，他豈能不回來？

容瑾扯了扯唇角，總算將到了嘴邊的嘲諷忍了回來。已經到了這個地步，四皇子居然還沒真正死心，真是不見棺材不掉淚的主兒。

不過，四皇子想得也未免太簡單了。犯下這樣的大錯，徹底失了聖眷不說，和大皇子、三皇子都撕破了臉皮，他想翻身，也得看看別人樂不樂意，尤其是大皇子，只怕絕不會讓四皇子輕易有回京的機會……

容瑾心裡閃過一連串的念頭，口中淡淡地說道：「殿下遠行，只怕是沒機會喝我和寧汐的喜酒了。」

四皇子呼吸一頓。「你……婚期已經定了？」

當然沒有。不過，只要等寧暉成了親，就該輪到他和寧汐了。最遲年底，他一定要將寧汐娶進門。

容瑾笑了笑，眼底分明沒什麼笑意。「寧汐是我這輩子最重要的人，如果有誰膽敢傷害她一絲一毫，我絕不會放過他。」

四皇子輕哼一聲。「你在本王面前說這話是什麼意思？」

「我在說什麼，殿下一定很清楚。」容瑾眼神一冷。「以前的事就算了，從今天起，希望殿下謹言慎行，別一時衝動，做出讓自己後悔莫及的事情來。」

那些跟蹤寧汐企圖暗中下手的人，絕對和四皇子有關。

一而再再而三的不客氣，終於激起了四皇子心底的怒氣。「容瑾，你別仗著本王對你的心意就肆意侮辱本王。」

心意？容瑾的俊臉隱隱發青，暗暗咬牙切齒。「殿下，請你自重。」

「我還不夠自重嗎？」四皇子自嘲地笑了。「你應該慶幸，我一直在苦苦克制自己的衝動，一直都很尊重你。」若是換了別的少年被他看中了，早就用盡一切辦法弄進府裡了，哪用得著這麼遠遠的看著，時時刻刻的放在心裡惦記著。

容瑾差點沒吐出來，臉色要多難看有多難看。

四皇子卻不管不顧地繼續說道：「容瑾，我喜歡你很久了。第一次見你的時候，你只有十一歲，長得比所有女孩都美。誰和你說話你都不大搭理，走到哪兒都繃著一張臉，我在那時候就喜歡上你了。不過，我怕嚇著你，所以從不敢流露出半點心意……」

容瑾的臉徹底黑了。一個七尺昂揚的大男人在光天化日之下對他表白……這算他媽的怎麼一回事？

「別再說了！」在四皇子深情款款地回憶著相識之初的種種事情時，容瑾終於忍無可忍地震怒了。「天底下這麼多漂亮姑娘，你喜歡哪一個不好，來招惹我做什麼。你睜大眼睛看清楚了，我是個很正常的男人，我喜歡的是寧汐，我這一輩子，只會喜歡寧汐一個人。你趁早死了這份心，別說這些來噁心我了。」

因為激動，容瑾氣血上湧，俊臉有些潮紅。

四皇子像是沒聽到他在說什麼一般，死死的盯著容瑾的臉，不自覺的喃喃低語。「容瑾，我這輩子喜歡的，也只有你一個。要是不得到你，我這輩子死都不會瞑目……」

容瑾被徹底氣昏了頭，一言不發地翻身下馬，順手從馬鞍處拔出長劍，直直地刺向四皇子。距離這麼近，動作又如此突然，一旁的侍衛都傻了眼，根本救之不及。

四皇子身懷武藝明明可以躲得過這一劍，偏偏動也不動，任由鋒利的劍尖刺穿他的衣服和皮膚，一朵血花在胸口濺開。幾聲驚呼同時響起——

「不要！」

「三弟住手！」

「殿下小心！」

說時遲那時快，容玨和容琮以前所未有的速度飛奔而來，一左一右拉住暴怒的容瑾。邵晏則搶上前來，察看四皇子胸口的傷勢。再加上驚呼不已亂成一團的下人們，簡直熱鬧得雞飛狗跳。

容玨狠狠地瞪了容瑾一眼，極快地低語。「你給我老老實實在這兒待著，別惹禍了。」就算四皇子被驅逐出京城，可畢竟還是大燕王朝的堂堂皇子。容瑾竟然動手刺傷了他，簡直太膽大妄為了！

容瑾卻絲毫不後悔自己的舉動，俊臉上滿是煞氣。「放開我，我要殺了他！」

容玨心裡暗暗叫苦，朝容琮使了個眼色。快些把他看好，不然，今天不知還要惹出什麼禍端來。

容琮手下又多用了三分力氣。他長年習武，身強力壯手勁很大，這麼一用全力，容瑾本該掙脫不開，可盛怒中的容瑾不知哪來的力氣，竟然掙脫開了容琮的束縛，持劍便要再刺四皇子。

邵晏不假思索地擋在了四皇子面前，眼看著那劍尖就要刺中邵晏，一個焦急的聲音忽地響起。「容瑾，快些住手！」

那聲音清脆悠揚，十分熟悉。

容瑾沸騰的憤怒稍稍一頓，手中的動作也慢了下來。

容玨拽住容瑾，容琮眼疾手快的從他手中奪過長劍。一場血光之災總算消弭於無形，幾乎所有人都長長的鬆了口氣。

邵晏顧不得別的，揚聲喊了大夫過來給四皇子療傷止血。

容玨硬著頭皮湊上前去賠禮，還沒等說上兩句，邵晏便冷冷的看了過來。「容統領，這兒用不著你，麻煩你把容翰林看好了別再來添亂就行了。」

容玨一肚子窩囊氣卻不好發作，只得訕訕的退了回來。

這一邊，寧汐迅速地跳下了馬車飛奔到容瑾身邊，焦灼慌亂地握緊了容瑾的手。「你、你這是怎麼了？」怎麼能這麼衝動，就算再恨再氣再惱，也不能當著這麼多人的面就對四皇子動手啊！

容瑾眼底猶有未褪的怒意，薄薄的嘴唇抿得極緊，將頭別了過去。雖然臉色依舊難看無比，總算不再有奪劍傷人之類的舉動。

剛下馬車的蕭月兒也被眼前的變故驚到了，忙朝容琮使了個眼色，夫妻兩人匆匆地到了四皇子的馬車上去探視。

容玨皺著眉頭低聲問道：「三弟，你剛才到底是怎麼了，之前和四皇子還聊得好好的，怎麼突然就動手了？」他和容琮隔得比較遠，壓根兒聽不清兩人到底說了些什麼，只見容瑾突然翻臉傷人。

容瑾俊臉冷凝，說出口的話都冷冰冰的。「一人做事一人當，放心，我不會連累你們的。」

容玨被氣得火冒三丈，極力壓低了聲音。「我什麼時候說你連累我們了，你驟然傷人，總得有個理由吧！」

容瑾冷哼一聲，一言不發。剛才四皇子說的那些令人作嘔的話，打死他也絕不會說出口。

容玨氣得牙癢，偏又拿任性的容瑾毫無辦法，下意識地看了寧汐一眼。

寧汐微微點頭，容玨這才稍稍放了心。若說這兒還有誰能制得住容瑾的壞脾氣，也只有寧汐了。

寧汐扯了扯容瑾的衣角，低低地問道：「容瑾，剛才到底是怎麼回事？」

容瑾自然捨不得對寧汐惡聲惡氣，卻又不肯說出實情，只繃著臉說道：「他挨了我一劍是罪有應得。」

容玨在一旁翻了個白眼，索性來了個眼不見為淨，也去了四皇子的馬車上探視，只餘下容瑾和寧汐站在原地。

寧汐蹙眉說道：「這兒就我們兩個人，你總能說實話了吧！」

容瑾不答反問：「妳怎麼會到這兒來？」他刻意沒告訴她四皇子出發的時間，就是怕她要跟著一起來。可沒想到，她還是趕來了，而且這麼巧的趕在了最危急的一剎那。如果不是她的一聲驚呼，只怕邵晏已經血濺當場了……

寧汐理直氣壯地應道：「當然是公主帶我來的。」頓了頓，試探著問道：「是不是四皇子說了什麼難聽話，你才會一個衝動之餘拔劍傷了他？」

容瑾陰沈著臉不吭聲。

寧汐立刻知道自己猜中了，心裡暗暗嘆口氣，她幾乎可以想像出當時的場面。四皇子自以為癡情表白，在容瑾聽來卻是極大的恥辱，一怒之下，拔劍傷人也不奇怪。

想及此，寧汐又是心疼又是埋怨。「你再生氣，也得顧忌些後果。四皇子已經被趕出京城，以後山高水遠，根本沒有見面的機會。時間一長，他那點見不得人的心思也就散了。可你這麼一衝動，置皇家顏面於何地？皇上若是不知道也就罷了，要是知道了，能輕易放過你嗎？」

再怎麼說四皇子也是皇上的血脈，容瑾這麼做，簡直是為自己招惹麻煩啊！

第三百二十一章　氣死人不償命

容瑾繃著臉孔不說話，既不反駁也不承認有悔意。

寧汐卻很瞭解他的脾氣，知道容瑾其實已經有些後悔自己的衝動了，只是拉不下臉來承認罷了。寧汐小心翼翼地建議道：「要不，我們也去四皇子的馬車上看看……」

容瑾脫口而出道：「我才不會去。」要他向那個恬不知恥的四皇子道歉，這輩子都休想。

寧汐柔聲安撫道：「又不是讓你去道歉，就是看看四皇子的傷勢怎麼樣了。對了，他本該天黑前出發的，這麼一耽擱，該不會藉機打道回府吧！」在京城多待一刻，就多一刻的變數。這個節骨眼上，可千萬不能節外生枝了。

被她這麼一說，容瑾也皺起了眉頭。四皇子此人狡猾善變極有心計，要是藉口身上有傷不肯離開京城可就糟了……

容瑾迅速地有了決定。「我一個人過去，妳暫且留在這兒。」

寧汐瞪了他一眼。「不行，我要跟你一起去。」容瑾這副壞脾氣，根本禁不住一點撩撥，還是跟著一起去妥當些。

所謂一物降一物，高傲彆扭的容三少爺一遇到寧汐也就沒了轍，只得無奈地同意了，反覆地叮囑道：「妳就跟在我身邊，千萬別亂說話。」

寧汐乖乖地點頭，跟在容瑾的身後到了四皇子的馬車邊。容琮等人都在馬車外候著，見容瑾竟然也來了，都是一愣。尤其是容玨，眼珠子都快瞪出來了。

容瑾的任性脾氣，他不知領教過多少次，絕對屬於固執到底絕不認錯的主兒。怎麼也沒想到寧汐幾句話就勸了他來給四皇子賠禮道歉。

容玨忍不住瞄了寧汐一眼，這還沒過門就能治住容瑾的壞脾氣了……

容瑾站在馬車邊，不情願地張了口。「殿下傷得怎麼樣？」

熟悉的聲音一傳進馬車裡，頓時有了回應。「外面的是容瑾嗎？」雖然有些虛弱無力，可赫然是四皇子的聲音。

容瑾強行按捺住心裡的激蕩，淡淡的說道：「是我。剛才一時衝動，無意中傷了殿下，還請殿下不要怪罪。」

馬車內的四皇子，聽到這硬邦邦的稱不上道歉的道歉，臉上浮起一絲古怪的笑意，胸口處傳來的刺痛竟也有了一絲異樣的快意。「容瑾，你就這麼站在車外道歉，是不是太沒誠意了？」

容瑾俊臉一沈，眼裡噴出怒火。

寧汐一急，忙攥住他的手，連連搖頭示意。

容瑾咬咬牙，將這口心頭惡氣忍了下去，聲音毫無溫度。「若是傷得不重，殿下也該啟程了，免得耽擱了行程。」

沒等四皇子發話，邵晏便霍然掀了車簾，面無表情地說道：「若不是你用劍傷人，我們早就能出發了。現在殿下身上有傷，還怎麼啟程？」

容瑾對四皇子尚無半點好臉色，更何況是邵晏，冷冷地瞥了他一眼。「我和殿下說話，什麼時候輪到你來指手畫腳！」

「你……」邵晏俊臉氣得發白。

四皇子略有些沙啞的聲音傳來。「邵晏，不得無禮。」

邵晏悻悻地住了嘴，狠狠地瞪了容瑾一眼，才退開了。

馬車裡傳來窸窸窣窣的動靜，那個隨行的大夫為四皇子包紮好了之後，恭恭敬敬地說道：「殿下傷勢不重，不過，畢竟受了傷，這兩天還是少行動為好。」

四皇子嗯了一聲。

蕭月兒咳了咳，試探著問道：「四皇兄，要不，你今天就別走了，想來父皇能體恤你，絕不會疑心你故意拖延啟程時間的。」

這哪裡是關心，分明就是提醒。四皇子唇角扯起一抹譏諷的弧度。「多謝五妹提醒，妳放心，我不會耽擱行程，最多歇上片刻就出發。」

寧汐和容瑾心裡同時一鬆，邵晏卻急了。「殿下，你身上有傷，根本禁不住旅途勞頓，還是回府休息幾日再走吧！」

四皇子扯了扯唇角。「這點小傷算得了什麼，我能撐得住。好了，不用再說了，吩咐車伕，準備啟程。」

邵晏伺候他多年，自然清楚他的脾氣，只得嘆口氣下了馬車。經過容瑾的身邊時，不輕不重地來了一句。「傷了人，總該當面道個歉，殿下正在裡面等你。」

容瑾絲毫不覺得自己理虧，冷冷一笑，理都沒理邵晏。

邵晏面色冷凝眸色深沈，直直地和容瑾對視，半步都不肯退讓，兩人一時僵持住了。

在這樣的情況下，大概也只有寧汐有勇氣插嘴說話了。「容瑾，我陪你一起給四皇子道歉。」

此言一出，容瑾和邵晏都是一驚，一起看向寧汐。

寧汐倒是很平靜，上前一步，和容瑾並肩而立。「邵公子，這樣你可滿意了？」一對璧人在微風中相偎相依共同進退，那畫面美極了。

邵晏只覺得眼睛一陣刺痛，心裡的酸澀無法言喻，一雙手在袖中握得緊緊的，硬是從口中擠出幾個字來。「寧姑娘如此明理，我自然滿意。」

寧汐淡淡的一笑，主動拉起了容瑾的手，柔聲說道：「這次是你有錯在先，就給殿下陪個不是，不然等殿下遠行了，以後想道歉都沒機會了呢！」明著是在勸容瑾去道歉，暗著卻是在提醒容瑾，快些將四皇子這個瘟神送走，免得夜長夢多！

容瑾顯然聽懂了寧汐的言外之意，默然了片刻，總算勉強點了頭。

寧汐鬆了口氣，轉向馬車揚聲說道：「殿下，請准許民女和容瑾一起覲見。」

馬車裡的四皇子沒料到寧汐竟有這份膽量，啞然片刻，才淡淡地說道：「本王准了。」

馬車很大很寬敞，豪華舒適，面色蒼白的四皇子斜斜地靠著軟軟的靠枕，傷勢已經處理得差不多了，衣服上的斑斑血跡卻令人觸目驚心。

四皇子看也不看寧汐一眼，只定定地看著容瑾，眼神灼熱得近乎貪婪。從今以後，想再看他一眼也不容易了……

容瑾平復得差不多的怒氣因為這放肆的眼神又蹭蹭地往上湧，咬牙切齒的又想發火。一隻溫軟細膩的手悄然地握住了他的手，制止了他的衝動。容瑾咬咬牙，又將這股怒火強行按捺了下來，心裡別提多窩囊憋屈了。

寧汐看似恭敬地張了口。「容瑾一時衝動傷了殿下，還望殿下大人大量，不要放在心上。」

四皇子對寧汐可沒什麼好臉色，輕哼一聲，連正眼都不看寧汐一眼。「這是我和容瑾之間的事情，不用妳摻和。」雖然不想承認，可容瑾和寧汐親暱相依在一起的畫面實在太過刺眼了。本以為自己不會介意，可知道和親眼目睹全然是兩回事，他甚至有股衝動現在就將礙眼的寧汐攆開……

「殿下這話可不妥，」寧汐微微一笑，語氣溫軟。「我和容瑾是未婚夫妻，很快就會成親結百年之好，他的事便是我的事。他犯了錯，我自然要一起承擔，怎麼能說是摻和。」

好一個伶牙俐齒綿裡藏針的寧汐！比起容瑾的冷言冷語，這一番綿軟帶刺的話更刺得人肉痛心痛。四皇子的臉色隱隱發青，狠狠地瞪向寧汐。

寧汐坦然回視，笑著說道：「只可惜殿下今日就要啟程了，大概沒機會喝我們的喜酒了。」

這句話，不久之前容瑾剛說過，沒想到從寧汐的口中又聽到了一次。

四皇子暗暗咬牙，面上卻不肯示弱，硬是擠出一絲笑容來。「那可要恭喜你們了。」

在自己的「情敵」面前，寧汐自然不會客氣，故意緊緊地靠近容瑾，露出甜甜的笑容。

「多謝殿下的祝福。」

看著四皇子眼底跳躍的嫉恨和怒火，寧汐愉快極了。

自從知道四皇子對容瑾的不軌企圖後，她心裡便像堵著什麼似的不舒坦，可在容瑾面前，她卻一直沒表露出來。一來是怕容瑾不快，二來也是不想增加容瑾的心理負擔，今天總算是有機會好好回敬一番了……

想及此，寧汐的笑容越發的甜美，眼中閃著亮晶晶的光彩。

四皇子你不想看到我和容瑾甜甜蜜蜜恩恩愛愛是不是？我今天還非讓你看個過癮不可，省得你天天癡心妄想！

容瑾很快領會了寧汐的意圖，很配合地笑了一笑，溫柔地攬著寧汐的肩膀。

看著兩人旁若無人的親暱，四皇子眸色一暗，眼底是隱忍的憤怒和不甘。胸口的疼痛，甚至比容瑾刺的那一劍還要厲害得多……

「好了，本王不會計較容瑾的冒失，你們兩個走吧！」四皇子移開視線，略有些不耐地說道：「別耽擱了本王啟程。」

很好，大功告成！寧汐恭恭敬敬地道謝，和容瑾一起下了馬車。

再然後，馬車便緩緩地啟動了。一列長長的車隊慢慢的向前行駛，離開了京城。走了約莫半里路，邵晏終於忍不住掀起車簾向外看了一眼。

隔了這麼遠，根本看不清面容，可容瑾和寧汐相偎而立的身影卻清晰可見。

馬車漸行漸遠，那兩個影子也越來越遠，越來越模糊，卻在邵晏的腦海中定了格，成了他這輩子永遠無法忘掉的一幕。

第三百二十二章　赴宴

四皇子這一走，簡直是去了眾人的一塊心病。

寧汐和容瑾的高興不必細說，大皇子更是輕鬆愉快。當晚特地在府中設宴，請了容氏三兄弟列席。值得一提的是，他居然還特地邀請了寧汐。

容瑾很不情願寧汐出現在大皇子面前，明示暗示了幾句，言下之意十分明顯。

蕭月兒見他這般小心眼，忍不住取笑道：「三弟，你總不至於要把寧汐一直藏著不見人吧！大皇兄一言九鼎，既然說了不會打寧汐的主意，就絕不會食言，你就放心好了。」

容瑾輕哼一聲，總算沒將難聽話說出口。

四皇子固然陰險狡猾，可大皇子也絕不是什麼良善之輩。現在正是用著容府的時候，只好退讓幾步，說不定心裡還在惦記著寧汐。最好的辦法，莫過於將寧汐娶回家，生米煮成熟飯再說。到了那時候，誰也不敢再打寧汐的主意了……

「喂，你在想什麼呢，怎麼笑得這麼猥瑣？」寧汐扯了扯他的袖子，好奇地問道。

容瑾挑了挑眉，笑容十分曖昧。「妳真想知道我在想什麼嗎？」

寧汐對他眼中跳躍的神采實在太熟悉了，心裡怦然一跳，不假思索地往旁邊挪了挪。

只可惜道高一尺魔高一丈，容瑾故意和寧汐單獨坐一輛馬車，就是為了這一刻的獨處，哪裡肯輕易的放過她。長臂一伸，牢牢的將寧汐抓入懷裡，俯身吻住她嫣紅的唇。

寧汐只象徵性的掙扎了兩下，便軟軟的躺在他的懷中，任他予取予求。不到片刻，一股熱流便從心底蔓延至四肢，一股陌生的衝動蠢蠢欲動。

容瑾顯然也不好受，閉上眼深呼吸幾口氣，總算將心底升起的慾望壓了回去，接下來卻是不敢再毛手毛腳了。點了火，到最後難受的還是自己，算了，還是先忍忍。等到成親的那一天，他一定要毫不客氣地連本帶利的將這些「帳」都算回來……

寧汐下馬車的時候，白皙的臉上滿是紅暈，水汪汪的大眼明媚得似能滴出水來。

容琮和容玨瞄了一眼，各自有風度的移開了視線，蕭月兒卻促狹地擠眉弄眼。「今天也不算熱，妳的臉怎麼這麼紅？」

寧汐本就心虛，哪裡禁得住這樣的打趣，羞紅了臉不吭聲。

蕭月兒還想再打趣幾句，容瑾哪裡捨得寧汐這樣被欺負，冷不防地來了一句。「二嫂，二哥還在前面等妳。」

蕭月兒天不怕地不怕，可對這個任性高傲的容三少爺卻著實有點發怵。一聽到他發了話，頓時老實了許多，快步走到了容琮的身邊。

寧汐忍不住偷笑。

這個容瑾，對自己的嫂子都這般不客氣，真是個壞脾氣的傢伙。大概也只有對著自己的時候，才會有些許溫柔了。

大皇子在偏廳設宴，一旁作陪的，是一個相貌端莊的美麗女子。穿著打扮十分華貴，神色間不自覺地帶著一絲倨傲。見了蕭月兒，立刻便柔和了許多，笑吟吟的喊了聲。「月兒。」

有資格這麼喊蕭月兒的，當然是大皇子的正妃莫氏。

蕭月兒和莫氏感情不錯，見了面親熱地寒暄了半天。大皇子迅速地瞄了寧汐一眼，便不再多看，問起了今天送行的經過。

待聽到容瑾用劍刺傷四皇子的時候，大皇子神色一動，眼底有了笑意，只差沒拍桌子道一聲好了。

容玨最擅察言觀色，見大皇子這般反應，故意嘆道：「三弟素來衝動任性，也不知四皇子殿下說了什麼，他竟然用劍誤傷了四皇子殿下。」刻意地吐出了「誤傷」兩個字。

大皇子眸光一閃，淡淡的笑了。「既然沒耽擱了四弟啟程，應該就沒什麼大礙。父皇若是問起這事，就交給我來應對好了。」

容玨欣然點頭。有大皇子出面抵擋此事，自然再好不過。

容瑾倒也沒犯什麼強脾氣，順勢道了聲謝，就算把這個燙手山芋移交給大皇子了。這一次能順利扳倒四皇子，容氏三兄弟功不可沒，寧汐更是厥功至偉，大皇子投桃報李一番，也是應該的。

美味佳餚流水般地端了上來，一向嘴饞的蕭月兒自然不放過大吃大喝的機會。可嚐了幾口，便搖頭嘆道：「色香還過得去，可這味道就比寧汐做的差遠了。」

容瑾難得和蕭月兒意見相投，附和著點了點頭。

別人倒沒什麼，大皇妃莫氏聽了這話卻很不舒坦，忍不住瞄了笑咪咪的寧汐一眼。

自從寧汐進來的那一刻開始，莫氏就刻意的冷落她，故意不理不睬的。歸根結柢，自然是因為大皇子之前的高調舉動。

本來嘛，堂堂皇子看中一個漂亮姑娘要弄進府裡來，真的不算什麼大事。莫氏知道之後，雖然有些不痛快，卻也沒往心底去。可沒想到，大皇子竟然半途叫停，最後乾脆偃旗息鼓了。

莫氏暗暗驚詫，特地派人去將此事的前因後果查了個清清楚楚，也知道了寧汐這麼一號人物。廚藝高超，姿容秀麗，和蕭月兒交好，又入了大皇子的眼。更令人驚訝的是，容瑾居然也喜歡這個少女。

誰不知道容府三少爺是京城第一美少年，高傲冷漠，從不將任何世家貴女放在眼底，就連楚雲柔那樣的美人兒，也沒能打動容三少爺。這個叫寧汐的，竟能讓容瑾為之傾心?!

自此，莫氏便記住了寧汐這個人。雖然沒機會見面，可關於寧汐的點滴消息卻絲毫沒能瞞過莫氏。今天大皇子設宴，她有意無意地提了句。「要不，把寧姑娘也請來吧！」本是試探的話，沒想到大皇子不假思索地就點頭應了。

莫氏試探出了這樣的結果，心裡自然不痛快，有意給寧汐來了個下馬威，從頭至尾也沒正眼看寧汐一眼，還特地拉著蕭月兒說話，無形的孤立了寧汐。

可這個美麗靈秀的少女，卻很沈得住氣，一直含笑坐在一旁，既沒忐忑不安，更無半點異常。

莫氏表面不動聲色，心底卻暗暗起了戒心。現在聽蕭月兒和容瑾都讚她廚藝好，莫氏終於有些忍不住了，咳了咳說道：「這是我們府上王大廚親手做的菜餚，味道總不會太差吧！」又笑著瞄了寧汐一眼。「寧姑娘名動京城，想來廚藝很好了。」

語氣很溫和，甚至算得上和善，可眼底那一絲不屑是怎麼回事？

寧汐淡淡一笑。「多謝大皇妃誇讚，寧汐愧不敢當。」

蕭月兒渾然不察兩人的波濤暗湧，笑著插嘴道：「哎呀，寧汐，妳就別謙虛了。妳廚藝好可是眾人皆知的事情，皇嫂也仰慕已久了呢！」

仰慕？只怕是暗恨在心吧！寧汐對蕭月兒的天真單純有些無奈，又不好說破這一層，只好笑了笑。

莫氏意味深長地笑道：「早就聽說寧姑娘廚藝高妙，有機會定要領教一番。」

寧汐真想嘆一句「我對大皇子一點興趣都沒有，妳實在不用把我當對手」，當著眾人的面，也只能敷衍地笑著應道：「多謝大皇妃抬愛，日後若有機會，民女一定親自掌廚，請大皇妃嚐嚐民女的手藝。」

莫氏眸光一閃，笑道：「那可太好了。」

容瑾察覺到氣氛微妙，微微皺了眉頭，看了寧汐一眼——妳沒事吧？

寧汐回了個眼神——放心，這點小場面我還能應付。

容瑾這才舒展了眉頭。可還沒等他徹底鬆口氣，莫氏竟又笑著對大皇子說道：「再過些日子就是妾身的生辰，妾身打算辦幾桌家宴，不如就請寧姑娘來掌廚如何？」

大皇子的目光在寧汐的臉上頓了一頓，正要開口，容瑾閒閒地張口說道：「真是對不住，寧汐家中有些事情，只怕這些天沒閒工夫出來掌廚。」

莫氏沒料到他會這麼乾脆俐落的拒絕，臉上有點掛不住了，笑容淡了下來。「哦？這麼巧！」

容瑾對著大皇子都沒多少恭敬，自然更沒什麼心情敷衍莫氏，淡淡地說道：「寧汐家中即將辦喜事，估計會很忙，所以沒時間出來掌廚，還請大皇妃見諒。」

喜事？大皇子眸色微暗，忽地問道：「兩位好事將近了吧！」

容瑾挑眉一笑。「確實快了。不過，我剛才說的是她哥哥寧暉，再過些日子就要成親了。」

大皇子神情微微一鬆，那一絲情緒變化十分清淺微妙，可在座的都是人精，誰能看不出來？

莫氏暗暗咬牙，面上還得擠出若無其事的笑容。「既是如此，那就等日後有空再說吧！」

日後有空再說？容瑾暗暗冷笑。他很快就會把寧汐娶回家，到時候，寧汐才沒空應付這些閒著沒事就愛找茬的無聊人士。

眼看著桌上的氣氛有些凝滯，容玨忙朝容琮使了個眼色。容琮立刻會意，笑著舉杯，敬了大皇子一杯。

妹夫敬酒，自然要給面子。大皇子笑著端了酒杯，一飲而盡。

容玨忙跟著舉杯，酒桌頓時熱鬧起來，剛才的小插曲迅速地消失不見。

容瑾處處護著自己，寧汐自然心知肚明，心裡甜絲絲的。等哥哥成了親，就該輪到她和容瑾了……

第三百二十三章　死也不說

皇上很快便知道了容瑾「誤傷」四皇子的事情，雖未當場發怒，可面色卻不太好看，特地命人喊了容瑾進宮問話。

容瑾見了皇上，二話不說立刻跪下請罪。

皇上表情冷然，眼神莫測。「容瑾，到底是怎麼回事，說給朕聽聽。」

容瑾早已料到會有這麼一齣，倒也沒慌。「啟稟聖上，此事都是臣的錯，請皇上治臣的罪，臣絕無怨言。」

若是他一味的為自己辯解，皇上肯定不快，可他這副態度，皇上反倒不好多怪責了。

四皇子的不良嗜好，皇上自然很清楚。容瑾長得這副禍國殃民的禍水模樣，只怕早就被惦記上了……

大皇子咳了咳，含蓄的替容瑾開脫。「父皇，這事也不能全怪容瑾。大概是四弟說話失了分寸，容瑾一時氣惱，才會誤傷了四弟。四弟既然沒耽擱行程，看來傷勢也不算重，還望父皇網開一面，從輕發落。」

皇上沈吟片刻，嘆了口氣。「也罷，此事就此作罷，以後絕不能再犯。容瑾傷人在先，便罰你半年的俸祿，接下來的半個月之內在家中反省，不得上朝。」

這個懲罰實在不算重，容瑾精神一振，忙磕頭謝恩。

半年的俸祿自然不算什麼，在家反省半個月，就當是休假了。自從入朝為官以來，天天忙碌得不得了，難得有機會休息。這次平白撈了半個月的假期，簡直是因禍得福。最好是將寧汐拐過來，天天在府中陪自己……

容瑾心中打著如意算盤，面上卻不敢露出笑意。

四皇子已經被發落了，卻還有一個棘手的人物沒處置。皇上思忖片刻，便對大皇子說道：「高風已經沒了用處，朕就將他交給你處置吧！」要殺要剮，就看大皇子的心意了。

大皇子恭恭敬敬地應了，低垂的眼中掠過一絲狠戾。

羅公公親自將人交給了大皇子。

這些天裡，高風不知受了多少酷刑，早已遍體鱗傷，身上連一塊完好的皮膚也沒有。血腥氣和多日未曾清洗的怪味交織在一起，十分難聞。

眼前這個衣衫襤褸髮絲凌亂不堪奄奄一息的男人，和當日英姿颯爽的高風簡直判若兩人。

大皇子淡淡地瞄了緊閉雙目的高風一眼，心裡湧起一股複雜的情緒。憤怒自然是有的，可這憤怒中，又夾雜著絲絲失望和痛心。交織在一起，匯聚成了複雜難明的怒火，語氣也變得冷硬起來。「來人，將高風帶回去。」

一旁的侍衛匆匆領了命，一左一右拖了高風放在簡易的囚車上。他們雖然恨高風背叛主子，可看到高風落到這樣的下場，心裡卻也覺得惻然。

不管如何，高風這條命都是保不住了，端看大皇子是想讓他死得痛快些，還是要留下這條命慢慢折騰了。

回了府之後，大皇子只吩咐將高風關入地牢裡，倒也沒急著去審問他。潘侍衛小心翼翼地問道：「殿下，高風身上的傷很重，若是聽之任之，只怕活不過幾天，要不要找個大夫給他瞧瞧……」

大皇子冷哼一聲，眼中閃過徹骨的寒意。「不用了，每天送些米湯給他，只要別斷了氣就行。」

潘侍衛不敢再多嘴，忙領命退了下去，既然大皇子沒讓用刑，侍衛們便也睜一隻眼閉一隻眼，每天除了送米湯之外，沒人去審問高風。

只可惜，三天下來，每天送進去的米湯都是紋絲不動，怎麼端進去的，便又怎麼端出來。高風就這麼躺在陰冷的地牢裡，一動也不動。

負責看守地牢的侍衛本也沒放在心上，可一連三天都是如此，就讓人有點拿不準了。

「這個高風不會是死了吧！」幾個侍衛湊在一起竊竊私語。本來嘛，高風這樣的人死就死了，沒什麼可惜的，可大皇子既然沒下令，高風便不能早早的死在牢裡，不然追究起來，他們幾個也討不了好。

想來想去，還是去稟報潘侍衛一聲穩妥些。

自從高風出了事之後，潘侍衛儼然成了大皇子身邊最得力的親信。只不過，有了前車之鑑的大皇子，對身邊的貼身侍衛也有了三分戒心，潘侍衛在他面前反而比往日更加謹慎小心了。「殿下，高風已經三天沒吃東西了，照這樣下去，怕是撐不了兩天了。」

大皇子神情漠然，一言不發。

到了晚上，大皇子終於親自到了地牢裡。

這裡陰冷冷的，味道自然不算好聞。潘侍衛殷勤地開了門，又陪笑道：「裡面太髒了，殿下不必親自進去，小的這就將高風拖出來……」

「不用了。」大皇子淡淡的說了句，便進了地牢裡。

潘侍衛愣了一愣，忙跟了進去。地牢裡瀰漫著腐爛的氣息，令人作嘔。別說是養尊處優的皇子了，就連潘侍衛都覺得地牢裡的味道實在難聞。

大皇子面無表情的走近幾步，目光定定的落在高風的身上。

躺在地上的青年男子，早已看不出本來面目如何。全身血肉模糊，裡面赫然有白色的蟲狀物體在不停的蠕動。潘侍衛只看了一眼，便覺得胃中一陣翻騰，幾乎當場就要吐了出來。

「高風。」大皇子緩緩的張了口，聲音在地牢裡迴響不息。

地上的高風恍若未聞，依舊一動也不動。

潘侍衛揚聲喊了外面的侍衛進來，一盆冷水嘩的一聲澆了下去。冰冷的水碰到身上的傷口，疼得刺骨。高風口中逸出一聲模糊的呻吟，終於有了一絲反應。

「高風，睜開眼。」潘侍衛上前一步，用力踢了踢高風。「殿下來了。」

早已意識模糊的高風，隔了許久才將鑽進耳中的聲音聽了進去，費盡全身力氣睜開了眼，一個熟悉的身影頓時映入眼簾。

這個身影，對高風來說再熟悉不過。朝夕相處近十年，這個男人早已成了他生命中不可缺少的一部分，他的職責就是保護聽令於這個男人。可是，他卻辜負了這個男人的信任和器重，成了一個背主棄義罪該萬死的小人……

高風的眼睛呆滯無神，眨也不眨地盯著大皇子。

潘侍衛眉頭微微一皺，低低地說道：「殿下，高風這是迴光返照，不出兩個時辰，必死無疑。要是有什麼話要問，可得抓緊時間。」

大皇子嗯了一聲，又走上前一步，沈聲問道：「高風，你現在可後悔了？」

高風思緒早已游離渙散，許久才聽懂了大皇子的問話，慘然一笑。往日的風光歷歷在目，可一轉眼，他卻成了階下囚受盡酷刑折磨。

他後悔了嗎？

他一直都是四皇子的人。當年四皇子暗中設局，讓他假扮鏢局的人。為了取信於大皇子，那些無辜的鏢師都送了命。從那一天起，他留在了大皇子身邊，處心積慮一步一步地博得了大皇子的信任。大皇子待他很好，他也曾暗暗動搖過，可只要一想到四皇子，瞬間的動搖很快就被拋到了腦後。只要四皇子一聲令下，他做什麼都心甘情願。

這是一個屬下對主子的絕對忠誠，也是一個男人為喜歡的人心甘情願的付出。哪怕為此送了命，他也沒有絲毫悔意。

地牢裡只有幾盞昏暗的油燈，光線極暗，高風扭曲的笑容，在這樣的光線中越發陰森可怕，哪裡還有半分活人的樣子……

潘侍衛不自覺地打了個寒顫，朝外面的侍衛使了個眼色。那侍衛立刻會意過來，忙又點了幾盞燈，地牢裡頓時亮堂起來。

大皇子冷冷地看著高風，俯下頭，一字一頓的問道：「高風，本王再問你最後一次。要是你肯老實回答，本王會給你個痛快了結，讓你早些去投胎。是不是四弟指使你這麼做的？」

四皇子早已招認，高風承不承認都無所謂，可大皇子心底憋著的這口氣卻無處可洩，固執的要一個答案。

高風用盡全身力氣，搖了搖頭。那動作十分輕微，若不是仔細看，根本看不出來。

大皇子的怒火騰地湧了出來。「你對他倒是忠心耿耿，到了這個時候居然都不肯改口。不妨告訴你，四弟已經招認了，父皇一怒之下，將他驅逐出了京城。他臨走時候，可從頭至尾都沒問過你一句。」

高風呼吸一頓，眼眸倏忽睜大。

大皇子看到他這副不敢置信的震驚樣子，心裡總算舒坦了一些，冷笑著繼續說道：「對了，還有件事忘了告訴你，四弟走的時候，容瑾去送行，他猶如喪家之犬，竟然色心不死，調戲了容瑾幾句，被容瑾拔劍刺傷，卻連半刻都不敢停留，就這麼上了路……」

高風嘴唇顫抖起來，似想說什麼，可他的舌頭早已被咬斷，根本什麼也說不出口了。

「怎麼樣，聽到這些心裡感覺一定不好受吧！」大皇子一臉的譏諷。「也不知道四弟許了你什麼好處，你對他這麼死心塌地的。」頓了頓，又刻薄地奚落道：「四弟能給你的，我也都能給你。金銀權勢美貌的女子，要什麼有什麼。可只有一樣，我遠遠比不上他，他喜歡男人的屁股，這我比不了……」

高風臉色灰白，身子猛地一顫，大口大口的鮮血從口邊湧了出來，眼底最後一絲亮光終於慢慢湮滅。身子漸漸冷了僵硬了，可一雙眼卻沒閉上，十分駭人。

大皇子負手而立，定定地看著地上的屍首，半晌才沈聲吩咐。「他總算伺候我一場，給他一口薄棺材，埋了吧！」

潘侍衛連忙領命。

高風終於死了。至死也沒人知道，他到底為什麼會背叛大皇子，更無人知道他和四皇子之間究竟是怎麼回事……

第三百二十四章　喜事近了

天氣漸熱，寧暉成親的喜日子越來越近，阮氏忙得團團轉。

院子來不及翻新，只得將新房細心收拾了一番，一應家什都是新購置的。雖然說不上如何的名貴，可也著實花了不少的銀子。再加上林林總總的瑣事，可把阮氏忙得夠嗆。

寧有方偶爾回來一趟，見阮氏整個人都瘦了一圈，別提多心疼了。只恨御膳房瑣事極多，想告假實在不易。想了想說道：「這樣吧，我讓人送信到洛陽去，讓爹和二哥二嫂他們都過來，也能幫幫忙。」

阮氏連連笑著點頭。

因著寧大山等人要來，阮氏又忙碌著將客房收拾了一遍。寧汐也向孫掌櫃告了假，陪著阮氏一起忙碌。等一切準備得差不多了，寧大山等人也到了。

分別一年多之久，見面自有一番熱鬧。再加上聞訊趕來的寧有德一家子，寧家小院裡歡聲笑語不斷，熱鬧極了。

真所謂人逢喜事精神爽，這幾日，寧汐也格外的輕鬆愉快。

四皇子被驅逐出京城，再無機會爭奪太子之位，也算是報了前世的不共戴天之仇。寧有方在御膳房裡很受器重，聲名遠播。哥哥寧暉做了郫縣縣令，夙願以償，性格日漸沈穩成熟。阮氏每天過得開開心心，最大的煩惱不過是新婦進門之後何時能給她生個白白胖胖的大孫子。而她自己，也通過自己的努力成了京城風頭最勁的名廚，又有情投意合的心愛男子相伴。

前生的遺憾和不甘，在今生都變得圓滿，還有何求？

想到這些，寧汐在夢裡的笑容都是甜的。

寧暉趕在成親的前一天回了寧家小院。人黑了些瘦了些，可卻神采奕奕。阮氏歡喜之餘，不免又發了幾句牢騷。「明天就是你娶親的喜日子，你也不早點回來，真沒見過你這樣的新郎官。」

寧暉咧嘴一笑，絲毫不把阮氏的抱怨放在心上。

寧大山看著自己的寶貝孫子，怎麼看怎麼順眼，見阮氏還要絮叨，故意重重地咳了一聲。「暉兒坐了半天的馬車，一定累得很了，妳就別再數落他了，讓他回屋子好好休息。」

阮氏不太情願地住了嘴，寧汐和寧暉對視一笑。

寧大山又興致勃勃地說道：「今天晚上，我親自下廚做些好吃的給暉兒接風。」

寧暉眼睛一亮。「真的嗎？那可太好了。」

寧大山年齡漸長，已經很少下廚了。不過，一手廚藝可沒丟下。寧汐本想溜進去幫忙，卻被寧大山瞪著眼睛趕了出來。「去去去，一邊兒玩去，妳祖父我會做菜的時候，連妳爹都還沒出生呢！現在雖然老了，總不至於連整治一桌菜餚都要妳幫忙。」

敢情是老爺子的自尊心發作了。

寧汐連忙陪笑。「祖父別生氣，我可不是要來幫忙。您手藝這麼好，我難得有機會在旁邊親眼看一回。您就行行好，讓我打個下手，說不定還能學上一手呢！」

這話聽著倒是十分順耳。寧大山頓時氣平了，笑咪咪的點了點頭。

寧汐順利地留在了廚房，說是給寧大山打下手，卻搶著把洗菜切菜配菜的活兒都做了。她刀功精湛，片刻就將鮮活的魚變成了一片片薄薄的魚片。

寧大山看著她運刀如飛，不無驕傲地感慨了一句。「青出於藍勝於藍，妳可比妳爹當年強多了。」也比祖父我當年要強一點點。當然，只有那麼一點點而已。

寧汐抿唇輕笑，手下動作卻未停。

寧大山本就興致高昂，再見寧汐如此賣力，更是有精神。打定主意要在寶貝孫女面前露上一手，鍋勺翻飛，忙得不亦樂乎。不多時，便整治出了一桌色香味俱全的菜餚。

四溢的香氣把饞嘴的寧暉引了過來，嚷嚷著先嚐為快。

寧汐笑嘻嘻地用筷子挾起一塊肥肥的紅燒肉，塞進寧暉的嘴裡。寧暉含糊不清地讚道：「好吃，真好吃！」

寧大山得意的笑了，他最拿手的就是這道紅燒肉了。

寧汐忙了半天，也覺得飢腸轆轆，挾起一塊紅燒肉，津津有味的吃了起來。寧暉故意鬧騰著過來搶，兄妹兩個像兒時一般嬉笑玩鬧，歡快的笑聲傳出了廚房，頓時把阮氏等人都吸引了過來。

阮氏見這番熱鬧情景，又是好氣又是好笑，照慣例先數落寧暉兩句。「你這麼大的人了，整天和你妹妹鬧什麼，凡事多讓著她一點。」

寧暉故作不平的嚷嚷。「娘，您也太偏心了吧！連問都沒問就先怪我。」
阮氏白了他一眼。「這還用問嗎？肯定是你欺負你妹妹了。」
寧汐噗哧一聲笑了，洋洋得意地瞄了寧暉一眼。
寧暉故意長嘆口氣。「得了得了，都是我的錯總行了吧！我算是明白了，只要有妹妹在，我在家裡就沒出頭之日了，還是快點把她嫁出去得了……」
寧汐的俏臉陡然紅了，用力地瞪了寧暉一眼。寧暉占了上風，得意地笑了。
就在此時，寧家小院的門忽地被敲響了。
說曹操曹操就到，寧暉悶聲笑了。寧大山初來乍到，卻鬧不清楚是怎麼回事，愣愣的問了句。「這麼晚了會是誰？」
寧汐紅著臉不吭聲，也不好意思主動去開門。
阮氏忍住笑意，催促著寧暉去開門，寧暉笑著去開了門。果然是容瑾來了！
容瑾也沒料到寧家小院裡居然會有這麼多人，先是一怔，旋即反應過來。明天就是寧暉的大喜日子，這些人自然都是寧家人。其中那個紅光滿面精神矍鑠的老人，顯然是寧汐的祖父了。
容瑾立刻收斂了傲氣，微笑著走上前來，在寧暉的介紹下一一和各人打了招呼。雖然竭力表現得平易近人，可那股與生俱來的優雅和貴氣無須刻意彰顯，舉手投足便流露了出來。
寧有德一家都見過容瑾也就罷了，可寧大山和寧有財一家卻都是初次見容瑾，齊齊的被震住了。

這、這就是寧汐的未婚夫婿？長得也太好看了吧！

寧大山咳了咳。「你叫容瑾是吧！」

對著寧汐的長輩，容瑾自然比平日隨和多了，笑著應了一聲。「來之前不知道祖父也來了京城，沒能及時拜訪，晚輩失禮了。」

皇上下令他在府中禁足不得隨意外出，他只好硬生生地憋足了半個月沒到寧家來。今天總算是解禁了，白天去了朝中，將堆積如山的公務處理了一大半，然後趁著天還沒黑便匆匆地趕了過來，怎麼也沒想到忽然冒出了這麼多的親戚長輩，真是有點措手不及。

寧大山聽不慣這些文謅謅的話，咧嘴笑道：「就快是一家人了，還這麼客氣幹什麼。正好飯菜都上桌了，來來來，一起坐下喝上兩杯。」

容瑾含笑應了，本想坐在寧汐身邊，奈何寧大山實在熱情，堅持要容瑾坐在他身邊。容瑾頗有些受寵若驚的感覺，笑著坐了下來，寧有方兄弟三人也隨之坐了下來。再加上寧暉、寧曜、寧皓三兄弟，你一言我一語，自然熱鬧極了。

寧大山豪邁的一揮手。「老三媳婦，去拿一罈酒來。」

阮氏笑吟吟地應了。為了明天的喜宴，家裡足足備了幾十罈酒，今晚喝再多也不愁沒酒。

待酒上來了，眾人幾乎不約而同地對準了容瑾。

這也難怪，寧暉是準新郎官，明天得去迎親，自然不能多喝。寧有方兄弟三人，也都要保持清醒，明天得招待一幫子來客。算來算去，不灌容瑾的酒還能灌誰的？

再說了，也能乘機看看這位嬌貴的準姑爺酒量和人品如何……

寧大山打定了主意，笑咪咪的端了酒碗，和容瑾連喝了三碗。長輩喝酒，容瑾自然不能推辭，十分爽快地喝了酒，而且喝得乾乾淨淨連一滴都沒剩下。

寧大山對容瑾立刻有了幾分好感，雖然這個白白淨淨的容瑾長相不太爺兒們，可這喝起酒來倒還是挺爺兒們的！

「來，吃塊紅燒肉。」寧大山主動挾了一塊紅燒肉放進容瑾的碗裡。

容瑾有些潔癖，平時從不吃別人筷子碰過的菜，可現在挾菜給他的可不是普通人，那可是寧汐的祖父啊！必須吃得麻溜暢快，不能有絲毫猶豫。

容瑾硬著頭皮吃了那塊紅燒肉，猝不及防地被那濃烈的美味擊中了，忍不住讚道：「這紅燒肉味道不錯。」

寧大山咧嘴一笑，爽朗地拍了拍容瑾的肩膀。「你果然懂得欣賞。」

容瑾雖然不習慣別人隨意碰觸自己，卻也不敢流露出半分，只得笑著點了點頭。

接下來，便是寧有德、寧有財、寧有方輪番上陣，寧暉兄弟幾個簡直插不上手。就見容瑾左一碗右一碗喝個不停，縱有再大的酒量，也架不住這樣的喝法，因此，容瑾很快就有了醉意。

寧汐頻頻朝他使眼色。快些裝醉，不然，今天晚上可別想清醒著回容府了。

容瑾明明看見了，卻只當作沒看見一般，逕自你來我往喝個不停。換在別的場合，裝醉躲酒也就罷了，可在座的都是寧汐的親人長輩，再怎麼也要撐下去。

第三百二十五章　寧家喜事

六月初四這一天，天氣晴朗，萬里無雲。

寧家小院人來人往，熱鬧非凡。

一大早，孫掌櫃便領著一群廚子過來了。支爐灶生火理菜洗菜切菜之類的瑣事，根本無須寧家人動手，自有一眾廚子包攬下來，掌廚的自然非張展瑜莫屬。

張展瑜做了鼎香樓的主廚之後，性情越來越沈穩，舉手投足之間頗有幾分寧有方當年的風采。一眾廚子們對他都挺服氣，在他的指揮下忙得有條不紊，絲毫不亂。

寧有方見徒弟如此爭氣，自然高興，笑著拍了拍張展瑜的肩膀。「好小子，真是好樣的！」

張展瑜穩穩地一笑，謙遜的說道：「師傅可別這麼誇我，我還差得遠呢！以後要多多向師傅學習才是。」

寧有方咧嘴笑了，正想再誇張展瑜幾句，賓客已接二連三地來了，忙和阮氏笑著迎了上去，熱情地招呼來客。

這些客人裡，有的是寧暉的同窗好友或同僚，有寧有方在宮中結識的人，更有些人是衝著容瑾來的。客人一撥接著一撥，寧家小院很快被塞得滿滿的，最後連凳子也不夠用，寧汐忙去找熟悉的鄰居借了些回來，可就算如此，依然遠遠不夠。

阮氏有些著急了，低聲說道：「這可怎麼辦是好？照這架勢，待會兒桌席也不夠呢！」

寧有方也沒料到會來這麼多客人，稍一猶豫便下了決心。「那就分成兩撥桌席，第一撥早些開席，第二撥稍微遲些好了，反正是喜事，人多也熱鬧些。」按著此時習俗，喜宴連吃三天也是有的。

也只能這樣了！

寧汐幫著招呼客人，跑來跑去地忙個不停。容瑾什麼忙也幫不上，卻亦步亦趨地跟在寧汐的身後，來客們閒著無聊的，很自然的就將目光落到了他們兩人身上。

少女嬌俏美麗，少年俊美無雙，並肩站在一起，那畫面要多美有多美。有認識容瑾的，更是大開眼界，原來高傲的容少爺竟也有這般溫柔的時候啊……

「喂，你別總跟著我好不好？」寧汐白皙的俏臉上染上一抹紅暈，也不知是跑來跑去累了，還是被眾人看得羞澀了。

容瑾昨晚酩酊大醉，到現在還有些宿醉未醒的頭痛，整個人慵懶無力，聞言懶懶一笑。「我不跟著妳跟著誰。」倒是有不少妙齡女子在偷瞄他，只可惜他的心早已被這朵嬌美的鮮花占去了，其餘閒雜人等一律入不了他的眼了。

寧汐又是甜蜜又是嬌羞，俏臉含嗔。「人家都在看我們呢！」新郎官去了葉家迎親，這院子裡最惹眼的自然就是他們了。

容瑾閒閒一笑。「看就看，又不會少了一塊肉。」

寧汐故作凶惡地瞪了他一眼。「誰像你臉皮這麼厚嘛！我不管，從現在開始你離我遠些。」

容瑾低低地笑了。「好，都聽妳的。」眼底那抹溫柔幾乎讓人溺斃其中。

寧汐的心一下子就軟了，唇角的笑意壓也壓不住，瞬間點亮了嬌美的容顏。容瑾看得呆了一呆，怎麼都挪不動腳步。

寧汐似嬌似嗔地白了他一眼，故意加快腳步，將容瑾甩在了身後。

小倆口在這邊耍花腔，一一落在寧有方和阮氏眼底，夫妻兩個對視一眼，露出會心的笑容。

阮氏低聲笑道：「等暉兒的喜事忙完了，索性將他們的喜事也辦了吧！」也省得容瑾天天往寧家跑，看著怪可憐的。

寧有方卻不太樂意。「汐兒過了年才十六，明年出嫁也不遲。」

阮氏想了想，笑著點頭附和。

容瑾自然不知道未來的岳父岳母在商議什麼，視線專注的落在寧汐的身上，不管她走到哪兒，目光都緊緊地跟隨著。

果然，不出片刻，寧汐便故意繃著俏臉過來了。「你別一直盯著我看好不好！」簡直是赤裸裸的目光調戲，害得她做什麼事都不專心了。

容瑾慵懶地一笑。「妳要是不盯著我看，怎麼知道我一直在看妳？」

寧汐想繃著臉生氣，卻又忍不住噗哧一聲笑了起來，今天實在是太開心了，似乎連呼吸的空氣都是甜的。

過了片刻，有幾個意想不到的客人來了。

寧有方先是一愣，隨即揚起笑臉迎了上去。來人是他的老對手上官遠，還有一品樓的上官遙，緊隨其後的俏麗少女，正是上官燕。

上官遠笑著說了幾句場面話，便送上了賀禮。上官燕惦記的卻另有其人，頻頻看向廚房的方向。

寧汐心裡暗暗好笑，咳嗽一聲，一本正經地說道：「上官姊姊，我有幾句悄悄話和妳說，請借一步說話。」趁上官遠不注意，朝上官燕促狹地眨眨眼。

上官燕立刻心領神會，笑著點了點頭。寧汐光明正大的扯了上官燕到廚房裡，張展瑜正忙著指揮眾廚子做事，天氣燥熱，廚房裡又支了幾個爐灶，越發的悶熱。張展瑜滿頭是汗，卻連擦汗的工夫都沒有。

「張大哥，快看看是誰來找你了？」寧汐脆生生地喊道。

張展瑜心裡一動，急急地轉身看了過來，就見上官燕笑盈盈的站在廚房門口，不知怎麼的，心頭陡地一熱，俊臉竟有些發熱。

廚子們故意起鬨。「張大廚，人家姑娘都親自來找你了，你就別忙了，快些去陪陪人家嘛！」上官燕還沒臉紅，倒把張展瑜弄了個大紅臉。

寧汐忍住笑，利索地走上前接替了張展瑜手裡的活兒。「這兒有我呢，你和上官姊姊說會兒話再來吧！」

張展瑜感激地看了寧汐一眼，便和上官燕走到了一旁，竊竊私語起來。

寧汐忙裡偷閒的瞄了一眼，心裡暗暗為張展瑜高興。看這架勢，兩人的好事也快近了吧！

到了下午，迎親的隊伍終於回來了。隨著噼哩啪啦的鞭炮聲，一身喜袍的寧暉走了進來。本就眉目俊朗的寧暉穿著大紅色的喜袍，更顯得風采逼人。

容瑾遠遠地看著寧暉，心裡遙想著自己穿上喜袍做新郎官時的風采，唇角揚起一抹笑意。

寧汐心有靈犀地看了過來，兩人的目光在空中遙遙相接，彼此心底俱都浮起濃膩得化不開的甜意。

拜堂自然是十分熱鬧的，寧汐是未出閣的女子，幫不上什麼忙，便一直笑吟吟的在一旁看熱鬧。待禮成了，新郎和新娘各自牽了紅綢的一端入了洞房。

天色還早，寧暉自然不能一直待在洞房裡，只略坐了片刻便出來招呼賓客。按著習俗，新婦明天早上才能拜見公婆，阮氏和寧有方都是不能進新房裡的。

寧汐想了想，便進了新房裡。

外面雖然十分熱鬧，可新房裡卻是安靜的，一身精緻大紅嫁衣的新娘葉薇靜靜的坐在床邊，頭上蒙著紅蓋頭，自然看不到相貌如何。旁邊站著幾個陪嫁丫鬟，俱是相貌清秀。

寧汐笑咪咪的湊了過去，親暱地喊了聲。「大嫂。」

葉薇怔了一怔，旋即輕聲應了句。「是寧汐妹妹吧！」聲音溫雅動聽。還沒掀開蓋頭看她一眼，竟也知道了她是誰。

寧汐對這個新上任的大嫂立刻多了幾分好感，笑咪咪的坐到了她身邊，親熱地說道：「坐了這麼久的喜轎，一定又累又餓了，反正這兒也沒外人，我去廚房端些好吃的來給妳吧！」

葉薇心裡一暖。

自從訂了親之後，她便悄悄地命人打聽寧家各人的性格脾氣。對這個未來的小姑寧汐，自然也聽說了不少。只知道寧汐年紀輕輕便是名廚，容貌又生得好，令堂堂容府三少爺都為之傾心，定然是個厲害姑娘。而且聽說未來的公婆都很疼她，寧暉對這個寶貝妹妹也是百般謙讓，可想而知寧汐是個嬌滴滴的姑娘，也不知道好不好相處……可這短短的兩句話，便將她心頭的顧慮打消了一半。

寧汐的聲音清脆動聽，絲毫沒有被寵壞的驕縱和任性，而且語氣裡滿是善意。

「不用了，」葉薇小聲地說了實話。「其實，我在上轎之前，吃了一些。」

寧汐被逗樂了。以前一直聽說葉家小姐性子清冷高傲，現在看來，其實也挺可愛的嘛！

姑嫂兩人隔著紅蓋頭，有一搭沒一搭的閒聊了起來。雖然只能聊些言不及義的閒話，可葉薇心裡那份初為人婦的緊張總算消弭了不少。

寧汐瞄了幾個陪嫁丫鬟一眼，忽地打趣道：「大嫂，妳這幾個陪嫁丫鬟真是一個比一個漂亮呢！」該不會是打算著留給寧暉做小妾的吧？

第三百二十六章 新婦

寧汐的話語雖然很含蓄，可葉薇豈能聽不出寧汐的言外之意？紅蓋頭下的俏臉微微脹紅了，支支吾吾了半天也不知該怎麼回應。

這幾個丫鬟裡，只有紅梅是她的貼身丫鬟，其他的都是從葉家丫鬟中挑出來的，第一條就是相貌生得好，第二條則是忠心好拿捏，將來就算抬做了通房小妾，也絕翻不出掌心去。

葉夫人的用意，葉薇心裡很清楚，雖然心裡不舒坦，可也拒絕不了娘親的好意。只得帶了四個漂亮的陪嫁丫鬟嫁到了寧家。寧汐等了半天，也沒等來葉薇的回答。

看來，自己果然猜中了。這幾個漂亮丫鬟，根本就是給寧暉準備的。不過，以寧汐對自家哥哥的瞭解，這樣的豔福只怕他不肯消受……

當著這幾個丫鬟的面，寧汐也不好說得太直接，含蓄的笑道：「妳還不清楚我哥哥的性情脾氣，將來慢慢就會知曉了。」

葉薇默默地揣測著寧汐話語中的意思，心裡既忐忑不安又充滿了莫名的欣喜和期待。

在這樣複雜難言的心情中，終於等到了寧暉進新房掀蓋頭。寧家的親朋好友幾乎都到了新房裡來看熱鬧，紛紛嚷嚷著。「快掀了蓋頭，我們要看新娘子。」

一根喜秤緩緩地揭開了蓋頭。

葉薇緊張極了，額上冒出了細細的汗珠，身子微顫，羞澀得不敢抬頭看任何人。

新房裡靜了一靜，旋即響起了一陣讚嘆聲。「新娘子可真是漂亮……」寧汐也看得驚嘆不已。早就聽聞葉家小姐才貌雙全，是個可人兒，現在親眼目睹，果然名不虛傳。

柳眉彎彎，雙眸明媚，雙頰嫣紅，在精緻的大紅嫁衣映襯下，越發顯得美麗動人。平心而論，葉薇比清秀的趙芸美得多，那股大家閨秀的氣質更是令人折服。

有這樣的美嬌娘為妻，寧暉真是有豔福。

寧汐笑著瞄了瞄寧暉，卻發現寧暉只快速地看了葉薇一眼，便移開了目光。顯然，他並沒第一眼就被葉薇的美貌打動。

葉薇悄然抬起眼瞼，匆匆地看了寧暉一眼。記憶中那個俊秀儒雅的書生，褪去了原本的幾分青澀，穿著喜氣的紅袍，越發顯得眉目清俊身姿挺拔。

這是她要攜手共度一生的良人啊……

葉薇心裡怦怦亂跳，嬌羞的低了頭，俏顏如花，如斯動人。

寧暉心裡微微一動，可腦海中迅速閃過的，卻是另一張清秀悅目的臉龐，心裡隱隱的抽痛了一下，心頭一陣酸澀。好在他自制力遠勝往日，只是眼神黯了一黯，面色卻很平靜。

別人沒有注意到寧暉的失神，可寧汐一直在留意著他的神情變化，見狀暗覺不妙。不動聲色的湊過去，扯了扯寧暉的衣袖。

別的時候也就罷了，今天可是他成親的大喜日子。新嫁娘正嬌羞的坐在床頭，怎麼可以胡思亂想？

雖然一句話都沒說，可兄妹兩人自有別人難懂的默契，只一個眼神，便知道對方要說的是什麼。

寧暉定定神，朝寧汐笑了笑，暗示寧汐放寬心。

寧汐怕小動作太多惹來別人的懷疑，忙笑著退開幾步。

接下來，寧暉表現得很正常。在眾人的起鬨聲裡喝了交杯酒，又被擁擠著坐到了床邊。寧皓和寧曜等人眼饞著新娘美麗動人，哪裡還捨得走，故意起鬨說些俏皮話。

葉薇紅著臉，既不抬頭也不吭聲。寧暉一開始還顯得從容鎮定，可隨著玩笑話越來越過火，也有些招架不住了。

寧汐這時候可幫不了任何忙，索性溜出了新房。

此時客人已經散得差不多了，只餘三、兩個廚子在幫著收拾殘局，張展瑜也沒走，捲了袖子悶頭做事。阮氏和寧有方忙碌了一天，都累得夠嗆，幾乎連說話的力氣都沒了。

容瑾竟然也沒走。

寧汐在新房裡待了半天，出來一見容瑾還在，不由得一愣，脫口而出道：「你還沒走啊！」

容瑾似笑非笑地瞄了她一眼。「妳就這麼盼著我走？」

寧汐好氣又好笑，忙哄道：「哪有得，少爺性子又來了，容不得別人有片刻不待見他。之前你被禁足，我整整半個月沒見你，別提多想你的事，我巴不得你遲點走多陪陪我呢！」

了。

這話聽著還差不多，容瑾斜睨了她一眼，總算有了絲笑意。想說句悄悄話，可周圍的人實在太多，想了想，低聲說道：「去妳的屋裡待會兒吧！」

寧汐被嚇了一跳，倏忽睜圓了大眼。「不行！」

雖說容瑾以前也去過她的閨房，可今天晚上寧家上上下下所有人都在看著。要是容瑾這麼堂而皇之的進了她的屋子，不定怎麼笑話她呢！

容瑾又不高興了。「怎麼不行，又不是沒去過。」

寧汐只得陪笑解釋。「爹娘都不會見怪，可我祖父他們只怕看不入眼，我們兩個畢竟還沒成親……」

「好，那我們就早點成親，這樣他們就沒話可說了。」容瑾接得異常順溜。

寧汐一個不提防，隨意地點了點頭，待反應過來，立刻紅了臉，狠狠地瞪了容瑾一眼。清亮的月光下，那眼神既嬌且柔，讓容瑾的心頓時為之一熱。

「去妳的屋子裡待會兒吧！」容瑾的聲音有些沙啞，眼神灼熱。

在他灼灼的注視下，寧汐也覺得身子在發熱，結結巴巴地說道：「你、你別亂來。」寧汐對他這樣的眼神再熟悉不過，每次他想摟她吻她的時候，他的眼神都是這樣的專注露骨……

容瑾低低一笑。「我也不想當著這麼多人的面亂來。不過，妳要是再不領我去妳的屋子裡，我可保證不了我待會兒會做出什麼來。」

寧汐又瞪了他一眼，卻也知道容瑾膽大妄為的性子。要是他真的一個興起，忽然抱著她親一口什麼的，她以後哪還有臉見家人。

誒，服了他了！寧汐無奈地妥協，朝容瑾使了個眼色，輕巧地溜回了自己的屋子。容瑾心情暢快地跟了上去。

黑暗中，寧汐摸索著開了門，還沒等回頭，便落入一個溫熱的胸膛裡。大手牢牢的摟住了她纖細的腰身，灼燙的唇迫不及待地落在她的耳際。

「關門……」寧汐軟軟的說了句，聲音似呻吟一般逸出唇角。

「放心，門已經關上了……」

再然後，自然沒空再說話了。

兩顆激蕩的心緊緊的貼在一起，熾熱的吻狂亂又激烈，像是要將彼此都揉進自己的身體一般。容瑾邊吻邊用貪婪的手在寧汐的腰身處四處游移，然後慢慢的往上移，最後覆住一方柔軟，略略加重了力道揉搓撫摸。

寧汐嚶嚀一聲，臉頰滾燙一片。

慾望在黑暗中最易失控，不到片刻，容瑾便痛苦地呻吟了一聲，停住了手中的動作。

寧汐和他緊緊的貼在一起，毫不費力地感受到了他身體的變化。被硬邦邦的東西頂著，寧汐的俏臉似火燒一般。鬼使神差的想起了在郫縣的那一夜，她曾那樣親暱的握著……老天，不能再想下去了。

明知容瑾不可能知道她在想什麼，可寧汐還是臊得將頭埋進了他的懷裡。

容瑾呻吟一聲。「汐兒，別鬧了，我快受不了了。」他正努力平息蓄勢待發卻又不得不平息的痛苦，她竟然還火上加油。這樣甜蜜又痛苦的折磨，是個男人都受不了啊！

寧汐卻不肯退開，伸出細長的胳膊，緊緊地摟住了容瑾的脖子，將滾燙的臉頰緊緊的貼在他的胸膛處。他劇烈的心跳和紊亂的呼吸，都傳進了她的耳中，彷彿世上最美妙的音樂。

容瑾自嘲地苦笑一聲，用力摟緊了寧汐。算了，難受就難受吧！

半晌，胸口處才傳來悶悶的聲音。「你今天是怎麼了？」特別的熱情，也特別的……急不可耐。

容瑾哼了一聲，他才不會承認今天看寧暉穿著喜袍就羨慕嫉恨了呢！

「該不是看到我哥成親也跟著激動了吧！」寧汐玩笑似地來了一句。

容瑾這次連哼都懶得哼一聲了。

看樣子她是說中了，寧汐偷偷樂了。明明沒有什麼聲響，可容瑾似看到她在偷笑一般，低聲警告道：「妳再敢笑我，我可就繼續了。」大手準確無誤的摸了上來，在頂端捏了捏。

寧汐被捏得渾身都軟了，連連告饒。「都是我不好，你大人有大量，就饒了我這一次嘛！」

容瑾滿意了，總算停了手不再胡鬧，摟著寧汐嬌軟的身軀，低低的說道：「汐兒，過些天，我就親自和妳爹娘商議我們的婚事好不好？」

再不把寧汐娶回家，他一個身心健康的大好青年非被憋出病來不可。

寧汐遲疑了片刻，才輕輕地嗯了一聲。

容瑾對她的遲疑很不滿，低頭咬了她的耳珠一口。寧汐一個不提防，差點叫出聲來。

「你幹麼咬我？」

容瑾的聲音低低的，曖昧極了。「妳要是再這麼不情不願的，我何止是咬妳……」剩餘的話都被吞沒進了彼此的唇裡。

寧汐主動的伸出丁香小舌，怯生生地探入容瑾的唇裡，惹來了容瑾凶猛十倍的「還擊」，緊緊的吮吸著不肯鬆口。寧汐不肯示弱，熱烈的糾纏不休，激烈的吻似要糾纏出火花來一般。

就在意亂情迷之際，門忽地被敲響了。「汐兒，妳在裡面做什麼呢？快些開門。」赫然是阮氏的聲音。

寧汐和容瑾都被嚇了一跳，高漲的情慾戛然而止，匆匆地分了開來。

容瑾不由得暗暗慶幸，好在剛才關門的時候，他順手拴了門栓，不然，可就被逮了個現行。他倒是無所謂，可臉皮薄的寧汐哪裡能受得住。

第三百二十七章　陪嫁丫鬟的問題

阮氏又在門外催促著開門。

寧汐忙應了句。「來了來了。」順便將容瑾推到了門後，容瑾委屈又無奈地緊貼著牆站好，這簡直是姦夫才有的待遇好吧！

寧汐若無其事地開了門。「娘，您怎麼來了？」

阮氏見屋子裡黑乎乎的，也是一愣。「妳一個人待在屋子裡做什麼，怎麼連盞油燈也沒點。」一邊說邊抬腳打算進屋說話。

寧汐被嚇了一跳，急中生智，忙扯著阮氏的胳膊。「娘，有什麼事我們出去說吧！」要是讓阮氏看到容瑾也在屋子裡，那可真是羞死人了。

阮氏有些奇怪地看了寧汐一眼，到底順了寧汐的心意，隨寧汐出了屋子，到廊簷下說起了悄悄話。

阮氏一臉的為難。「今天晚上客房只怕是不夠用了。」

寧家小院大概有七、八間空屋，最大的一間做了新房，阮氏和寧有方住了一間，寧汐住了一間。有一間堆滿了雜物，還有一間空屋被塞滿了賀禮。遠道而來的寧大山等人住了剩餘的三間，根本沒有空餘的屋子，偏偏新娘子又帶了四個陪嫁丫鬟來。

這麼一來，阮氏可就發了愁。今天晚上要怎麼安置這幾個丫鬟才好？

聽阮氏這麼一說，寧汐愣了一愣。是啊，寧家小門小戶慣了，也沒想到新娘子還會帶陪嫁丫鬟過來，壓根兒沒預備住的地方，這可怎麼辦是好？

寧汐想了想說道：「要不，就委屈祖父他們一下，讓他們去大伯家裡住上一晚。明天再把家裡的雜物間和另一間放了賀禮的空屋子騰出來，讓那幾個丫鬟住下也就夠了。」

也只能這麼辦了。

阮氏皺了皺眉頭，忍不住咕噥了一句。「葉家也真是的，讓女兒帶這麼多陪嫁丫鬟。」葉薇嬌生慣養，帶一、兩個伺候衣食起居也就罷了。可這一帶就是四個，一個個都是嬌滴滴如花似玉的小美人兒，將來是她們伺候自己還是自己伺候她們？小門小戶的，哪裡需要這樣奢侈的排場？婆媳還沒見面，這就先不痛快了。

寧汐啞然失笑，安撫道：「娘，葉夫人也是心疼自己閨女才會這樣，肯定不是成心要給您下馬威或是要給您添堵的。嫂子剛過門，您就暫且忍耐些，等過幾天，再委婉的暗示幾句，讓嫂子只留下一個，其餘的打發回家就是了。」

阮氏心裡本有些不舒坦，被寧汐這麼一說，總算平息了不少，笑著點點頭。「說得也是，她才剛過門，這事以後再說好了。」

寧汐咳了咳。「娘，我們現在就去找大伯他們商量一聲，讓祖父他們今晚去湊合著住一晚。再遲的話，連馬車都不好找了。」

容瑾在屋子裡躲了這麼久，心裡不知怎麼憋屈呢！得快點將阮氏拖走，容瑾也能偷偷從屋子裡溜出來。

阮氏不疑有他，笑吟吟地應了。

聽說了這事之後，寧有德不假思索地一口應了。

徐氏卻故意笑道：「哎喲，你們家這新娶的媳婦可真是嬌貴，竟帶了這麼多漂亮丫鬟做陪嫁。將來妳可不愁沒好日子過了，洗衣做飯打掃的事情都有人做。妳就是享福的命，真讓我們看了眼饞。娶了官家小姐做媳婦，就是不一樣呢！」

這話乍一聽沒什麼，細細一品味，就完全不是那麼回事了。

大喜的日子，阮氏懶得和徐氏較勁，順著她的話音笑道：「是啊，我們暉兒真是有福氣，中了舉人做了官，現在又娶了這麼一個漂亮的媳婦。」

徐氏被噎了一下，訕訕地笑了笑。

寧汐心裡暗暗偷樂，別看阮氏平日溫溫柔柔的好脾氣，可也不是好欺負的主兒啊！

送走了一眾客人，接下來就得忙著找馬車，可已經是半夜了，到哪兒找馬車去？

就在一籌莫展之際，容瑾不知從哪兒冒了出來，笑著說道：「容府的馬車就在外面，我讓車伕送你們。」

這可真是解了燃眉之急。寧有方眉宇舒展開來，也不跟容瑾客套，笑著點了點頭，忙送了寧大山等人上馬車。

一行近十個人，坐在馬車上卻一點不覺得擁擠，車裡還有兩盞燈籠，光線柔和，越發顯得車裡陳設精緻。寧大山生平從未坐過這麼好的馬車，竟有些激動起來，忍不住誇了句。

「容瑾這孩子真不錯，老三，你可有個好姑爺了。」

寧有方咧嘴一笑，很是得意。

新房裡紅燭跳躍，嬌羞美麗的新嫁娘坐在床邊，寧暉也有些手足無措，不知該說什麼做什麼，氣氛竟有些僵住了。

幾個陪嫁丫鬟自然都是有眼色的，彼此交換了個眼神。紅梅笑道：「時候不早了，請姑爺小姐早些歇著。」語畢，一起福了福，退了下去。

剛一關上門，其中一個叫碧玉的，便低聲問道：「紅梅姊，我們幾個今晚要住哪兒？」

紅梅正要說話，就聽一個脆生生的聲音在背後響起。「妳們幾個跟我來。」一回頭，卻見一個美麗的少女笑盈盈的站在那兒。

紅梅見過寧汐，自然認識，忙上前行禮。「奴婢見過小姐……」

天天和一堆爽快耿直的廚子打交道，寧汐的性格比前世活潑爽朗得多，忙笑著擺手道：「好了好了，以後天天見面，別總這麼多禮，叫我寧姑娘就行了。」

前世養尊處優的小姐生活，早已成了遙遠的過去，寧汐更喜歡現在自己動手豐衣足食的生活。乍然聽人這麼稱呼自己，真是有點不習慣。

紅梅卻堅持著行了禮，其餘的三個丫鬟也一一上來見了禮，然後跟在寧汐的身後去了客房休息。

忙碌了一整天，寧汐也十分疲倦，硬是撐著到廚房裡燒了兩大鍋熱水。家裡人口突增了這麼多，兩鍋熱水正好夠各人沐浴。等一切都忙完了，寧汐累得眼睛都睜不開，沾了枕頭就睡著了。

寧有方和阮氏也累得夠嗆，可躺在床上卻又睡不著，索性聊起了閒話。

阮氏自嘲地笑道：「暉兒娶個媳婦真划算，岳丈家不僅送嫁妝，還奉送四個漂亮丫鬟，咱們家以後可熱鬧了。」

寧有方失笑。「好了，妳別這麼大驚小怪的，我本來就打算著明年換處大一些的宅子，再買兩個小丫鬟伺候妳。現在倒好，丫鬟也不用買了，妳等著享清福就是了。」

阮氏撇撇嘴。「這樣的清福我可消受不起。」陪嫁丫鬟是媳婦葉薇的，她哪好意思厚著臉皮吆三喝四的。

寧有方只得捺住性子安撫了她幾句。阮氏倒也不是心胸狹窄的婦人，可乍然娶了新媳婦進門，興奮勁一過，便開始覺得處處不適應，這才忍不住多嘴了幾句。

此時的新房裡，卻又是另一番情景。

葉薇一直低頭坐著，靜等著良人過來。不愧是教養嚴格的大家閨秀，這半天竟連手指都沒動過一下。

本該急不可耐的新郎，卻一直站得遠遠的，望著跳躍的紅燭，不知在想些什麼。

時間一點一點的流逝，葉薇只覺得脖子又痠又硬又難受，可左等右等就是不見寧暉過來，滿腔的熱情便在這難熬的等待中漸漸地冷了下來。

為什麼他還不過來？今天明明是他們成親的大喜日子，洞房花燭不應該是兩情繾綣無限旖旎嗎？寧暉這麼的冷淡又是為什麼？

外面隱隱傳來更夫打更的梆子聲，已經三更了。

葉薇終於鼓足了勇氣，悄然抬起眼瞼，輕輕地喊了聲。「相公。」

寧暉一愣，旋即定定神，溫和地笑了笑。「天色不早了，妳一定累了，早些歇著吧！」

葉薇紅著臉嗯了一聲，迅速地脫了衣服，只穿著柔軟潔白的單衣躺了下來。又等了許久，寧暉才慢騰騰的挪到了床邊，連身上的衣物也沒脫，便躺了下來。閉上雙目之後，很快便睡著了，竟碰都沒碰葉薇一下。

葉薇從一開始的滿心期待，到後來的失望，再到此刻的委屈難過，那份心情真是一言難盡。

寧暉到底是真睡還是裝睡都不重要，他的疏離和冷漠表現得如此明顯，她又不是傻子，焉能察覺不出來？

到底是怎麼了，她做錯什麼了嗎？葉薇眼圈隱隱泛紅，強忍著沒有掉下眼淚，將頭轉向了牆壁的那一側。

這一夜，寧暉閉著眼睛裝睡，葉薇更是整夜未眠。

第二天清晨，俏丫鬟紅梅早早的來敲了門。「姑爺小姐，該起床給老爺太太請安了。」

寧暉朦朦朧朧中聽到敲門聲，不由得皺了皺眉頭，緩緩地睜開了眼睛。

他前半夜裝睡，一直到後半夜才睡著，只覺得剛閉上眼便被叫醒了，這滋味可真不好受。誰知剛一睜開眼，便被嚇了一跳。

就見一個溫雅端莊貌美綰著婦人髮髻的年輕女子微笑著站在床邊。晨曦中，那張如花的嬌顏美麗動人，輕啟紅唇喊道：「相公，妾身伺候你穿衣吧！」

她是誰？

寧暉頭腦一片空白。愣了片刻，才想起自己昨天剛成了親，眼前這個女子，就是自己的新婚妻子葉薇。

第三百二十八章　婆婆媳婦小姑

葉薇面含微笑，薄施脂粉的俏臉光潔可人，絲毫看不出昨夜輾轉難眠的憔悴和落寞。

寧暉卻被看得渾身不自在，略有些侷促地笑道：「我自己來就行了。」他又不是什麼嬌貴的少爺公子，哪裡習慣別人伺候穿衣。後來做了縣令，也還是自己穿衣洗漱。

葉薇抿唇輕笑，溫柔又堅持。「伺候相公是妾身的本分。」

寧暉還要說什麼，就聽葉薇輕飄飄地來了一句。「妾身哪裡做得不好，還請相公直言相告，妾身一定會改。」雖然力持平靜，可那一絲淡淡的委屈之意還是悄然的流露了出來。

洞房花燭夜，丈夫就睡在自己身邊，卻不肯碰她一下，這樣的事情對女子來說，簡直是莫大的羞辱。葉薇翻來覆去的想了一夜，也想不出到底會是因為什麼，只能強行按捺住心裡的委屈，裝作若無其事的起床穿衣。

寧暉心虛又愧疚，倒也不好再推辭，只得任由葉薇伺候自己穿衣。

葉薇從小嬌生慣養，何時做過這樣伺候人的活兒。雖然盡力想做好，可動作卻生疏又笨拙，俏臉慢慢浮起兩抹嫣紅。

寧暉本是渾身的不自在，看了葉薇這副笨手笨腳的樣子，又暗暗好笑，心底倒是升起了一絲淡淡的憐惜之意。「好了，我這就領著妳去見爹娘吧！」

葉薇輕輕地嗯了一聲。

剛一開門，就見紅梅等四個俏丫鬟齊齊的站在外面，一起行禮請安。「奴婢見過姑爺小姐。」

寧暉被弄得渾身不自在，連連說道：「不用這麼多禮。」他可沒經歷過這樣的陣仗，別提多彆扭了。

寧大山一大早就趕過來了，樂呵呵地坐在那兒，等著孫媳婦來敬茶。寧有方和阮氏分別坐在兩旁，再加上寧有德、寧有財夫婦，屋子裡坐得滿滿的。

葉薇跟在寧暉的身後進了正屋，眾人的目光齊齊地看了過來。

這時就能看出葉薇的過人之處了，面對眾多目光打量，她絲毫不見慌亂，唇角噙著含蓄溫婉的笑容，盈盈而立，楚楚動人，就算是再挑剔的公婆，也不能不讚一聲好。

阮氏因為陪嫁丫鬟的問題，心裡本有些疙疙瘩瘩的，可一見兒媳生得貌美又有氣質，頓時把那點不快拋得遠遠的。笑著招呼道：「暉兒，快些領著你媳婦給你祖父磕頭敬茶。」

寧暉笑著應了一聲，領著葉薇上前磕頭敬茶。葉薇顯然早做足了一個新媳婦的功課，磕頭行禮敬茶一絲不苟，從頭至尾都沒出過半點差錯。只在接長輩紅包的時候，稍稍出了點小問題。

葉薇接了紅包之後，隨手就給了紅梅。紅梅顯然也習慣了葉薇的做派，笑咪咪的捧著紅包跟在身後。她們主僕兩個倒是習慣得很，可別人看著，就不那麼習慣了。

寧家幾輩都是平民，家境最多算是小康，凡事自己動手早已成了根深蒂固的習慣，乍然見了葉薇的嬌貴小姐做派，還真是有些難以適應。

寧有方皺了皺眉頭，沒好意思吭聲。

阮氏卻忍不住了，沒有去接葉薇手中的茶，卻笑道：「妳剛嫁過來，大概還不適應我們家裡的生活。我們自家人說話，就別讓丫鬟也跟著忙活了。」話雖然說得委婉，可言外之意卻十分明顯，顯然是在責怪葉薇擺官家小姐的架子了。

葉薇脹紅了臉，滿肚子的委屈，卻也不敢辯駁，低低地應了一聲是。紅梅只得尷尬的退到了屋子外面，和另三個丫鬟面面相覷。

阮氏這才接了茶，笑著喝了一口，又給了份見面禮。葉薇忙恭恭敬敬地雙手接過，不敢有絲毫怠慢和不敬。

寧汐在一旁看了暗暗感嘆，婆媳關係果然是最微妙最複雜最難相處的。阮氏平日裡脾氣多好，可在新媳婦面前，不免也要拿出點婆婆的架勢來，先來個下馬威再說。

新媳婦的第一關，大概都是如此了。

看著葉薇這副可憐兮兮的委屈樣子，寧汐不由得暗暗擔心起來。容府高門大戶規矩更多，她要是嫁過去，又會是什麼樣子？

喝了媳婦茶之後，按著慣例，第一頓早飯應該是由新媳婦動手。可葉薇那副十指纖纖不沾陽春水的樣子，怎麼看也不像會做飯的樣子……

寧汐瞄了葉薇一眼，笑咪咪的說道：「嫂子還不知道廚房在哪兒吧，我領妳去。」順便也能「打打下手」什麼的。

阮氏哪能看不出寧汐的那點小心思，嗔怪地看了她一眼，卻又捨不得數落，只得睜一隻眼閉一隻眼隨她去了。

葉薇對寧汐的善意十分感激，剛一到廚房裡，便鄭重地道了謝。

寧汐笑了笑。「時間不多，嫂子可別光顧著客氣，快些做早飯吧！」

葉薇打起精神，笑著點了點頭。幾個陪嫁丫鬟也俐落地進了廚房，正打算動手幫忙，就聽葉薇吩咐道：「好了，這兒不用妳們忙了，我自己來就行了。」之前的一幕還歷歷在目，她可不敢再讓丫鬟們幫忙了。

丫鬟們一愣。

「小姐，您一個人怎麼行？」紅梅有些急了。「還是奴婢來吧！」

葉薇皺了皺眉頭，不悅地說道：「我自己能行，妳們別在這邊礙手礙腳的，都出去。」於是，幾個丫鬟又委委屈屈地到了廚房外待著去了。

葉薇雖然很少下廚房，基本的步驟倒是懂的，淘米熬粥有模有樣，可一做到麵食，就不行了，手上沒什麼力氣，一個麵團揉了半天也不成形狀。

寧汐指點了幾句，見葉薇還是不得其法，索性將麵團接了過來示範。「嫂子，揉麵得用巧勁，妳看我的。」纖細修長靈巧的手指在麵團上反覆按壓揉搓，不一會兒，那麵團便被揉得服服貼貼。然後用刀切成大小相同的麵塊，再揉幾下，就變成了小巧的饅頭，擺在蒸籠上，整齊又好看。

葉薇看得眼花撩亂驚嘆不已。「妳可真厲害。」早就聽聞自己的小姑是赫赫有名的名廚，果然名不虛傳。

寧汐失笑。「揉麵算什麼，我會做的麵點多得很，妳要是感興趣，我以後慢慢教妳。」

葉薇略有些羞澀的笑了笑，心裡像喝了杯溫熱的蜂蜜水一樣溫暖妥貼。初為人婦，要適應的地方很多，丈夫的冷漠出人意料，婆婆的下馬威令人心有餘悸，反倒是這個名頭最大的小姑待她最和善了。

寧汐又指點著她做了幾個簡單的小菜，小半個時辰過後，早飯像模像樣的上了飯桌。這一頓飯的意義遠遠超過了實質內容，阮氏和寧有方都清楚葉薇是官家小姐，廚藝不可能好到哪兒去，因此早有心理準備。待見到飯桌上清淡可口的米粥、饅頭和小菜時，倒有了幾分驚訝。

寧有方意味深長地瞄了寧汐一眼。

寧汐無辜地笑道：「爹，您可別看我，我剛才在廚房裡陪著嫂子沒錯，可從頭至尾也沒動過手。」除了饅頭是她幫著做的之外，其他的都是她動口葉薇動手。

寧有方剛嚐一口，便知道寧汐說的是實話。

米粥熬得爛爛的，味道還算不錯，可也沒什麼特別的地方。幾樣小菜看著不錯，嚐起來卻味道平平，絕不是寧汐的手筆。饅頭倒是又鬆又軟，還算入口。

阮氏顯然也有同感，笑著誇了葉薇一句。「這饅頭做得真不錯。」

葉薇受之有愧，略有些心虛地謙虛了幾句。

吃完了早飯，阮氏習慣性的起身收拾碗筷，寧汐搶著幫忙。這麼一來，葉薇自然不好袖手旁觀。可她從沒做過這類瑣事，不免有些手忙腳亂的，一個不小心，嶄新的衣裙被濺了幾滴油花。

葉薇顧不上心疼，依舊悶不吭聲地幫著收拾。

阮氏對她略略改觀，溫和地說道：「好了，妳不習慣做這些就別做了。對了，妳那幾個丫鬟還沒吃早飯吧，待會兒我去廚房重新做一些。」

哪有讓婆婆伺候自己丫鬟飯食的道理。

葉薇連忙笑道：「她們幾個自己去就行了。」

往日也沒覺得丫鬟礙眼，可在寧家的院子裡，這幾個丫鬟愣是有些格格不入的感覺，就像是莊稼地裡忽然長了幾株鮮花一般突兀。

阮氏想說什麼，終於又忍住了。

到了下午，寧有方便回了宮裡。寧大山等人也去了寧有德的家裡。寧家小院喜氣未退，卻陡然清閒了不少。

阮氏是個閒不住的性子，拿了掃帚便去掃院子。

還沒掃兩下，紅梅便搶上前來，殷勤地笑道：「這樣的粗活以後交給奴婢來做就行了。」掃帚都被搶走了，阮氏也只好笑著點點頭，又去屋子裡收拾了一堆衣物來洗。丫鬟碧玉又笑著湊了過來。「這些衣服奴婢來洗吧，太太歇息會兒。」

阮氏聽到「太太」這個稱呼，渾身起了雞皮疙瘩。再想做別的事，無一例外的被殷勤的丫鬟搶了過去。

寧暉在屋子裡看書，寧汐去了鼎香樓做事，她只能閒著和兒媳乾瞪眼。想說幾句閒話吧，又不知該說些什麼，別提多彆扭了。

第三百二十九章 婆媳之間

寧家院子本就不算太大，一家幾口人住著很是寬敞。可多了這幾個丫鬟之後，忽然顯得有些擁擠，處處都不自在。

寧汐天天早出晚歸，寧暉也趁著這兩天拜訪師友同窗，每天只有她和葉薇在家裡對著這幾個丫鬟，原本熟悉的生活陡然變了個樣子。阮氏忍了兩天，終於在葉薇第三天回門的時候提起了心裡一直琢磨的事情。「暉兒他媳婦，我有件事想和妳商議。」

葉薇一怔，忙笑道：「有什麼事，娘只管吩咐就是了。」腦子裡飛快地轉了起來。阮氏這麼鄭重其事的，會是為了什麼事？

阮氏咳嗽一聲，瞄了站在一旁的紅梅幾人一眼。

葉薇立刻會意過來，忙朝紅梅使了個眼色，紅梅很識趣的領著其他三個丫鬟退了下去。

阮氏見兒媳如此乖巧，面上便有了笑意，溫和地說道：「說起來也不是什麼大事。妳嫁過來也有三天了，我們家裡什麼情況妳也都看在眼底了吧！妳公爹在宮裡做御廚，平日極少回來。汐兒每天在鼎香樓做事，早出晚歸，家裡剩下的人也沒幾個了，實在不需要這麼多人伺候。」一說到這兒，阮氏便停住了。

葉薇卻是聰明人，一聽便知阮氏的言外之意，一顆心頓時沈了下去，阮氏這是要她把陪嫁丫鬟打發回娘家……

阮氏看著葉薇的臉色，便知道她懂了自己的意思，索性直言。「我知道這事有些為難妳了，可我們寧家總共就這麼幾口人，都不習慣要人伺候。妳在家中是嬌慣著長大的，到了我們家不慣做家務，我也不怪妳，可我實在不適應每天這麼多的丫鬟在面前打轉。我們寧家小門小戶的，沒那麼多講究和規矩。家裡家外的一應瑣事，我還是喜歡親自動手。這樣吧，妳把丫鬟留下一個，平日裡伺候妳的衣食起居也就是了，其他三個，還是送回去吧！」

話說到這分上，葉薇想不答應也不行了，只得低低地應了一聲，心裡卻委屈極了。阮氏雖然沒直接數落她什麼，可這樣拐彎抹角的話比正面責罵還讓她難堪。

寧暉走了過來，見葉薇委委屈屈的站在阮氏面前不由得一愣，很自然地問道：「娘，怎麼了？」

阮氏笑了笑。「我在和你媳婦商議那幾個丫鬟的事情呢！我們家總共就這麼大點地方，哪裡要這麼多人伺候？趁著這次回門，都送回葉家去，留下一個就行了。」

寧暉不假思索地點頭。「娘說的對，我也早覺得彆扭了。」

葉薇雖然不敢奢望著寧暉肯護著自己，可寧暉這麼毫不猶豫的表態，還是讓她的心涼了一涼。

事情三言兩語的便定下了。葉薇再不情願也只得吩咐丫鬟們收拾行李。

只能留一個的情況下，當然要留下紅梅，其他三個，就盡數帶回娘家了。

幾個丫鬟聽了這個消息，顯然都不甚情願。寧家衣食起居自然比不上葉家，可姑爺年少有為，又生得俊朗不凡，幾個陪嫁丫鬟都春心萌動中，哪能想到這麼快便要被打發走了？

紅梅見幾人磨磨蹭蹭地不肯去收拾，立刻瞪起了眼。「妳們的動作都快些，要是耽擱了小姐回門，回去以後等著夫人剝妳們的皮。」這才震懾住了三個丫鬟，各自耷拉著腦袋去收拾行李。

紅梅見左右無人，忙湊了過來問道：「小姐，到底是怎了？」好端端的，怎麼會忽然要把她們三個送回葉家？

葉薇在最親近的貼身丫鬟面前，倒也沒心思隱瞞，低聲將剛才的事情說了一遍。

紅梅也替自家小姐心酸難過，卻也無可奈何。以前在家中再受寵愛，可嫁了人就是別人家的媳婦，哪裡能像以前那般嬌貴任性，再說了，姑爺寧暉又十分孝順，要是和婆婆鬧得不和睦，只怕姑爺對小姐就更不上心了……

想及此，紅梅低聲安撫了葉薇幾句。「算了，這也不算什麼大事。有奴婢在，絕不會讓小姐做家務的。」

葉薇苦笑不語。婆婆對她最不滿意的，大概就是這一點了，若是想改善婆媳之間的關係，只怕她以後也得學著勤快點才是。

葉老爺葉夫人殷殷期盼了半天，終於等到寧暉陪著葉薇回來了。

看著長身玉立俊朗不凡的寧暉，葉老爺葉夫人等了半天的怨氣自然地散了不少。寧暉恭恭敬敬地喊了聲「岳父岳母」，又將早就備下的回門禮奉上。

飯桌上，寧暉並不多話，不管葉老爺說什麼，都微笑著點頭附和。葉老爺對這個女婿的印象陡然好了許多，翁婿兩人喝得三分醉意之後，又去了書房閒談。

葉夫人卻拉了葉薇到屋裡詢問起新婚幾日的情形。

葉薇避重就輕地說了一些。「……公爹性情開朗，小姑對我很是和善，婆婆待我也算不錯。」

葉夫人稍稍放了心，又追問道：「姑爺呢，待妳可好？」

葉薇笑容一頓，旋即故作嬌羞地低了頭不吭聲。

說出來只怕誰也不信，寧暉雖然天天和她睡在一起，卻連碰都沒碰過她。她雖梳著婦人髮髻，卻還是個黃花閨女……可這些話，就是對著自己的親娘也說不出口。

葉夫人見她這副模樣，卻以為她是在害羞，忍不住笑了。「這有什麼可害羞的？妳已經嫁了人，可不能像以前那麼任性了。要對姑爺好一些，才能籠住他的心。等日後有了身孕了，再抬舉妳身邊的丫鬟做通房也不遲。」

一提到丫鬟，葉薇的面色頓時有些不對勁，欲言又止。

葉夫人敏感的察覺到不對勁。「怎麼了？」

葉薇猶豫片刻，才低低的說道：「娘，寧家和我們家不一樣，不習慣有人伺候。婆婆很勤快，習慣了動手做家務，我卻帶了這麼多丫鬟去伺候自己，實在不太好。這一次我回來，順便把她們也帶了回來，我只留下紅梅就行了。」

什麼？葉夫人一驚，仔細一想，總覺得有哪兒不對勁。「薇兒，這到底是妳的意思，還是妳婆婆的心意？」

葉薇哪裡肯說實話，輕描淡寫地笑道：「我婆婆什麼也沒說，是我自己這麼想的。」頓了頓，又嬌嗔道：「娘，您就別管了。反正，我已經讓她們都回來了，今天我可不打算再帶走了。」

葉夫人拿她沒法子，只得無奈地點了頭。

到了傍晚時分，寧暉和葉薇一起回了寧家小院。阮氏見葉薇身邊果然只留了一個丫鬟紅梅，心裡舒坦極了，對著葉薇也親切了不少。「都累了吧！我這就去廚房做飯。」

葉薇忙擠出笑容。「娘，還是我來吧！」搶著去了廚房，紅梅忙跟進了廚房一起幫忙。

阮氏忍不住笑著誇了一句。「暉兒，你的媳婦雖然嬌氣些，倒是聰明伶俐。」

寧暉隨意的笑了笑，什麼也沒多說。

接下來的幾天，葉薇開始努力的適應寧家的生活。每天的一日三餐，外加洗衣掃地之類的瑣事粗活都搶著做。好在有紅梅幫忙，不然，葉薇這個嬌生慣養十指不沾陽春水的小姐哪能應付得來。

阮氏其實並不算什麼惡婆婆，之前的不滿，只是因為看不慣葉薇的嬌貴做派罷了。等葉薇真的放低了姿態表現出兒媳應有的賢慧姿態，反而又有些心疼新過門的媳婦，便搶著做家務。一時間，婆媳關係大為緩和。

寧汐每天早出晚歸，根本顧不上家裡的這些瑣事，待發現家裡少了三個丫鬟，已經是五、六天之後的事情了。

寧汐覺得奇怪，想了想，便悄悄地問阮氏。「娘，大嫂的陪嫁丫鬟怎麼只剩紅梅一個了？」

阮氏不以為意地笑道：「妳嫂子回門的時候，帶了三個回去。」

寧汐怔了怔，旋即明白過來，故意打趣道：「娘，您可真捨得，那麼漂亮能幹的三個丫鬟，竟然就讓嫂子打發回家了。」

「有什麼捨不得的。」阮氏聳聳肩笑道：「整天在我面前晃悠，晃得我眼煩心也煩，趁早打發走了清靜。」

兒媳的陪嫁丫鬟，總歸是兒媳的身邊人。她這個做婆婆的，既不好指派著做事，看著便覺得心裡發堵。如今走了三個，只剩下一個，總算是好多了。

寧汐忍不住樂了。「娘，您可真是天生的勞碌命，有人伺候您您都不樂意。要是換了別人，指不定早把兒媳的陪嫁丫鬟拉到自己屋裡來了。」

阮氏想了想，也忍不住笑了。

閒聊幾句過後，寧汐試探著問道：「娘，哥哥在家裡也待了十天了，也該回鄢縣了吧！嫂子也會跟著一起去嗎？」

阮氏遲疑了片刻，顯然也有些拿不定主意。

按理來說，媳婦該留下伺候公婆才對，可葉薇剛過門就待在家裡，似乎也不太好，她還想早些抱孫子呢……

寧暉笑著走了過來。「娘，您和妹妹在說什麼這麼熱鬧。」

「暉兒，你來得正好。」阮氏笑吟吟的招招手。「我有事要和你商議。」

寧暉一臉疑惑地走了過來。

第三百三十章　夫妻之間

阮氏笑著問道：「你再過兩日就得回鄠縣了，到時候你媳婦怎麼辦？」

寧暉理所當然地說道：「當然是留下伺候您和爹。」

兒子雖然娶了媳婦卻沒忘了娘，阮氏心裡別提多舒坦了，笑著白了他一眼。「我身子健健康康能跑能動的，要什麼人伺候。你要是真孝順，就快些讓你媳婦給我生個大胖孫子。」

寧暉笑容一頓，旋即若無其事地說道：「娘，您也太心急了，她才過門不到半個月。」

阮氏嗔怪地說道：「你不把媳婦帶到鄠縣去，她一個人在家待得再久也生不出孩子來。」

寧暉還想再說什麼，就見阮氏瞪了過來。「就這麼定了，讓你媳婦收拾行李，跟著你一起去鄠縣，有個知冷知熱的在身邊，也能照顧你的衣食起居。」

寧暉無奈地笑著點頭。

寧汐冷眼旁觀寧暉不太情願的樣子，心裡微微一動。

不知道寧暉和葉薇單獨在一起時相處是什麼模樣，不過，在她和阮氏面前，總是相敬如賓的樣子，說不上太親熱，可也彼此尊重，看不出什麼異常來。可新婚小夫妻不都該是親親熱熱恩恩愛愛的嗎？他們該不是出了什麼問題了吧……

當著阮氏的面，寧汐並未說什麼。待寧暉出去的時候，寧汐迅速地追了上去。「哥哥，到我屋子裡待會兒，我有話要問你。」

寧暉遲疑了片刻，才點了頭。

兄妹兩人素來有默契，雖然寧汐還沒問出口，可寧暉已經隱隱猜到寧汐要問什麼了。果然，剛一進屋，寧汐便正色問道：「哥哥，你和嫂子怎麼了？」

寧暉敷衍的笑了笑。「我和妳嫂子相處得挺好，什麼也沒有，妳別瞎操心了。」

寧汐見他這副反應，哪還有不明白的。「哥哥，在我面前你還遮遮掩掩的做什麼。要是真的相處得挺好，你為什麼不想帶嫂子到鄴縣去？你和嫂子到底出了什麼問題？你要是不肯說，我就親自去問嫂子了。」

寧暉無奈地扯了扯唇角，露出一抹苦笑。「好妹妹，妳就別再追問了好不好？」有些話，就算對著最親的妹妹，他也說不出口。

看著寧暉眼中那抹淡淡的苦澀，寧汐的心裡很不是個滋味。

寧暉的心結是什麼，她比誰都清楚。本以為寧暉成了親就能把心稍稍收回，沒想到他竟然如此長情，身邊有美貌動人的解語花，卻還忘不了趙芸……

「哥哥，」寧汐握起寧暉的手，黑白分明的眸子裡滿是心疼和憐惜。「過去的事情就讓它徹底過去了，再這樣下去，痛苦的可不止你一個人。」葉薇是個極其聰明的女子，這樣的女子一定也是極其敏感的。丈夫的心不在自己身上，豈能一點都察覺不出來？

寧暉默然不語。

寧汐嘆口氣，又勸道：「你已經娶了人家，以後就收收心，好好對嫂子吧！雖然和她相處時間不長，可我看得出來，嫂子的心可都在你身上呢！」

半晌，寧暉才低低地說道：「我盡力對她好些。」

寧汐欣慰的點點頭。

兄妹兩人聊了許久，才各自休息。寧暉回了自己的屋子，推門一看，葉薇正捧著一卷書隨意地翻看著。見寧暉回了屋，立刻揚著笑臉迎了上來，笑盈盈地說道：「今兒個怎麼回來得這麼晚，娘都對你說什麼了？」

寧暉遲疑片刻說道：「也沒說什麼，就是和我商議兩日後啟程的事情。」

葉薇笑容一頓，悄然垂下了眼瞼，只怕寧暉會趁著這樣的機會，扔下她一個人去鄴縣吧！可即使如此，她也不敢有任何抱怨，畢竟有個孝字壓在頭上，她連委屈都不敢有的……

「娘說了，不用妳留在家中伺候她，讓妳跟我一起去。妳趁這兩天，好好地收拾行李吧！」

葉薇不敢置信地抬頭，一臉的驚喜。「相公，你說的是真的嗎？你真的要帶我一起去鄴縣嗎？」

寧暉心裡本還有些不情願，可看葉薇高興得像個孩子一般，不由得微微一笑。「當然是真的。」

葉薇喜出望外，激動之餘，一把拉住了寧暉的手。「娘對我真是太好了。」

寧暉很不習慣這樣的親暱，反射性地抽回了手。待見到葉薇委屈受傷的眼神時，才察覺到自己的舉動實在太傷人了，想說些什麼，卻發現此時此刻說什麼都不合適。最終，還是沈默著什麼也沒說。

葉薇的心一涼，旋即打起精神來安慰自己，雖然不知道寧暉是因為什麼對她如此冷漠，不過，能跟著一起去郫縣總是好事。以後朝夕相伴，日久生情也不是難事……

隔日，葉薇一大早便起床做了早飯，對著阮氏說話的時候分外的親熱。

阮氏心裡很是受用，滿臉都是笑容，飯桌上的氣氛自然好極了。

寧汐看在眼裡樂在心裡，笑嘻嘻地打趣葉薇。「嫂子，妳才過門沒幾天，娘只疼妳都不疼我了。」

葉薇很喜歡爽朗歡快的小姑，聞言抿唇一笑。「妹妹就別取笑我了，我笨手笨腳的，廚藝遠不如妳，針線活兒比娘差了一大截，好在娘是個好脾氣，沒有嫌棄我這個笨媳婦。」

果然很會說話。

阮氏被哄得呵呵直樂，把之前那點不痛快通通拋到了腦後，親切地叮囑道：「趁著今天有空，把一應行李都收拾好，免得出發時手忙腳亂的，紅梅妳也帶上，到了郫縣那邊，妳要好好照顧暉兒的生活起居……」

不管阮氏說什麼，葉薇都恭恭敬敬地點頭應了。

「……還有，最重要的是要為我們寧家早些開枝散葉。」

葉薇的笑容一頓，下意識地看了寧暉一眼。

寧暉沒料到阮氏在飯桌上竟然會提起這個話題，既心虛又狼狽，壓根兒沒有回視葉薇的勇氣，咳嗽一聲岔開話題。「娘，待會兒我要出去拜訪于夫子，您替我準備一份禮物。」

阮氏的注意力果然被吸引了過來，和寧暉討論起帶什麼禮物的問題。

寧汐將葉薇黯然落寞的神色盡收眼底，心裡忍不住升起一絲憐惜。

葉薇誠然是個才貌雙全的女子，不論是哪方面都足以配得上寧暉，可寧暉偏生是天生的癡情種子，成了親卻依舊對趙芸念念不忘。得不到的總是最好的，這幾乎是所有人都有的劣根性。平心而論，葉薇比趙芸美得多，氣質更是出眾，可寧暉愣是看不到……

吃完了早飯之後，寧汐一反常態的沒有去鼎香樓，反倒去了葉薇的屋子裡。

紅梅正在收拾行李，大大的紅木箱子被各式漂亮精緻的新衣塞得滿滿的。寧汐隨意地瞄了一眼，忽地想起了前世的自己，不由得啞然失笑。

葉薇正低頭整理著自己的梳妝盒，見寧汐來了，笑著放了手中的東西迎了過來。「妳怎麼有空過來了？」往日這個時候，寧汐早已出發去鼎香樓了。

寧汐笑而不答，瞄了紅梅一眼。

葉薇迅速地會意過來，隨意找個藉口打發紅梅去了隔壁，待屋子裡只剩下她和寧汐兩人了，才笑著問道：「妳是不是有話要和我說？」

和聰明人打交道就是省心。

寧汐笑了笑。「也沒什麼大不了的事，就是隨便聊幾句罷了。」頓了頓，才試探著問道：「嫂子，妳覺得我哥哥怎麼樣？」

葉薇不假思索地應道：「相公孝順父母疼愛手足，性子沈穩，是個不可多得的好男兒。」若是要挑毛病，便是他對自己太過冷淡這一條了。

葉薇語氣真摯，寧汐自然能分辨得出來，心裡很是快慰。看來，葉薇對寧暉還是挺中意的。

「那……哥哥待妳怎麼樣？」寧汐故作漫不經心地問了句，凝神留意著葉薇的神情變化。

葉薇的笑容有些勉強。「相公對我挺好的。」雖然背地裡不肯親近她，在人前總是給她留幾分顏面的。

她的言不由衷如此明顯，寧汐焉能看不出來？

寧汐憐惜地嘆口氣。「哥哥就是個榆木腦袋，開竅總比別人遲些。嫂子，要是他哪兒不好，還請妳多擔待些，日後相處得久了，他自然會對妳好的。」

葉薇心裡一動，凝視著寧汐的俏臉。「妹妹，妳是不是知道些什麼？」

寧汐自然不肯明說，只含糊地說道：「路遙知馬力日久見人心，妳長得這麼美，又知書達禮賢慧，哥哥一定會喜歡妳的。」

見她不肯說，葉薇也不好追問，心裡迅速地閃過一個模糊的念頭。寧暉對她異常的冷淡，寧汐顧左右而言他不肯明說，都指向一個事實。那就是，寧暉的心裡早已有了另一個女人……

寧汐隨意地扯開了話題。「嫂子，妳這些首飾可真是精緻。」

葉薇回過神來，大方地說道：「妳若是喜歡，就挑幾個留著。」

寧汐失笑，俏皮地扯著自己的麻花辮。「我這樣的髮式，妳看適合戴金釵還是玉簪？」

白裡透紅的俏臉在陽光下熠熠發光，比所有的珠寶首飾都璀璨動人。

葉薇也被逗樂了，旋即心裡升起一股濃濃的羨慕之情。

這樣率性可愛的姑娘，怪不得會有容瑾那樣的美少年傾心相愛……

——未完，待續，請看文創風098《食全食美》7

天才廚藝美少女遇上天下最挑剔刁嘴的美少年

重生的試煉．穿越的新鮮
人情的溫暖．溫柔的情意
精緻烹煮的美食佳餚，佐以專一的愛情調味，
引得你食指大動、會心一笑……

食全食美 全套八冊

真情流露派寫作大手／尋找失落的愛情

文創風092 1
她對愛的癡傻竟換來寧氏全族遭到滅門之禍。
既然老天爺讓她重生，她定要好好的活一回！
從此，她不再是那個不解世事、爹疼娘寵的嬌嬌女，
她求爹答應教她廚藝，憑著過目不忘及異常靈敏的味覺，
她肯定能成為世上獨一無二的名廚。
她要避開前世所有的禍端，守護所有的親人。
她要看清楚所有人的真面目，不再受人欺瞞。
但容瑾這男人卻是她看不明白的，遇上他，她就上火……

文創風093 2
這個寧汐，是長得像個精緻的娃娃似的，模樣討喜，
但她不饒人的小嘴和倔強的性子，他領教得可多了！
哼！她想山高水遠不必再見，他偏不如她的願，
要知道少了她在眼前晃，他生活可就太平淡無聊了……

文創風094 3
這容瑾自大自傲，説話又毒辣，可實在太俊美了，
他只要淺淺一個微笑，都會令少女心神蕩漾。
不過迷戀他的少女之中可不包括她。
但看著他運用聰明才智地將鼎香樓炒得火紅，
她心生佩服之餘，覺得他的毒辣似乎沒那麼難忍了……

文創風095 4
容瑾的出身、絕美的容貌、睿智才情……
看得愈多，就愈明白他真有高傲狂妄的資格。
她配不上出身高貴的他，可他老是來撩撥她的心，
連夜探香閨這種事他都做得出來，她根本拿他沒轍……

文創風096 5
在他心裡，這寧汐什麼都好，就是太招人喜歡的這點不好！
迷了他就算了，還迷了一堆男人，
惹得他老大不痛快，吃不完的飛醋！
看來他下一步要籌劃的就是怎麼樣儘快娶她進門……

文創風097 6
寧汐知道大皇子想要的是她身上所具有的神奇異能，
她不想嫁入皇室當妾，更不想容瑾為了她衝動惹禍。
如果能平安地度過這次的危難，她願意早點嫁給容瑾……

文創風098 7
不能怪他性子急，娶妻這事他是一天也不想忍了！
心愛的女人遭人覬覦的感覺真是糟透了。
只要寧汐還沒娶進門，他就名不正、言不順，
無法大方地行使他作為丈夫的權益！

文創風099 8 完
這次容瑾真的無法低頭了，瞧他把她寵成什麼樣？
他全然地對她坦白，她卻藏著自己的秘密，
還是關於另一個男人的，這下更是氣極了！
婚後最大的爭執於是展開，冷戰就冷戰吧……

文創風
097

食全食美 6

國家圖書館出版品預行編目資料

食全食美 / 尋找失落的愛情著. --
初版. -- 臺北市 : 狗屋, 民102.06-民102.07
冊 ; 公分. --（文創風）
ISBN 978-986-328-083-5（第6冊 : 平裝）. --

857.7　　102009599

著作者　尋找失落的愛情
編輯　王佳薇
校對　黃薇霓　黃亭蓁
發行所　狗屋出版社有限公司
地址　台北市104中山區龍江路71巷15號1樓
電話　02-2776-5889～0
發行字號　局版台業字845號
法律顧問　蕭雄淋律師
總經銷　知遠文化事業有限公司
電話　02-2664-8800
初版　102年6月
國際書碼　ISBN-13　978-986-328-083-5
原著書名　《十全食美》，由起點女生網（www.qdmm.com）授權出版

定價250元
狗屋劃撥帳號：19001626
網址：love.doghouse.com.tw　E-mail：love@doghouse.com.tw